北岳风·中国原创长篇小说

李晋瑞 / 著

中国丈夫

山西出版传媒集团

北岳文艺出版社
BEIYUE LITERATURE&ART PUBLISHING HOUSE

图书在版编目(CIP)数据

中国丈夫 / 李晋瑞著. —太原：北岳文艺出版社,2018.1
ISBN 978-7-5378-5191-6

Ⅰ.①中… Ⅱ.①李… Ⅲ.①长篇小说—中国—当代 Ⅳ.①I247.5

中国版本图书馆 CIP 数据核字(2017)第 088518 号

书 名	中国丈夫
著 者	李晋瑞
责任编辑	史晋鸿
装帧设计	张永文

出版发行 山西出版传媒集团·北岳文艺出版社
地 址 山西省太原市并州南路 57 号
邮 编 030012
电 话 0351-5628696（发行部）
0351-5628688（总编办）
传 真 0351-5628680
网 址 http://www.bywy.com
E - mail bywycbs@163.com
经 销 商 新华书店
印刷装订 山西人民印刷有限责任公司

开 本 710mm×1000mm 1/16
字 数 246 千字
印 张 17.25
版 次 2018 年 1 月第 1 版
印 次 2018 年 1 月山西第 1 次印刷
书 号 ISBN 978-7-5378-5191-6
定 价 39.80 元

题材的选择与艺术的精神（代序）

——关于《北岳风·中国原创长篇小说》系列丛书

杨占平

由山西省委宣传部指导，山西省作家协会和山西出版传媒集团主持，北岳文艺出版社编辑出版的《三晋百部长篇小说文库》，是一项意义深远、里程碑式的文化德政工程，也是当代山西文学史上规模较大的一项文学基础建设工程，更是展示山西文化实力、文学魅力的自信工程。

山西长篇小说创作，在当代中国长篇小说格局中占有重要位置，是山西作为文化、文学大省的重要标志之一。以赵树理、马烽等为骨干的"山药蛋派"作家，在长篇小说创作上成绩显著，新时期以成一、李锐、柯云路等为主将的"晋军"作家，代表作也都是长篇小说。从张平的长篇小说《抉择》获"茅盾文学奖"为标志的山西第三次创作高潮，到以刘慈欣、葛水平、李骏虎等为代表的一批中青年作家频频摘得国内外文学大奖，都进一步巩固了山西长篇小说创作作为中国文学重镇的地位。近年来，一批充满朝气、富有理想、敢于探索的生机勃勃的80、90后作家，也都有长篇小说新作问世，表明山西长篇小说创作后继有人。

《三晋百部长篇小说文库》出版工程，坚持正确的方向，务实创新，去伪存真，从2014年启动，三年来具体实施，已经出版了赵树理、马烽、成一等作家的近三十部经典力作，唐晋、浦歌等中青年作家的原创作品近十部。可以说，这些作品比较全面、客观、真实地反映了近百年山西长篇小说创作轨迹，集中展示了山西长篇小说创作实力，在文学界和广大读者中产生了良好的影响。

在实际运作中，有一个环节是公开征集原创长篇小说，作家们出乎意料地踊跃，三年时间竟有一百多部作品应征，作者都是山西省内的老中青作家，显示出大家创作长篇小说的积极性。这么多作品经过专家组的认真审读，只能有十几部入选原创作品之中出版，还有不少作品质量已经达到正常出版水平，却离《三晋百部长篇小说文库》的原创要求有一些距离。为了尊重广大作家的创作热情和付出的努力，专家组经过充分讨论，提出可以将这些达到正常出版水平的作品，以《北岳风·中国原创长篇小说》系列丛书方式出版。省作协党组同意了这个建议，于是，第一批共十部长篇小说入选，经过规范化审读和编辑程序，现在，这套书将出版发行。

一

创作最能体现作家对某一个社会进程生活经历深刻思考和昭示作家艺术追求的长篇小说，是每一位踏上文学写作道路者的良好愿望；而文学史家、批评家和阅读界对某一位作家的成就和价值的评估，长篇小说无疑是重要的一个尺度和参照依据；后代人们评价某个历史时期的文学成就高低，也是要看那个时期是否有一批高质量的长篇小说。因此，近些年来，山西大多数在中、短篇创作上有过一定业绩的作家，都转入了长篇小说的构筑。据有关资料介绍，仅就进入新世纪以来的十多年，每年全国出版或发表的长篇小说大约有近千部，山西省也有几十部。从数量上看，是改革开放以来最为活跃和创纪录的时期；从作者队伍看，中年作家是主力，老作家中也有不少新贡献，青年作家则初露锋芒。

我认为，长篇小说创作出现这种繁荣现象，应该说是文学创作内部发展规律的必然走向。当然，读者对文学的热情逐渐减退和各种文娱形式的兴盛，也促使作家们不必再追赶阅读写短平快作品而沉下来做长篇大活。从创作内部发展规律分析，经过"文革"十多年的严重摧残，使得整个文艺创作园地一派凋零；进入新时期以后，随着社会政策的拨乱反正，作家们爆发出前所未有的热情，显示了十分旺盛的活力，大家多年积蓄的生活感受汹涌喷发，短篇小说自然首先得宠，成为作家们表现形式的最好选择。几年过去后，作家们似乎感觉到短篇小说难以将他们对人性的深层思考和对探索艺术的愿望全部承载，于是，中篇小说以从未有过的显赫登上文坛，为作家们纷飞的思绪和艺术创新的热情提供了最佳工具，也为读者逐步增长的阅读要求提供了机会。随着文学作品在文艺形式中一枝独秀的局面开始衰微，同时，作家们经过十来年的左冲右突，把过去的体验大都宣泄于尽，探索新的艺术表现方法的热情也告一段落，意识到认真地思考一些社会问题和确立自己艺术风格的时候到了，而这种"思考"和"确定"的结果，非长篇小说表现不行，所以，长篇小说创作开始走俏。从20世纪90年代至今，假如你碰到任何一位有过一段创作经历的小说作家，询问他的创作计划，无疑，都会以正在写长篇作答。

　　从外部条件分析，读者经过十几年的时间，对阅读文学作品的热情逐渐减弱，只当作一种业余生活的消遣方式。随着科技的发展和社会的进步，尤其是互联网横空出世后，娱乐形式越来越丰富多彩，人们的注意力被分散，阅读文学作品一家独大的局面不复存在。再加上现代生活节奏加快，市场经济冲击着一切领域，人们都在为了生计奔波，休闲或余暇时间只想轻松愉快一些，而阅读小说是很难做到这一点的，尤其是新潮小说中所追求的深沉、探索、寓含、意识流、时空交叉等等，让许多读者感觉不是在消遣娱乐而是增加疲惫。另一方面，随着人们观念的改变和与国际交流的加强，大多数人的主动参与意识不断增强，被动地接受作家的思想已经让他们不喜欢，他们也要参与创作，比如风靡一时的卡拉OK、网络小说，就是因为给人们提供了参与自娱的条件，所以倍受欢迎。这些外部条件虽然不是专门为对付文学作品而出现的，但是，它们对作家的自尊、清高、以我为中心等多年形成的意识，却是一个不小的打击，作家的崇高地位开始动摇，职业的优越性转向了危机感。如此，促使作家们开始冷静地思考文学的热情减退之后，创作应当采取什么对策，进而认识到应该从艺术的角度多表现些人生、历史的实在内容，让读者在为了消遣娱乐而阅读文学作品的同时，也不无某种生活的启示。长篇小说的基本属性契合了作家的意愿和社会发展的要求，因此，也就从中、短篇转到了长篇创作。

二

1. 题材丰富多彩

选择何种题材进行创作，是每一位长篇小说家进入写作前必须有的程序。近年来，一些作家和理论家对于题材理论有些异议，认为创作不必拘泥于题材的限制，可以完全凭着感觉和意识去驰骋，宣泄思想是不管题材的。我认为，这种看法对于某些情感型作家突发灵感后进行创作，有时是正确的；而且，也只有写短篇小说或个别中篇小说适合这种理论。相对而言，长篇小说的创作，如果不强调题材的作用，或者有意回避题材界限，那么，作者是很难驾驭整部作品和整个创作过程的，就我迄今阅读到的古今中外长篇小说而言，很少有难以确定题材归属的作品。我之所以特别强调题材这个问题，是因为宏观上研究某一段时期某个地域或者某个文学刊物或者某家出版社长篇小说的走向，首先应当从题材角度去审视，这样，才可能得出合理的结论。

纵观这次出版的《北岳风·中国原创长篇小说》系列丛书，从题材上看，可以说是丰富多彩，多点开花。传统的农村题材、城市题材自然还是占有重要位置，而历史题材、知识分子题材、风俗小说、爱情小说等等，都各具特点，自成体系，构成社会生活的各个方面，都有作品予以反映。无疑，题材的丰富和广泛是值得肯定的，这也是整个国内长篇小说创作在这三十年的一个特点。出现这种现象，最基本的原因是社会生活呈现为前所未有的活跃和多姿，置身于任何一个行业的人们，都有丰富的生活感受，有复杂的人生思考，有变化着的人际关系需要处理，有不断袭来的观念需要更新，这些都为长篇小说创作提供了非常厚实的内容，生活在任何一个职业中间的作家，都会获得他所希望得到的创作素材。

2. 农村题材为主导

在丰富多彩的题材中，农村题材一直占据着山西长篇小说的主导位置。这是因为，中国是一个农业大国，农民，包括工作在城市的农民工，占总人口的一多半，农村社会的变迁和农民思想的动荡，影响着整个国家的发展，标志着民族的文明程度，体现着进步与落后的水平。中国历史上的每一次重大变革，绝大多数是从农村发生、发展，然后才走向城市的。因此，作为社会生活和人类情感全面反映的长篇小说创作，绝对不能不以农村题材为主要选择对象。另外，我们都应当承认的一个事实，当今中国的众多小说作家，特别是山西作家，基本上是以农村为基础成长起来的。他们中的一部分是生在农村、长在农村，以后由于种种原因进了城，写起了小说，但无法抹杀农民的习惯、农民的心理，甚至农民的生活方式；也有一部分作家虽然生长在城市，可他们的父辈却是农民出身，他们跟农村有着千丝万缕的联系，骨子里流动的依然是农民的血液；还有一部分较为年轻的作家，从来没有离开过城市，可是我们都应当承认，中国的几百座城市中，属于真正意义上的城市只是有数的个别几座，大多数城市人的生活传统、思维习性，尤其是文化心理，仍然是农民式的。这几类作家由于上述特点，决定了他们写农村题材小说会感觉轻车熟路，非常顺手，而他们无疑是中国作家群体的主要组成部分。这套《北岳风·中国原创长篇小说》系列丛书中，像《肥田粉》《玉香》《柳暗花明》等，都是典型的农村题材。

3. 城市题材的典型性

与农村题材长篇小说占主导地位相比，这套书中城市题材长篇小说是偏少的，只有《天上有太阳》一部。面对三十年中国城市快速发展现状和内涵丰富的现代工业社会的形成过程，长篇小说创作的步履显得比较乏力。从全国范围看，也很难列举出一系列在读者中引发轰动效应，或者在文学圈子内引人注目的长篇小说的篇目。实际人口已经超过总人口一半的城市人，阅读不到多少真正反映他们丰富生活、复杂感情、追求希冀的长篇佳作。应当说，大多数市民是具有阅读能力和阅读要求的，他们的文化基础已经和他们的前辈不同，不必围在一起听别人读，阅读的选择性越来越明显。

我以为，城市题材长篇小说创作之所以不尽如人意，关键是众多作家对快速发展的城市生活有一种隔膜感，他们还停留在传统的、单调的老式城市生活认知层面，这样，自然难以激发出创作时具备的热烈情绪、流动意识、审美感受等等，人们在现代文明与传统观念发生撞击时爆发出的火花，负载到城市题材中，似乎还进入不了熟悉的境界。另一方面，我们也不排除一个事实：由于熟悉写作对象，作家们更乐于去农村或者历史生活中寻求较为捷径的创作素材，去相对于稳定的农民和古人心态中挖掘民族文化特色，而动荡不定的现代城市生活，让作家们在短时间内就思考出较为深刻的内容来，显然是勉为其难的。这种现象也反映到《北岳风·中国原创长篇小说》系列丛书作品中。

4. 历史题材的启示性

历史题材长篇小说的创作，一直是小说家投入较多的一个方面。这是因为，相对于现实生活的变幻莫测，历史题材更容易被作家们所把握，已经成为历史的人物或者事件，可以承载小说家的诸多艺术手段的尝试，承载小说家关于民族、关于社会、关于人生的多方思考。另一方面，读者对历史题材有着陌生感，求新、求奇的心理，驱使他们对历史题材小说不能不产生兴趣，这种阅读心理自然是作家熟悉的，也就要多在这个题材领域下点功夫。这一点也体现在了《北岳风·中国原创长篇小说》系列丛书作品中，从《中国丈夫》《中国劳工》等几部作品可以看出，作家们都是用新的历史观表现历史人物或历史事件，能够产生较强的启示现代的作用。

三

三十多年来，整个国内长篇小说创作，比较趋向一致的艺术主张，可以概括为：追求平实的叙事风格，直面社会，冷静表达，强调故事的感染力，注意可读性，让读者阅读之后能够获得某种对人生、对社会、对历史，甚至对未来的启示或联想。事实上，这也是山西长篇小说创作的基本艺术特色。

我理解，这种艺术现象表明了这一代长篇小说作家已经开始走向成熟；他们似乎要寻找一条既能充分显示自己关于人生、关于生活、关于艺术的探索，又能唤起读者的阅读兴趣的写作途径。这样的途径按说是不难寻找的，然而，几十年来的长篇小说创作总是把握得不够准确。由于20世纪50年代、60年代是被动地适应读者的阅读能力而忽视作家自己的理解，导致80年代、90年代则偏向重视作家个人主体意识的宣泄而忽视读者阅读要求的一端，造成创作与阅读的隔膜。长篇小说创作属于艺术生产的一种方式，存在着生产与消费的过程，如果处理不好生产与消费的关系，会影响到作品的传播力。可喜的是，经过一段时期的探索，长篇小说创作的艺术走向，越来越适应阅读的需求，找到了一条合理的道路。

从《北岳风·中国原创长篇小说》系列丛书作品中可以看出，这些年来作家们切入的角度，往往是凡人俗事较多，更接近普通老百姓的日常生活。我们在20世纪50年代、60年代长篇小说中常常读到的悲壮、英雄、理想主题和宏阔的大场面大冲突等等，已经很少出现在当今的作品中，让读者阅读到的主要是逼真的生活过程，逼真的细枝末节，逼真的人物心态，逼真的文化氛围。

由《北岳风·中国原创长篇小说》系列丛书艺术特点，我产生了一点关于长篇小说创作艺术精神的思考。近三十年来山西的长篇小说创作，数量是创纪录的，一些代表性作家在创作方法上的有益探索也是值得赞赏的。但是，如果我们站在文学史的位置上观照，就会明显地感觉到，真正可以称得上具有突破性意义的扛鼎之作还是少数，大多数作品属于探索之作。

为什么会出现这种乐观的数量与有待提高的质量共存的现象呢？我以为，简单地概括其直接原因，不外乎作家生活经历简单，人生体验不够深刻，感情投入不彻底，艺术积累不厚实等几个方面。实际上，这些直接原因的基本症结在于，作家缺乏一种博大精深的艺术精神。这种艺术精神决定着作家在理解人生、透视历史、叙述故事等过程中，能否具有不同于别人的独特风范。

不难确认，在大多数小说家的思维里，虽然不能说没有急功近利的意念，但是，他们总还是希望自己的作品能跳出平庸的圈子，用艺术的魅力感染读者。那种就事论事的思维方式，那种肤浅单一的生活判断，那种直奔主题的建构形态，都不可能是作家在创作长篇小说时愿意出现的景况。我不否认，由于整个国家的社会环境的冲击，例如随着经济体制改革的不断推进而强化了人们的务实精神，商品经济大潮的席卷使许多人转向了"向钱看"的实惠主义，国外各种思潮的渗透致使部分人的价值观出现了某些失落，等等，这些都会对作家产生一定的影响。但是，长篇小说创作毕竟是一种艺术精神的活动，不能让外界的干扰过多。所以，能否写出优秀作品，关键还是艺术精神本身的体现。

从明、清时期的《红楼梦》《三国演义》《水浒传》等经典大作，到"五四"以来茅盾、巴金、郁达夫、老舍、钱钟书等文学泰斗的长篇代表巨著，之所以能够成为传世之作，成为中国文学发展史上的一个个辉煌纪录，成为长篇小说创作永远的楷模，最根本的一点，就是这些作品有着一种悠远而充满了生命力的博大艺术精神的缘故。当代长篇小说作者，必须要在生活阅历、艺术修养、思想基础、情感投入等方面向经典作家学习，才能逐渐树立自己的艺术精神和品位，创作出优秀作品来。

2017 年 5 月

（杨占平，山西省作家协会副主席、《三晋百部长篇小说文库》专家组组长）

目录

第一部　上帝的旨意

1 这是个玩笑

谁能想到,他们俩竟能走到一起。尤其是在那个年代,发生这种事情,简直就像天方夜谭。是啊!要不是事实就摆在那里,恐怕连他们自己都不敢相信。

我们故事的主人公伊索尔,出生在法国北部一个名叫圣马耳的小镇。那里溪流丘陵,灌木丛生,尽管没有卢瓦尔河谷那些气势恢宏的城堡,也没有哪座教堂能像巴黎圣母院或科隆大教堂那样举世闻名,但是只要愿意,人们还是可以利用周末的闲暇时间,去亚眠体验一下热闹的城市生活,或者在天气好的时候,往反方向走走,去领略一番勒阿弗尔的海港风光。

有一段时间了,在小镇最为热闹的酒吧里,人们热衷于谈论那桩叫名人们唇枪舌剑,还有夫妻为此闹到离婚的德雷福斯丑闻①。当然,当地人更关心

_____

① 19世纪末法国发生的一起政治事件,起因于一名犹太裔军官德雷福斯被误判为叛国,法国整个社会因此爆发严重的冲突与争议。事件于1906年平反,包括左拉、巴雷斯、克列孟梭、纪德等各界名人参与了此次事件。

的,其实还是阿尔萨斯和洛林①,毕竟自然国界②没能实现也就罢了,如今还要在自家门口忍受普鲁士人的蛮横与欺辱,怎么能不叫人愤愤不平呢?可是,只要用心听上一听,你就会发现,人们谈论这道深埋在民族感情里的政治伤疤,其实是出于一种习惯,或者某种责任,就像一个流传千古的故事,它是那样家喻户晓,那般令人津津乐道,如今轮到你你却不讲,还缺乏应有的热情,这不是明摆着显得自己无知,还要丢尽面子吗?再恰当一些讲,正如一个道德败坏的家伙,在光天化日之下抢走了邻居家那只温顺、乖巧、人见人爱的灵缇犬③,你气愤、同情,和邻居一起捶胸顿足,该死的混蛋,真是万恶至极!我们得剥光那狗小子的裤子,踢烂他的屁股。可谁去踢,怎么踢,那可就另当别论了。

在那时,我们的伊索尔还是个天真烂漫充满遐想的小姑娘。在她眼里,天空总是那么清澈透明,云朵总是那么悠闲自在,松林里总是溪流潺潺草舞莺飞,山坡上总是矢车菊身姿绰约遍地弥香,仿佛全世界的小姑娘都和她一样,身上穿着带蕾丝花边的小裙子,手里捧一本书,静静地坐在阳光斜照的廊檐下做着公主梦。而那个比她小不了几岁,人们称他淘气鬼、害人精,或干脆就叫讨人嫌的弟弟:约瑟夫,在帽梁上扎上一撮鸡毛,腿间骑上一根竹竿,再揪下母亲要洗的床单往身上一披,满院子追着几只鸡打打杀杀,就自诩为战神④的龙骑兵了。那时,她的父亲雷瓦尔还是医生,和天下所有的父亲一样,面带严肃,爱喝几口小酒,总喜欢躲在不被人打扰的某个地方做着自己的事情。她的母亲,也和别人家的差不了分厘。她总是腰系围裙忙里忙外,活儿没少干,牢骚没少发,脸色总是毫无征兆地说变就变,心情好的时候和颜悦色温暖宜

---

① 位于法国东北部地区,普法战争后,阿尔萨斯和洛林一起割让给德国,法国人因此认为是一种民族耻辱。

② 法国人认为要以莱茵河为国界,比利时就将被划归法国。1815 年维也纳外交会议上却把比利时划给了荷兰。1831 年法国正式承认比利时独立,但在法国民间的天然国界情结并没有消除。

③ 灵缇犬,一种古老的犬种,以气质高雅和速度快深受欧洲人,尤其受到贵族的喜爱。

④ 指拿破仑·波拿巴。

人,烦躁时就狂风骤雨暴跳如雷。

"妈妈,你可真能沉得住气。不过你就是不说,我也知道你一定看到了。"伊索尔坐在廊檐下的木条凳上,目光跟着母亲忙碌的身影。

"从早晨到现在,我一直在忙,可我的女儿悠哉乐哉地晒太阳。我的孩子,你看的童话太多了,我可不信这世界上会有什么白雪公主。"

"我是说镇政府门口的那张宣传画……妈妈,大家都在谈论它。"

"哦,"母亲说,"不就是一张画嘛,那就让他们谈论好了。一群痴心妄想的家伙!"

"可是……"

仅仅是一张宣传画吗?在伊索尔的眼睛里,看到的却是:白墙红顶的别墅,绿堂堂的橡胶林,湖泊,小船,身着工装的佣人,是年轻帅气气宇轩昂的男主人,体态优美素衣罗裙的女主人,他们坐在太阳伞下甜蜜地品茶聊天,他们的眉宇间洋溢出的幸福,是那样难以言表。哦,那就是东方,印度支那,安南①,不,那是个叫多少人向往的地方啊!我们年幼的伊索尔,把看到的景象和远在中国的姨妈家发生了混淆。当然她相信母亲心里明白她在说什么,只是母亲故意不想接她的话茬儿罢了。于是在伊索尔的心里便产生了小小的委屈,她看着母亲,一点儿都不相信没有去过巴黎的母亲,就不向往巴黎的上流生活;不是银行家女儿的母亲,就不想成为资产阶级的贵妇人;母亲把全部家务都揽下来,好给自己的丈夫腾出时间钻研医学,难道只是为了成就一个医术高超的乡村医生?而她就心甘情愿守着一份牛栏鸡舍挑粪犁地的简朴生活?不,别骗人了,这世上谁能没有一点梦想呢!

"没有'可是',伊索尔,去把鸡喂喂。"母亲口气严厉,"要不就过来帮我洗衣服。仁慈的上帝看见我们口渴,创造了水,看见我们饥饿,创造了米,但要得到这些东西,我们就得去劳动。伊索尔,上帝可不喜欢不劳而获的人。"

"哦……妈妈……"

---

① 今越南中部,曾在 1885 年开始沦为法国的殖民地。

"嗯！"

"妈妈……"

"赶快行动，伊索尔！"

"哦，赶快行动，伊索尔。"伊索尔重复着妈妈的话走出廊檐。她心想，难道维也纳、佛罗伦萨、阿姆斯特丹、斯芬克斯、萨满教符咒、印度人的洗礼、因纽特人的冰屋还有食人族，没有一样会令母亲感兴趣吗？当然了，伊索尔只能偷偷抱怨，因为她知道家长之所以成为家长，就是家长说的话你必须得服从。好在家中的事说到最后还是父亲说了算，偶尔让劳累的母亲在自己面前撒一撒老母鸡式的威风，倒也在情理之中。

就在那天下午稍晚一些时候，伊索尔的父亲雷瓦尔从邻村回来，他神形疲惫内心沮丧，骑马经过镇政府时，莫名其妙地被镇长拦了下来。镇长死磨硬缠给他介绍安南，说自己受上帝点拨，一定要雷瓦尔认真考虑一下，因为那里实在是一处难得的人间天堂。说着，镇长从抽屉里取出一份资料递给雷瓦尔。经过镇长一番添油加醋，一片贫困、落后、蚊蝇遍地的热带丛林，顿时变成了到处蕴藏着财富，遍地流淌着快乐的幸福之地。镇长说，亲爱的雷瓦尔，难道你不觉得人生最大的乐趣是自由吗，那种得到尊重，自己还可以信马由缰的自由。在那里，你还可以更进一步，享受一下自由统治的乐趣，自由统治，雷瓦尔……镇长把脸贴到雷瓦尔面前，神情激动，攥紧的拳头还捣了一下桌子。他把手摁在雷瓦尔肩上说，那样的生活你能想象吗，你就是上帝，真正的上帝，雷瓦尔！这可是一个千载难逢的机会。

雷瓦尔没有在镇长那里待太久。他的一个病人死了，他心情很糟，此时他想做的只是想和亲爱的上帝坐下来 vis—a—vis①地谈谈。雷瓦尔回到家，一直闷闷不乐，沉默不语，按照惯例晚饭后他会看上一会儿书的，可那天，他却两眼发呆，无端端地问自己的妻子，当地的土壤和气候是否能在自家田里种出像样儿的马尔贝克或解百纳②来，要是收成好，那么种多少亩葡萄就得在采摘

---

① 法语，面对面的意思。

② 法国常见的葡萄品种。

时雇用短工。还有，为了保证酒的品质，他想用橡木来做酒桶，那样成本会增加多少。问题一个接着一个，可实际上他只是在自言自语，因为全家人谁都没去过波尔多和勃艮第，更别说酿什么酒了。后来，善解人意的伊索尔，趴到父亲的背后低声问："爸爸，我知道你心里藏了一个秘密，是吗？"

"是的，我的小天使。"雷瓦尔给了女儿一个温和的笑。

雷瓦尔把女儿搂到怀里，转头和妻子说："默尼埃老爹，死了。"

"我猜到了，雷瓦尔，他是个好人，可是……我们谁都不是上帝，雷瓦尔，你只是一个医生，你已经尽力了。"

"但我无法做到因此就司空见惯。我受不了这种折磨。"雷瓦尔很难受，

"雷瓦尔，你是想告诉我什么？"

母亲随即命令两个孩子上楼睡觉。孩子们只能服从。但没过一会儿，就听到父母在楼下争吵的声音。母亲给父亲扣了狂妄、自私、不切实际的帽子。而她自己也爱到了伤害，似乎她苦心经营的一桩事业突然间宣告破产了。父亲却决心已下，他不会因为妻子的反对发生动摇。后来伊索尔听到抱怨的母亲屈服了，毕竟她是女人，是妻子，知道这个家，要是失去了丈夫也就没有任何意义了。

妻子哭哭啼啼，雷瓦尔当然不会无动于衷。为了表示他的郑重其事，第二天他就分别给巴黎和马赛的朋友写了加急信，得到的回复正如他希望的那样，安南是有些野蛮和落后，可这也正好说明那里就像处女一样，等待着有人来开发。处女，多令人兴奋啊，去那里冒冒险创创业，总比在小镇里忍受这一成不变的日子要好得多吧！

接下来，雷瓦尔带着妻子去镇政府做登记。在申请表上，他们填写的目的地，是中国广州湾，而非安南。这倒正合伊索尔之意，几年前从姨妈的来信中，她就对中国的丝绸、茶道、京戏、亭台楼阁、小桥流水有所了解。她猜不到的是广州湾离天津的距离，但毕竟两地同属一个国家，只要到了广州湾，她就很快可以见到苏姗姨妈，以及她家的漂亮房子了。

随后"好心"的镇长帮雷瓦尔一家联系到一艘货船，谁想那条船靠岸的地方居然是安南。雷瓦尔愤然大怒。他揪住船长的衣领要揍船长说："亲爱的船

长先生,这就是我的目的地广州湾吗?"

"不,当然不是,雷瓦尔医生,不过,你可以把这里当作你的广州湾。我的船到站了,雷瓦尔医生,你不能命令我再往前行。当然了,你要是想在这里找点乐子,我倒乐意帮忙。"

"那么,我们呢?"雷瓦尔不解地问。

"那是你的事,雷瓦尔。"

"你这个混蛋!"

"没错儿,雷瓦尔,如果登船时你要问上一句,我会告诉你我是个混蛋的。"

船长一脸坏笑。伊索尔的母亲只好上前央求,希望船长看在他们已经倾家荡产孤注一掷的分上,把他们全家送到广州湾。这时,船长把两只眼睛眯成一条缝,瞥一眼昏昏欲睡的夕阳说,让他重新起锚不是不可以,但雷瓦尔必须得答应让自己的妻子夜夜睡到船长室里。

真是欺人太甚!雷瓦尔的脸都被气白了。船长却用手拍打雷瓦尔的脸,就像粗野的猎人拍打一只小鹿的脸。"雷瓦尔医生,这是个玩笑,要么就是一个误会,其实……啊哈,一切都是上帝的旨意,雷瓦尔,不管你信与不信,结果就是这样!"船长说。

雷瓦尔还有什么办法呢?他只能去殖民地管理局请求帮助。当然不会有什么结果。无奈之下,雷瓦尔只能给在中国传教的弟弟达尼埃尔写信。他相信作为大清国的外国神职人员,达尼埃尔会有办法解救他们。然而,达尼埃尔的回信却迟迟未到。也许是达尼埃尔根本就没有收到他的信,也许是达尼埃尔的回信中途遭截。于是,雷瓦尔罪指殖民地管理局。出于维护法兰西名誉和同胞利益的名义,管理局倒是派人来了,目的却是劝说雷瓦尔安心留下,毕竟广州湾局势动荡,而安南却正需要像他这样受过现代教育又有多年行医经验的医生。

雷瓦尔一脸漠然,觉得这是欺骗、绑架、侮辱。他通过各种渠道和当地人接触,买来地图在上面比比画画,一周后便决定带领全家穿越丛林由广西去往中国。他们没有别的选择,只能背水一战。于是,一家人像探险队一样沿着东北方向朝丛林深处行进,在第五天的时候,雷瓦尔的身体开始浮肿,感觉浑身无力,接着是约瑟夫,很快又轮到伊索尔的母亲。他们只好停下,到附近的村庄暂作休整。可他们没想到这次暂时的休整竟然变成亲人永远的离别。

究竟晕迷了几天,伊索尔自己也说不清,反正当她醒来时,父母和约瑟夫都已经离她远去了。当地人比比画画把她带进丛林,指着三个坟包告诉她那就是她的家人。这不公平!在伊索尔幼小的心里,她无法接受,也无法理解,她觉得这个世界太老谋深算了,觉得家人不该无情地把她撇下。从那以后,她变得冷漠,无泪,少言寡语。甚至认为,这个世界上再没有谁可以给她温暖了。

两个月后,正当当地人在为是否收留这个法国小姑娘而犯难时,一个黑黑瘦瘦的安南人来到村庄。那人带来了达尼埃尔神甫的信。达尼埃尔在信中要伊索尔跟这个人去中国与他汇合。伊索尔从未见过达尼埃尔,她只知道达尼埃尔叔叔是在八年前由方济各会派往中国传教。可眼前,失去亲人又没有生存能力的她,去中国投奔叔叔也是她唯一的选择了。

当伊索尔跟着安南人到达中国,在大沽码头靠岸时,是一个雾气腾腾的早晨。伊索尔睡眼惺忪,而她的叔叔达尼埃尔神甫,已经在岸上等候了。伊索尔满以为达尼埃尔会带一辆漂亮的马车或一顶舒坦的轿子来。父亲曾和她说过,在中国主教的地位很高,虽然达尼埃尔叔叔不是主教,但作为神甫的他,雇一辆马车或赁一顶轿子实在算不了什么,可没想到站在她面前的达尼埃尔却破鞋旧袜,衣着寒酸,浑身散发着一股浓浓的 chinois ①味。而且,这位身材高挑面带笑容的神甫,神情中有种隐隐的忧戚。难道这就是她的达尼埃尔叔叔吗?他如此破败,就像异教徒中的苦行僧。可现实就摆在面前。在那潮乎乎的晨雾中,伊索尔两腿发僵,还隐隐的头疼,她别无选择地走向了达尼埃尔。神甫蹲下身子,张着双臂,以极大的温暖迎接这个饱受伤害的孩子。伊索尔却没有去拥抱达尼埃尔,甚至连一声"叔叔"或"嗨"都没说。她站在神甫怀里,眼前看着码头上忙碌的人,感觉自己就像神甫怀里的一个十字架。在路上时,安南

---

① 法语,中国男人的意思。

人曾经给伊索尔讲起过天津。说法租界所在的紫竹林①其实离大沽不远,只要换乘小船沿内河逆流而上,用不了多久便能到达。伊索尔多想去苏姗姨妈家待上几天啊,哪怕是一天,她甚至鼓足勇气和达尼埃尔说了。达尼埃尔却不搭她的话茬。她不知道达尼埃尔为什么如此不近人情。自己初来乍到,又是孩子,还能怎样呢? 她只能听从达尼埃尔的安排,和他一起赶紧上路,去往他的教区。

2 你在听吗

而我们故事的另一位主人公陈米仓的情形,却是另外一种。他出生在山东,是个地道的农民。在他的印象中,家里的日子似乎从来就没有好过过,饥饿几乎成为一种常态,有些年份,他还不得不和大人们一起,成群结队到外地当一段时间季节性乞丐。至于京城为什么要处决那几个文化人②,有人说他们挑唆皇帝是维新的先驱,也有人说他们离经叛道是忤逆不忠,不过这些事基本上只是识字人的一些饭后闲谈,对于米仓来说,更为迫切的是吃穿和生存问题。发生在上一年夏天的那场洪水,几乎把他家洗劫一空,村里人一部分逃荒去了东北,另一部分则穿过平原向西翻过太行山,到山西谋求生路。留下来的人,要么暗无天日垂头丧气,要么苦思冥想琢磨些邪门歪道,他们不知道这一天一顿红薯稀粥的日子还能撑多久。于是就有人私下里合计要不偷偷种点罂粟,要不就索性往脸上抹上一把锅底黑,去叩那些团会的门,实在没辙了,就耶稣会、浸礼会、圣道堂、公理会什么的,随便皈依一个。那样,至少到人家开办的赈济中心讨要点东西时,也好有个理由。

陈米仓的父亲却不让米仓动此心思,他从床底下拖出祖上传下的木匠箱

---

① 位于今天津市和平区承德道与吉林路交口的东北侧一带,第二次鸦片战争后沦为租界,因一村而得名。

② 指戊戌变法。

交给儿子，告诉儿子只要能背得起它，就不用再愁吃喝。米仓接受父命开始学习木匠，空闲时就和父亲一起去田里清理淤泥。可淤泥还没有彻底清完，土地便又张开龟裂的大口昭示着另一种不祥。屋后的河流慢慢地，仿佛和奶水串通好似的，先是断流，接着就在一个中午彻底干枯了。本就缺少营养的孩子，变得骨瘦如柴哭声无力，等熬到秋天时，一个个就奄奄一息活得令人担忧了。做母亲的不敢丝毫怠慢，她们强撑着眼睛，整夜整夜连盹儿都不敢打，因为她们害怕一不留神怀里的孩子，就被蛰伏在黑暗中的那只手偷到另一个世界里去了。

可是毁灭却毫不手软地，沉重又不分男女老幼。民怨此起彼伏，被密密麻麻地写进奏折，遍地的哀号纷沓而至，被幽禁在瀛台的皇帝却一声也听不到，只是"八珍罗玉俎，九酝湛金觞"的那拉氏睡不安宁，她择日净身，素衣簪柳，到养云轩设坛祭祀。兴许是老天开了眼给她点儿面子，勉强下了那么半指小雨，倒让她落了个"圣德弥天"的好名声。随即太阳就依然我行我素地往人间倒火了。村庄里所有的树叶都焦了，庄稼打起了卷儿，牲畜们无精打采趔趄得像个醉汉，盛在粗瓷大碗里的水又苦又涩，稍稍一沉碗底便是一层白泥。在这场天灾里，米仓的母亲病死了，为了安葬母亲父亲又不得不把姐姐米香卖掉。缺衣少食没缝没补的米仓和父亲，整日里衣衫褴褛形似乞丐，不过话又说回来，在那个时候，家家如此，有谁会笑话他们呢！

也就是在那年秋天，地里的庄稼颗粒无收，米仓和父亲只能另谋生路。他们满怀忧戚，却心存希望，因为他们知道，一个人只要肯吃苦，总会有出路。父子俩合计着去直隶，那正是姐姐被带走的方向，他们盼着一家人团圆，希望灾年过去能过上正常的生活。一天上午，父子两锁好门，向邻居做了简单交代便上路了。他们走到村口，发现有很多人围在那里。原来是一个蛇头到村里来招工。蛇头口气很大，说需要大量身强力壮的劳力。那天，瑟瑟的秋风吹着光秃秃的杨树，几只乌鸦在空旷的田野里飞起飞落。米仓和父亲停下脚，他们本来只是听听的，没打算待在某个地方做工，因为那样不利于找到米香。蛇头却一眼相中了米仓。他把米仓叫到身边，鼓励他报名。米仓摇摇头。蛇头便说自己这次招工出的价码很高，还提供住宿。他开导米仓说无论你有什么想法，总是要把钱挣到手才是第一位的吧，有了钱，还有什么想法实现不了呢。这话倒说到米仓父亲心里了,蛇头说得对,干什么事不需要钱呢,就是将来找到米香,人家也不会让你两手空空就把人领走。于是,他和米仓一起报了名。他们商量好,只是去挣钱,一挣到钱就马上去找米香。按蛇头说的,他们是去威海卫码头当工人,可等他们由陆路转水路登船时,米仓才在一次意外中听到蛇头说,是要把他们当"猪仔"卖到南洋去割胶。那可不是他们的初衷。在开船的一刻,米仓和父亲一起跳船了,在一片乱糟糟的叫嚷声,米仓没有听到有人开枪。船走了,他爬上了岸,父亲却永远留在了海水里。

再说,我们的伊索尔和达尼埃尔离开大沽后,辗转沧州、献县、正定,中途去太原拜会过主教,便马不停蹄返回住地。这一路,伊索尔看的景象只有一个,那就是破败,就像书本上描写十四世纪比利牛斯山区和阿登高原的破败。可那种破败毕竟是十四世纪啊,所以伊索尔的心一直被一种沉沉的灰暗压着。达尼埃尔以为这是小侄女失去亲人后留下的忧伤后遗症。为了让伊索尔开心,神甫挖空心思给伊索尔讲中国的逸闻趣事,可他发现无论他怎样啊嗨、摊手、耸肩,做夸张的动作,伊索尔都无动于衷。达尼埃尔没有和孩子相处的经验,他想做到和声细语体贴入微,却不知从何下手,在颠簸的马车上,他不时给伊索尔削苹果吃,提醒她喝水,然后指着路旁的村庄给侄女看,他让她留心观察那些随处可见的四合院,他说这种院落在中国最为常见、也最具代表性了;他说这种民居外雄内秀,内部错综复杂,等级森严,房屋与房屋之间常常有幽门密道相通;他说自己研究这种院落多年,它给予他豁然开朗般的收获要远胜那本《中国人的气质》①。

"伊索尔……伊索尔,孩子,你在听吗?"达尼埃尔无不自责地笑笑,"哦……她睡着了。"

伊索尔迷迷糊糊睡着。马车稳步前行,回到住处时已是天气正热的晌午。村庄正在午休,树木、田野静悄悄的,只有蝉虫在树上鸣叫。马车在一处坐西朝东②的农家小院门口停下,伊索尔从半睡眠状态中醒来,她撩起布帘看到外

---

① 美国基督教公理会传教士明恩溥所著,1890 年在上海出版。

② 当时,山西以生意人居多,按照中国传统的风水学理论,商人的住宅大门易朝东开。

面灰沉沉的村庄,感觉正经历着时空穿越,眼前的景象和书本上十四世纪比利牛斯山区的景象混杂在了一起,她怀疑自己是不是真的回到了过去。关于中国苏珊姨妈在信中提过的,还配有相片,可眼前她看到的和相片上的却一点不一样。难道这就是一个神甫的住处? 尽管院子里左右有耳房,南北有配房,还是个二层小楼,但因为它没有倒座房,没有垂花门,没有砖雕木刻,实际上就是一处比农家小院稍好些的普通院子罢了。达尼埃尔可是名副其实的本堂神甫,完全可以按条约①把院子修气派一些的,再说了,就这样破落小院,怎么配称作修道院呢?

早已下车的达尼埃尔在取行李,一个年轻的中国下人跑出来帮忙,然后是伊索尔早已听说的鲁本斯修士和她意想不到会遇上的一对英国牧师夫妇。牧师夫妇是听说达尼埃尔去天津,专程来打听消息的,不想来早了,达尼埃尔还没有回来。达尼埃尔刚刚进院,就被牧师夫妇拉到另一间屋子了。因为他们急着要离开,还有路程要赶,他们得必须抓紧时间从达尼埃尔探听些消息。于是,达尼埃尔叫了一声:"陈米仓……"叫这个中国下人去帮着安顿伊索尔。

伊索尔发现这个叫 ChenMin…Chang(伊索尔听到的发音)的中国下人,其实还是个孩子,而且比她大不了几岁。他皮肤黝黑,头上一顶缺边没沿的破草帽,身上一件发黄的中式粗布上衣,他大大的眼睛,厚厚的唇,双腮嘟噜的就像里面塞了枣,他打着绑腿,由于裤子过于肥大……还有,他的鞋……破了,一只大拇趾像小胡萝卜一样露在外面。这个叫陈米仓的中国下人从神甫手中接过行李,把伊索尔领到早先准备好的屋子里,连热情话都没说一句就出去了。伊索尔待在屋里,随意打量着那些形状怪异的家具和图案复杂的窗棂,黑漆漆的桐油描金家具给人的感觉太压抑了,但那些造型优美流线修长的桌椅却叫人耳目一新。伊索尔到门口,摸着粗粝的钉吊,隔着竹帘向外看。她看到月台的砖砌花墙上摆着的红绣球,石台阶两旁种着各色蜀葵,阳光热烈烈地照着,落到地面上的光都很刺眼,那个中国下人没事人一样正坐在南房山墙

---

①《中法北京条约》规定,因 1724 年禁教没收的天主教财产要归还教会。法翻译官在条约中擅自添加了内容,允许天主教传教士租赁和购买土地,建造房屋。

处,一把磨损严重的扫帚搁在他腿上。按理说从他的角度是可以看到伊索尔的,而且他也确实正在看伊索尔(如果没错,他一定猜到伊索尔就站在竹帘后面),他先是摆弄手指,神情中没有一点腼腆和羞涩。啊?啊,啊!他居然还……朝伊索尔……吐舌头,挤眼,做鬼脸。伊索尔简直气坏了,觉得受了天大的侮辱,要不是害怕不礼貌,她早大声喊达尼埃尔叔叔了,因为她觉得这个中国下人如此胆大妄为,就像一个贪婪贫嘴的犹太人。

正在旁屋被牧师夫妇和鲁本斯修士围住的达尼埃尔,当然没有注意到这点。有一段时间了,从山东传来的消息很糟糕,说那些金钟罩、八卦拳、阴阳拳,什么无生老母,义勇凛然的民间结社越来越猖獗,这些组织名义上是团练,是自卫,可实际上呢? 他们早在割据一方秘密发展自己的势力了。如果他们只是想借此名义贪图钱财也就罢了,怕就怕……鲁本斯修士情绪激动地说,他总感觉一场革命正像暗流一样涌动。不,神甫却说,他这趟天津之行来去自如,并未受到任何干扰,这就说明大家的担心兴许是多余的。

"可能是时机没到,神甫。"鲁本斯说,"也许他们在制造假象来蒙蔽我们。"

"即使如你所说,到时候政府是会出面的。"

"神甫,你知道我们在担心什么吗?"牧师夫妇说,"会不会牵扯到我们,我们该怎么办?"

"那还用说吗? 他们的对象一定是我们。我已经预感到了。"鲁本斯说。

"可我担心的是,主的圣恩主的福音要被世俗的欲望利用怎么办,我担心紫禁城里的老佛爷会不会效法雍正禁教,哪怕就像日本德川幕府那样关起国门①,也是我们不希望的啊!"

"所以,我们得设法将那些愚蠢的想法压下去。"鲁本斯说。

"山东赵州的知府②手腕够硬吧,可结果怎么样呢? 那里的盗匪还不是比以前更多了,来势比以前更猛了。我不建议镇压,镇压只能激起民愤。"神

① 德川幕府,即江户幕府,日本第三个封建军事政权,对外采用锁国禁教政策。
② 指时任赵州知府的毓贤,曾在五年内斩首、绞杀和拷打至死盗匪五千多人。

甫说。

"你是指巨野教案？"牧师问。

"巨野教案正是一个很好的教训,传教士被杀,罪犯被惩处,巡抚遭到罢黜,却给德皇送去了攻占胶澳①的理由。最终,可怜的民众得到了什么?教会得到了什么呢?仁慈的主啊,我作为你忠实的仆人,所需要的可不是那些虚妄的威严!"神甫说。

"可是神甫,这些鼠目寸光的中国人太愚蠢,他们的脑壳像布列塔尼②人一样顽固。"修士说。

"修士,"达尼埃尔说,"即便如此,也不能镇压。再说局势还没有你想象的那样糟。我们该做的是要让更多的中国人相信,我们是他们的朋友,我们真心实意愿意和他们一起同甘共苦。"

最终,神甫说服了牧师夫妇。可鲁本斯修士保留了自己的看法。

牧师夫妇走后,达尼埃尔来看伊索尔。他发现伊索尔的指甲白得令人吃惊,纤细的手指是那样柔软。伊索尔太需要营养了,可修道院却无法给予她这样的条件。达尼埃尔便向小侄女简单介绍一下修道院的情况,还说有位学识渊博人缘极好的修女改日会来看她。谈话之中,伊索尔便问起陈米仓。达尼埃尔就说,去年冬天的一天,他给一位邻村教民的孩子洗礼,回来的路上发现了陈米仓昏死在路边。当时陈米仓头发蓬乱,满面污垢,唇无血色,胳膊和腿上全是伤。神甫出于好心把陈米仓带回修道院。后来,看米仓憨厚老实,又勤快肯干,就把他留了下来。

"这个人憨厚老实勤快肯干?"伊索尔看着达尼埃尔,脑海中却显现了陈米仓冲她做的鬼脸。

达尼埃尔没有注意到伊索尔的语气。他把陈米仓喊进屋,介绍伊索尔和他认识。伊索尔发现站在神甫面前的陈米仓,脑袋低垂,两肩耷拉,确实像个

---

① 今山东青岛市。

② 曾是法国一个公国,布列塔尼人是自大不列颠岛渡海迁来的布立吞人的后裔。这里指布列塔尼人受法兰西文化的影响,却改变不大的顽固不化。

忠实的仆人。

"米仓，"神甫说，"一直以来，我都把你当一个聪明孩子看。"

"过奖了，神甫，其实……"米仓欠欠脚，显得十分拘谨。

"你诚实守信，办事放心。"

"我是不是……"米仓突然变得警觉起来，他抬头看神甫，以为自己做错了事。

"不，孩子，"神甫说，"我只是有事想拜托你。"

"你说，神甫，只要我能办到。"

"你不需要发誓，孩子。"

此时，伊索尔就站在旁边。她眨着长长的睫毛，两只灰褐色的眼睛一直盯着陈米仓。因为语言不通，她不知道达尼埃尔对这个中国男孩说了什么，她看到中国男孩连连点头，不……伊索尔差点儿插嘴，她要这个中国男孩当着神甫的面向主发誓，再不做对她有侮辱、挑衅、轻视，或大不敬的事，就是吐舌头挤眼也不行。可这个中国男孩在达尼埃尔面前表现得百依百顺，而对一个初次见面的女孩竟敢做那样的鬼脸，这点令她害怕。

事情交代完毕，米仓走了，伊索尔告诉达尼埃尔自己不喜欢这个中国人。达尼埃尔张开双臂把她搂在怀里，他坚持说米仓是个好孩子，很多品质需要慢慢去发现。伊索尔没去争辩，可她已经感觉到这个中国下人有多狡猾了。她心想除非他足够聪明，永远别在她面前出错，否则可有他好受的。

3　一个心愿

伊索尔一直闷闷不乐。她百无聊赖，又无事可做。有一天，达尼埃尔说的修女来了，专门来看她。埃明纳修女是明慧孤儿院的院长，为了能让伊索尔尽快进入现实生活，她把伊索尔带回到自己的孤儿院，可自从去了一趟，伊索尔就再也不去了。孤儿院的孩子穿得破衣烂衫，无论对她们讲什么东西，她们都觉得像是在听天书。还有就是,那里养着几个歪嘴獠牙,身体已经畸形的麻风病人。伊索尔心里苦闷,就只好把自己关在屋里给姨妈写信,她一连写了几封,可每一封还没有寄出就被她撕掉了。她似乎能想象到这样的信要落到表姐表哥手里是什么样子。她不需要别人的怜悯与同情。

因此,尽管心里抵触,她还是在达尼埃尔的安排下,由陈米仓陪着到村里闲转。可惜她一点兴趣都提不起来,这个村庄基本上全是靠天吃饭的农民,有一处由正院和两个配院组成的"品"字形建筑群倒是恢宏,陈米仓告诉伊索尔是赵家的府弟,伊索尔也懒得进去一看,因为她丝毫不觉得这样的东西可以和法国那些奢华的伯爵城堡相提并论。这样一来就让达尼埃尔有点慌神,担心长此下去伊索尔会被憋出病来。他只好把修士叫来,希望伊索尔成为他的学生。这样一方面可以让伊索尔排解寂寞,另一方面还可以跟着修士长点知识。

修士倒是乐意,可在伊索尔眼里,这个修士外表上挺拔俊朗,仪表堂堂,但内心里太过热衷政治了,而且还是个生性傲慢的人。譬如说,他原本只是家乡一家铁匠铺里的小工,后来到巴黎的有钱人家做了几年杂役,不知受什么人点拨七绕八拐才进神学院。可他却对伊索尔说自己生在图尔,很小的时候就去佛罗伦萨和圣彼得堡①游学,他说自己几乎和那里所有的艺术家都有接触,彼此还建立了深厚的友谊,他说自己对绘画和建筑研究颇深,他再三强调自己与笛卡尔的思想几乎师出同门。在一次谈论建筑时,他颇为卖弄地说哥特式建筑上面那些竹笋般向上耸立的塔尖,喻义着摆脱束缚冲向自由,相比之下,巴洛克建筑要华贵、气魄、雄伟一些,可它们又堆砌过分。就个人而言,他喜欢洛可可建筑的纤巧、精美、浮华,只是它有时候表现出来的复杂繁琐有点女人气。其实,稍有点建筑常识的人,就都会知道这些知识。伊索尔从心里不喜欢这个老师,于是就请修士为自己讲解达维特的《萨宾尼女人》和安格尔的《泉》,问他在看到中国老农站在农田里时,会不会在脑子里产生《倚锄的

---

① 佛罗伦萨和圣彼得堡是欧洲有名的艺术名都。

人》那样的意象。

鲁本斯怔怔地看着伊索尔,觉得小姑娘问的问题既需要专业知识,又富有联想。但他不想服输,于是就狡辩说:"我亲爱的伊索尔小姐,这些东西对于一位学识渊博的人来说,难道还是问题吗?只是眼下,咱们去哪里找这些画啊?我们不在巴黎,而这里连一张复制品都无法找到。"修士仰起头,用手捏着鼻梁骨故作正经。"伊索尔,你不该对自己的老师产生任何怀疑,如果我手上要有画笔和油料,你看我会把你画成什么样子。我会按着鲁本斯的手法,哦,你明白的,伊索尔,那个总是把女人画得臃肿、肥胖的鲁本斯①。小家伙!你等着瞧,看我不把你画成一只肉嘟嘟的小猪。"

按着安排,修士每天会抽出两个小时和伊索尔相处,他发现这个大眼睛的小姑娘,既不爱说话,还缺乏生机。回答问题时,不是摇头就是点头,可她一双纯净的眼睛又干净得像刚从森林里出来一样。她不谈社会,不谈人生,对什么都不关心。她的身体坐在屋里,目光却总心不在焉地瞟到窗外。学生的心都飞了,老师再滔滔不绝讲个不停还有什么意义呢。修士耸耸肩,只好放伊索尔出去。

可来到院中的伊索尔并不知道自己想干什么。院墙外的树枝上,几只麻雀在习习的微风中,时而转头交流,时而整理羽毛,她却只能走到蜀葵前,揪揪这片叶子,摸摸那个花朵,然后蹲到地上看一会儿忙碌的蚂蚁如何回家,要不她就伏到院中央那个防火用的水缸前,看一会儿水中的蓝天和自己。其实,每当这个时候,陈米仓都躲在隐蔽之处暗暗观察。按理说,他与这个法国姑娘本是主仆,可达尼埃尔希望自己与伊索尔建立起一种互帮互助的伙伴关系。陈米仓心想,毕竟人家伊索尔是外国人啊,又是神甫的侄女,他能感觉到这个法国妞儿并不喜欢他,甚至讨厌他,加上语言不通,要讨得她的开心谈何容易。有几次,米仓见伊索尔提着东西从外面回来,他赶紧上前去想搭把手,不想伊索尔却很反感,不是把东西扔在地上,就是索性甩给他,脸上还一副厌恶

---

① 鲁本斯,佛兰德画派的著名画家,巴罗克艺术大师,他的画以色泽艳丽、体态丰盈而著称。

的表情。可米仓哪里知道这是初见面时那几个鬼脸惹的祸。于是,他就觉得伊索尔天生优越,对他这个中国人傲慢无理也就成天经地义的事情了。只是,他发现这个洋姐没有特别爱好,没有伙伴,一天里不是在屋里看书,就是孤身影只地在院里消磨时光,想想她失去了亲人,又千里迢迢来到这异国他乡,一种同病相怜的感觉,又让他再次从伊索尔面前走过时,就有意识放缓脚步,冲她微笑。伊索尔却总是视而不见。

圣路易节前的一个中午,大人们在午休。伊索尔睡不着,她在屋里透过竹帘看到陈米仓坐在廊檐下台阶上,低着头,手里正抓一把小刀在一段木头上刻着什么。她发现没有别人在场的情况下,完全摘下了面具的陈米仓神情放松,两只眼睛变得柔和漂亮,不再有平时里那种充满防备又有点锋芒毕露的光,以至于伊索尔猜想是不是在他粗俗的外貌下,会有那么几分憨淳。大概是出于好奇,也算排遣中午的无聊,伊索尔悄悄撩起帘子出门,蹑手蹑脚绕到米仓的身后。陈米仓当时正在专心致志刻着一个木人,准确说是一个女人,那小木人整整齐齐的刘海,脑后玫瑰般的发朵儿,宽大的衣襟,玲珑的双脚都已经刻出来了,只要把五官完成,做一番抛光就可以完工了。米仓却住了手,他双手紧紧攥着木人,不停地摩挲,不停地摩挲,目光却跳出院墙望着远方。伊索尔侧侧头,发现米仓的眼里竟然满噙泪水。他怎么了?难道是想一位漂亮的姑娘吗?伊索尔心想。

这时,陈米仓回头发现了伊索尔,赶紧起身给她鞠躬。伊索尔却指着米仓手中的木人用生硬的汉语问,"姑……娘?"

"Non! Non! ①伊索尔小姐。"米仓说,"是妈妈,我妈妈,可……我,想不起来了!"

伊索尔怔怔地,不大明白,"你……我,我……你"了半天,还是说不清楚,情急之下,她索性跑回屋子,拿来一张纸和笔递给米仓,要他画出他心目中妈妈的样子。

---

① 法语,不! 不!

他们把修士吵醒了。鲁本斯从屋里出来,本想教训一顿陈米仓,这个中国人从进修道院第一天他就不喜欢他,他不知道神甫为什么要收留这个孩子。当看到伊索尔也在场时,他就更生气了。他不希望伊索尔和一个下等人搅在一起。他走过去,用连讽刺带挖苦还带有几分调侃的口气,问伊索尔是在向米仓先生请教吗? 米仓当然能感觉出鲁本斯语气中的意思,他马上站起来,涨红着脸,准备离开。可鲁本斯怎么可能轻易放他走呢,再说,要不是鲁本斯心中那个秘密,他早就设法把这个中国人赶出修道院了。于是,修士问伊索尔为什么手里拿着纸和笔。伊索尔就把刚才的情况说给修士听。鲁本斯的表情马上就由恼怒变得平和,既而露出微笑了。

"米仓,米仓先生,伊索尔小姐是要你给她画一幅画。"鲁本斯修士用汉语说。

米仓看看伊索尔。

"伊索尔就是这个意思。"鲁本斯转头用法语问伊索尔,"是这样吧,伊索尔?"

"是的,修士,我想让他把脑子里的东西画出来。"伊索尔说,"他的妈妈。"

"哦,那就画吧,米仓! 画一幅画给伊索尔,米仓,难道你没有发现伊索尔来到这里还没对什么事情感过兴趣吗? 我想……米仓先生,你不会令伊索尔小姐失望,对吧?!"

"可我……修士,你知道的……"米仓一脸为难之色。

"不,米仓。我不知道,我什么都不知道。我只知道你们中国人总是深藏不露,总是爱藏秘密。画吧,米仓,看看伊索尔,她就这么一个心愿,哪怕看在神甫的面子上,哪怕只是让伊索尔开心。"

"伊索尔小姐,想要我画什么呢?"

"什么都行,只要能让她开心。"修士说,"我相信你行,你不会让伊索尔失望。"

米仓接过纸和笔,却不动手。

陈米仓为伊索尔画的画

"怎么？米仓,不愿意吗? 还是……哦,因为我不是神甫? 米仓,你们中国人总是喜欢看人下菜,画吧,伊索尔以为你是艺术家,你得证明给她看。"

米仓去看伊索尔,看到了伊索尔满眼的期待。他没有退路了。陈米仓转身趴到月台上,寥寥数笔就把画画好了。他把画递给修士。修士拿到画,先是脸色大怒。然后,突然就哈哈大笑起来。

"啊哈! 我没想到……米仓,你真的是天才,尽管没有着色,可这作品已经足够令人震撼了。"

接着,修士把画转给伊索尔。伊索尔粗粗看了一眼,便满脸涨红。她终于明白修士在笑什么了。她气得差点儿晕厥过去。她没想到这个中国下人,不仅可恶,而且下作! 气急之下的伊索尔想掴米仓耳光,可如此卑劣的下人值得她去掴吗? 一气之下,伊索尔把画扔下,回屋了。鲁本斯依然站在那里笑。陈米仓知道自己搞砸了。不过倒无所谓,反正他与伊索尔本来就不是一个世界的人。

4 这是修道院

尽管感觉自己无辜,但米仓再次见到伊索尔时,还是萌生了亏欠之情。他想将功补过,却不知是否有机会。为伊索尔画画的事,之前米仓已经一五一十讲给达尼埃尔了,神甫并不觉得有多严重,便提醒他多理解伊索尔,毕竟以现在的处境,伊索尔有时表现出的敏感和乖戾可以理解。神甫还幽默地对米仓说:"你想想,有哪个男人和女孩相处,不需要小心呢? "

米仓觉得神甫讲得有道理,便硬着头皮主动和伊索尔搭话。起初伊索尔神情紧张,害怕再次受辱,她认定米仓是个没有教养还胆大妄为的粗人。她曾经想去神甫那里告他,把他赶走,可她又想,要是那样,达尼埃尔叔叔会笑自己小肚鸡肠,说不定传出去还让这个中国下人觉得自己是在仗势欺人。她能做的就是远离这个瘟神般的中国人,再在合适的时候,像修士那样解解自己的心头之恨。

　　一天清晨,米仓早早清扫完院子,给马备好草料,换上干净的衣服准备出门。他向神甫请了假,说是去镇上打听马市行情,这事是神甫交代的,明慧孤儿院收留的孤儿越来越多,神甫想把自己的坐骑卖掉,换点钱去帮埃明纳修女。在这个问题上,鲁本斯有不同看法,他希望神甫把马留下,而是让米仓离开,可神甫坚持自己的决定。陈米仓刚刚从月亮门后面出来,就在路过伊索尔的门前时,被伊索尔叫住了。伊索尔一脸严肃,不管米仓要去哪里,非要让陈米仓陪自己去孤儿院。米仓自然说时不凑巧。伊索尔便满脸怒气地冲米仓说:"不巧也不可以。"

　　"我请假了伊索尔小姐,我得到了神甫的准许。"

　　"但我不准许!"伊索尔就开始比画着说:"梦……昨晚,天上,雪花……遍地,孩子……几个……瘦的……嘴黑了,她们……衣服……腿……发抖,饿了,死了……"伊索尔动作夸张,两眼死死盯着米仓,"孤儿院,你和我,去,必须,你……明白?"

　　米仓猜可能是因为一个梦,伊索尔要他陪她去一趟孤儿院。他觉得伊索尔小题大做,再说孤儿院离修道院并不远,米仓就请求伊索尔容他一天时间。

　　伊索尔说:"不……行,这是上帝的旨意,我不想受惩罚。"

　　"那好吧!"米仓心想,他先送伊索尔去孤儿院,然后再办自己的事,时间也能来得及。

　　伊索尔转身回屋取来一个包裹,便和米仓出发了。明慧孤儿院在村庄最高处,十几间平房,挺大一个院子,街门外一块窄窄的平地上长着几棵大树。这院子原本是赵家囤粮放草的地方,在神甫的建议下赵家捐出来,给埃明纳修女做孤儿院,埃明纳修女也理所当然担任了院长一职。埃明纳修女在没来中国之前,在法国一直从事医疗工作,皈依教会后,她主动请求来中国,在天津结识了达尼埃尔。现在她的孤儿院有四十三个从五六岁到十三四岁的女孩,那些孩子都是从苦难中来,尽管孤儿院条件有限,可毕竟能提供吃住,孩子们已经深感幸福了。更主要的是,埃明纳修女会利用各种机会给那些的孩子传授知识,告诉她们脚下的地球是圆的,遥远的法国其实比中国小。她说生活在那里的人们喜欢享受舒适,每年八、九月份的郊野,常常会有年轻人躺在麦秸垛上枕着胳膊欣赏夜空中的星星。而城市的人,他们出门坐火车,屋里用煤取暖。她给孩子介绍欧洲的城堡,讲凯尔特人、法兰克人、高卢人、十字军、卡佩王朝和夺走法国三分之一人口的黑死病,当然还会讲到巴黎的沙龙、咖啡馆、歌剧院,这些东西对孩子们来说都实在是太陌生了,更觉得新鲜,加上埃明纳本身长得慈眉善目,那里的孩子慢慢地就把她当作圣母的化身了。

米仓陪着伊索尔穿过小巷,爬上土坡,再上几个台阶就到孤儿院了,走在前面的伊索尔却突然停了下来。就在他们的正前方,孤儿院的街门口,有一位姑娘正静静地坐在那里。那姑娘端庄秀丽,一双大眼灵气十足,嘴巴却小小的仿佛初启的苞蕾,她一身蓝色薄衫,却不显寒酸。这样的姑娘要是生在官宦富胄人家,稍施粉黛,再穿上一套合身的旗袍,那就是一个大美人啊!多少年后,深谙中国文化的伊索尔,在听到别人夸赞中国女人美的时候,她就在想中国女人的美应该是什么样子的呢?她就觉得中国女人的美,应该是那种竹林小径般的幽静,峰回路转式的隐忍,含烟似露的羞涩,凝脂恬适的淡定,曼妙飘逸的优雅,真水无香的纯净。那天早上的那位姑娘恰恰正是这种美的缩影,她并腿,伏腰,怀里抱着一个头巾做的包裹。伊索尔上前,比画着问姑娘怎么不进去,是埃明纳修女不在吗?那姑娘先是摇头,接着又点头。伊索尔回头,发现站在旁边的米仓正在偷笑。这使伊索尔很不舒服。她让米仓上前,那姑娘神情犹豫,却把米仓拉到一边,将怀里的包裹交给他,低声嘱咐几句,向伊索尔匆匆行了个礼,便离开了。

那时,太阳已越过树梢爬上天空,金色的阳光照在伊索尔脸上。她推开院门,偏偏遇到那几个麻风病人在晒太阳。她不由得后退,钻到米仓的身后,难受的表情仿佛身上爬满了蛆虫。他们一起绕过麻风病人,走进修女的屋子。修女正为孤儿们过冬的棉衣犯愁,她以赵家三少爷法文老师的身份已向赵老太爷提议过三次,可赵老太爷却总是哼哼哈哈,不给个准信儿,而其他的村民日子都过得捉襟见肘,即便有心也实在拿不出可捐的东西。所以,当她看到进门的伊索尔,打个包裹说是来给孩子送衣服的时,尽管不是棉衣,尽管只是杯水车薪,但伊索尔有这份爱心,已令修女万分感动了。后来,米仓也把姐姐的包裹交给修女。起初修女以为和伊索尔的一样也是衣物，打开一看，竟然是两摞书，这些书她是认识的，《圣经直解》《古新圣经》《受难始末》《天主降生言行记略》①，全都是神甫的手抄本，可它们为什么被送到她这里呢？埃明纳不解地看米仓，米仓便把姐姐的话低声告诉了修女。

"赵老太爷真是这么说吗？"修女问。

"是的，埃明纳修女，我姐姐不会说谎。"

"哦，仁慈的主，我替这些罪人请求你的宽宏……"修女重新又把包裹包好。

"埃明纳修女，谁是他姐姐，刚才在门口的那位姑娘吗？"伊索尔用法语问修女。

修女说，是的，伊索尔，你刚才碰到的就是米仓的姐姐，米香姑娘。哦，伊索尔顿时后悔起来，因为鲁本斯修士在她面前总是夸这位姑娘，鲁本斯说米香善良、漂亮、手巧，自己还想一个普通中国姑娘能有多漂亮呢？不想今日一见，米香竟然比自己想象的漂亮很多。

到这里，事情就办完了。米仓向修女告辞，说要把伊索尔留在孤儿院。伊索尔马上又抛出"不可以"。米仓再次声明自己曾经向神甫请过假。伊索尔就说他并没有向她请假。伊索尔明显是胡搅蛮缠，埃明纳以为伊索尔只是任性，就劝米仓迁就伊索尔，如果可以，就带上伊索尔，至于神甫那里她去说。米仓说自己是去镇上打听马市行情，带上一个姑娘，还是外国姑娘，会不方便。伊索尔依然不依不饶，当然她直言不讳用法语告诉修女，她这样做就是要让米仓办不成自己的事，她讨厌这个中国人。埃明纳暗暗发笑，劝米仓把伊索尔带上吧，那样既可以让伊索尔散心，还可以消除一下两人的误会。米仓却犯起了难。因为他对神甫说了谎，他并不是去什么镇上，而是事先和姐姐约好去给母亲烧纸。那天是母亲的死祭日。尽管自己没有皈依教会，但他不想惹神甫不开心②。米仓不知如

---

① 在20世纪之前，中国没有全译本《圣经》，以上均为外国传教士的《圣经》部分译本，大部分都没有公开出版发行。

② 天主教认为中国人给死者烧香烧纸是迷信行为。

何是好,就请修女帮着劝伊索尔。修女知道伊索尔的用意,所以要劝的只能是米仓。太阳越爬越高,米仓又不想将实情讲给修女。所以,他只好答应带上伊索尔,说是去镇上。

离开孤儿院,米仓就想着送伊索尔回修道院。伊索尔依然是"不可以"。她声音清晰,语言尖利:"米仓,你有秘密,我一定要看到你的秘密。"米仓不知道该如何对付这个小姑娘了。他看着她,暗暗思谋她为何要这样?如果自己坦诚相告她会不会告诉神甫?后果会是什么?哦,米仓心想,最坏的结果无非是被赶出修道院。米仓只能赌上一把。

于是,他带着伊索尔来到赵家,在侧门处接上姐姐,三个人就往村庄对面的界山方向去了。蔚蓝的天空下,山涧凉风习习,路边紫色的荆条花开着,蝈蝈在灌木丛中鸣叫,时不长还有兔子逃窜和野鸡飞起。几个月来,伊索尔这是第一次真正与大自然接触,她东瞅瞅西看看,顺手还摘着路边的野花。她满以为是去往镇上,可她发现米香和米仓越走越少言寡语,越走越心情沉重,在翻过一道山梁的一个背风处,他们停了下来,米香和米仓用手清出一块空地,用石头围个圈儿,米香将随身带来的香、油灯、黄表纸、桃子、苹果、梨和两个烧饼摆好,米仓在圈里用木棍画出十字,他们面朝东南方向跪下,接着点蜡、燃香、烧纸。米香跪坐在地上突然放声大哭了,那声音凄凉悲伤,一边声泪俱下哭诉思娘之情,有几次,因为伤心过度,米香换不上气来,米仓就坐在姐姐的旁边用身体靠着姐姐,给姐姐捶背、摩挲胸脯,自己一边抹眼泪。眼前的情景让伊索尔不知所措,她听不懂米香的话,但米香和米仓的悲伤她能感觉得到,姐弟俩的依偎让伊索尔想到死去的父母和弟弟约瑟夫。她默默地走到他们旁边,把手中的花束放到了石头圈旁边,就是不说她也知道这对姐弟在祭奠自己的亲人。

在回去的路上,伊索尔似乎才反应过来。她毫不留情责问陈米仓:"这是,镇上?"

米香知道弟弟说了谎,便出面向伊索尔求情。伊索尔并没有答应保守秘密,这让陈米仓心里一直七上八下。不过,几天过去了,他并没有发现神甫对自己说谎的事有所察觉,伊索尔对他的态度也发生了改变,一有空儿就要他带她去找姐姐米香,慢慢地,他就感觉对这个伊索尔不那么陌生了。伊索尔也开始喜欢和他躲到僻静的地方回忆童年,彼此用并不流畅的语言讲些各自国家的趣事和风俗。有一次,米仓要伊索尔按中国规矩给自己请安。伊索尔便立正姿势,左腿向前迈步,左手扶膝,右手下垂,接着跪下右腿,再跪下左腿。

"这就完了?"米仓问。

"完了啊。"

"呵呵,这叫'跪安',伊索尔。我要的是'请安'。况且你还少说了一句话。"

"什么……话?"

"臣妾恭请皇上圣安。"

"臣……妾是什么东西?"

"就是国王的老婆,小老婆,第好几个、好几个的老婆!"

"你……这个人……真坏!"

米仓呵呵笑,然后单膝下跪,双手捧起伊索尔的右手用唇去吻。伊索尔赶紧把手抽回来。"你这个大笨蛋,怎么能对一个少女这般无礼?而且错得一塌糊涂①。"伊索尔一脸通红。

谈到信仰,伊索尔说一个人一定得要有信仰。米仓却不说话。伊索尔的汉语本来就差,还表达得驴唇不对马嘴,俩人常常闹出不少笑话。当然了,更多的时候,米仓只是笑,并不去争辩。当伊索尔一段长长的话讲完,伊索尔问他听懂没?米仓便嘿嘿嘿笑,摇头,伊索尔再讲一遍,米仓还是摇头,直到伊索尔发现他在故意捣乱,就单手叉腰像军官训斥士兵那样严词厉句地告诉米仓,其实很简单:信仰,说到底就是承认一个事实。米仓这才半懂不懂地慢慢点头。

"啊……"米仓用夸张的口气说,"伊索尔小姐,这次我似乎明白一点了。"

"明白了?"

"你说的信仰其实就是,我们必须得害怕一个人,他无所不能,只要谁不

---

① 在法国,男士一般只能对已婚女士行吻手礼,而且要女方先伸出手允许,吻时嘴唇微闭,象征性地轻吻女士的指背。

听话,就惩罚谁。"

"是神,你这个笨蛋,是他创造了一切。那你信吗,万能的主创造了我们!"

"不知道!"

"你在装糊涂。"

"不,我真的是不知道。"

伊索尔就劝米仓信主吧,那样就可以得到教会保护。米仓心想教会也不是万能的吧,其实很多中国人从心里是恨你们这些洋人的。但他不能这样说。不过,随着他们在一起的时间越来越多,话题也越来越广泛了,有时米仓去办事伊索尔也跟着,特别是去赵家,每次回来,伊索尔都很兴奋,米仓以为是因为赵家的家势,伊索尔却说是因为又见到了米香,如果自己年龄大一些,还是个男人,一定要娶米香为妻。米仓就逗伊索尔是看上赵家的三少爷赵崇阳了!伊索尔随着杆儿爬,说是啊,是你米仓吃醋嫉妒了吧。米仓说,怎么可能,自己只有羡慕的心,没有嫉妒的份。总之,在只有他们两个的时候,他们就嘀嘀咕咕,有说有笑,兴趣盎然,非常放松。而当大人们一旦出现,他们便言归正传,变得严肃认真。神甫倒没有出面横加干涉,毕竟伊索尔的小脸蛋开始泛出了红润,性格渐渐开朗了,这是好事。但鲁本斯却妒火中烧,不是对米仓抛去轻蔑的眼神,就是粗暴地站出来提醒米仓注意自己的言行:陈米仓,别忘记了,这是修道院。

"修道院,修道院,修道院,谁不知道这是修道院!可修道院……就怎么啦?"

说完,伊索尔和米仓相互做着鬼脸,吐吐舌头,"哧哧哧"笑个不停。

5 只是讲一种秩序

频繁的交往让他们的语言水平快速提高,两人的默契更是令人惊讶,很多时候,他们的交流仅限于他们,一些极难表达的词汇一到他们那里,往往只需一个眼神,或稍加一点肢体语言就能领会。伊索尔开始觉得米仓不仅是好玩伴,还正慢慢地变成她的亲密朋友。也正是这份友谊让伊索尔头脑发热。在一天晚上吃饭时,她毫无征兆地开口让米仓上桌吃饭。伊索尔的话一出口,神甫和修士都惊呆了。尤其是修士,觉得这个苗头可实在不妙。修士看一眼神甫。神甫却示意他不必出声。米仓也怔住了。他能理解伊索尔,可毕竟他是下人啊,他不能因为伊索尔一时冲动,就不知道天高地厚。于是他转身,毕恭毕敬地向伊索尔说声"谢谢",还是打算回自己的住处吃饭。

"怎么,你不愿意吗?"伊索尔直直地看着米仓。

"小姐,我习惯在自己屋里吃饭。"米仓说。

"对,每个人都有自己的习惯,伊索尔,我们应该学会尊重别人的选择。"鲁本斯说,一边很不友好地看米仓,"我说得没错吧,米仓?"

"是的!"米仓小心翼翼地说。

"可是……"伊索尔神情严肃,很认真地对神甫说,"我觉得大家在一起吃饭会更好!达尼埃尔叔叔,大家在一起吃饭有什么不好吗?"

"伊索尔小姐,世上有些规矩就像四季轮回昼夜交替一样,是不能改变的。"修士说。

"可这些规矩是谁定的呢?达尼埃尔叔叔,是你吗?事实上,我和你们两个大男人在一起吃饭,都快郁闷死了。"

"这是你真实的想法吗,孩子? 你真这么想?"神甫说。

"是的,达尼埃尔叔叔。"伊索尔又问鲁本斯,"修士,你为什么不愿意和米仓在一起用餐呢?"

"不,不是的,伊索尔,我只是在讲一种秩序,世界需要秩序,国王就是国王,仆人就是仆人。"

"他可是你喜欢的那位漂亮姑娘的弟弟。"伊索尔低声提醒旁边的鲁本斯。

"漂亮姑娘?"神甫疑惑不解地看修士。

"是米香姑娘,神甫,我曾经在伊索尔面前提到过米香姑娘。那段时间伊索尔心情不好,我想让她开心。"修士虽这么说,但伊索尔还是能看出修士内心的紧张,似乎他的胳肢窝里夹了一枚鸡蛋,一不小心就会掉到地上露了馅。

“不，修士，事情似乎不那么简单吧！”伊索尔笑着说。

修士知道伊索尔在拿米香将自己，为了不让伊索尔把更难听的话讲出来，他就不能和伊索尔较真，于是他用怪怨的口气问米仓为什么还不到餐桌上，伊索尔如此善解人意，能对下人体贴关心，真是天主的仁爱。神甫没有吭声，但内心里为伊索尔高兴。可米仓并不稀罕和洋人坐在一起，他们用刀、用叉，盘下要垫餐布，吃饭慢条斯文，喝汤不准把碗端起来，勺子不能碰响盘子，不能右手拿叉，不能用刀子送食，不能张着嘴嚼食物，不能发出咂嘴声，他们喜欢聊天，却不准大声说笑，就是大热天也不可以解开衣扣，那么多的“不准，不能，不可以”更重要的是平日里修士就对自己吹毛求疵，他不想再在吃饭的时候忍受修士的尖酸刻薄。可伊索尔希望他留下来，为了伊索尔，即使受刑，他也只能照着去做。事后，他把自己的感受说给伊索尔。伊索尔理解他。但她说，是要想做一个文明人，就必须要有一个痛苦的过程，你们中国人不是讲了嘛，没有规矩不成方圆，等习惯变成了自然，一切问题也就不存在了。

第二天，伊索尔便去找神甫，请求神甫将米仓列入慕道者的名单。达尼埃尔说自己曾经有意，但他发现米仓似乎并不热衷也不积极，相对于那些情愿向主祈祷、忏悔，追求心灵解脱的教民，米仓似乎更看重现实，修道院所有跑腿、喂马、扫院、守夜的活他都揽了下来，他把院子清扫得干干净净，把神甫的坐骑喂得膘肥体壮，有个空闲他宁愿去做修修补补的活儿，也不愿意去领悟教义。达尼埃尔说，米仓似乎在有意抗拒着什么。在这一点上，鲁本斯似乎看得透彻，他提醒伊索尔要对米仓多加提防，因为米仓的心根本就不在修道院，米仓待在修道院只不过是苟且，是潜藏。他觉得米仓就是一只在等待机会的狐狸。

陈米仓的心不在修道院，会在哪里呢？难道是修士没把话说明白？难道是米仓与修士所担心的那些民间结社有联系？伊索尔心里疑惑了。于是伊索尔开始用心观察米仓，她害怕自己看不到米仓的本质，担心米仓是于连①式的人。那么于连的偏执，于连的掩饰，于连的自负，于连的敏感，于连的野心，于连的超常记忆在哪里呢？难道米仓把所有的一切都悄悄地隐藏起来了吗？那

---

① 小说《红与黑》中的男主人公。

好吧！那我就等米仓也像于连那样,眼里冒着怒火,气冲冲对我说"我出身低微,但我并不卑贱"吧。伊索尔心想。

在这样的心里促使下,一天,伊索尔趁着米仓不在,偷偷去了米仓的住处。她这是第一次穿过月亮门,发现屋子后面逼仄的过道里堆满了草料,高高的石头墙尽头是一间低矮的马厩,那便是米仓的家,那马厩也是用石头砌成,四处走风漏气,光线很暗,麻头纸糊的小窗,窗台上摆着一盏破旧的油灯,一张铺着薄被薄褥的床摆在窗下,伊索尔掀起褥子,发现下面铺的竟是干草,床板竟然只是一扇旧门板,一个长条形的马槽就紧靠在床边,那么……伊索尔慢慢坐在米仓的床边,她想着,夜里,马就在米仓的枕头边吃草喽,看看床单上细碎的草沫和尘土,不知是爱怜之心,还是出于同情之感,伊索尔不由得心酸起来。这样的屋子要是遇上风雪天,该有多冷啊！尽管年龄尚小,伊索尔却似乎体会到了德·雷纳尔夫人①的那种情怀,她揪心,她难过,她欲罢不能,她想不管三七二十一按自己的方式去帮米仓,但又怕一片炽热之心反倒遭遇羞辱。小小的伊索尔觉得自己应该动动脑筋,于是,在一个大雪刚过的下午,她把正在清理积雪的米仓叫进自己屋里。她问米仓冷不冷。

"本来很冷的,可是一见到伊索尔小姐,便两手冒汗了。"

"哎呀！谁是问你现在？"伊索尔说。

"哦,小姐要是问明天的话,我确实还太不知道呢！"

"你这个人呀,怎么就是没正经。我什么时候是问你明天了？"

"哦……我懂了。"米仓看到伊索尔的脸红扑扑的,"昨天晚上是有点冷,不过,只要往被子上压些干草,就没那么冷了。不过冷点儿好,那样我就不能睡懒觉了。"

"要是还冷呢？"

"我就穿上鞋,把所有的衣服都裹上,再往被窝儿里放几个屁。烟暖房屁暖床,确实管用。"

------

① 小说《红与黑》中的人物,心里喜欢于连,却因为身份和已婚使自己陷于一种无法拒绝又无法接受的两难境地。

说罢,米仓嘿嘿笑。伊索尔却笑不起来。她的眼圈湿湿的,把事先准备好的一条毛毯递给米仓,一边谎称这毯子太旧太脏不能用了。米仓抱着毛毯左翻右翻并不觉得有多脏多旧,只不过北方风大尘多,丝绒里渍了一些尘土罢了。他就和伊索尔说:"那好,我就先替自己谢谢小姐。"

看到米仓收下毯子,没有像于连那样把难堪甩给自己。主啊!伊索尔开心了,她感受到了一种把关爱送给需要的人时而产生的由衷喜悦。她把这份喜悦和达尼埃尔分享,神甫夸她:"孩子,爱能让人坚强,善良让人聪明。我相信米仓此时正在内心感激你呢,你成了他心目中最美的姑娘!"

可没过几天,米仓就把毯子送回来了。毯子的尘土没了,绒毛变得蓬松了,色彩也恢复到了原样,俨然变成了一条新毛毯。送出去的礼物被退回来,这是侮辱啊,比那个于连给德·雷纳尔夫人的难堪还严重十倍、百倍、千倍。

"米仓,你?"伊索尔气恨恨看米仓,觉得米仓不识好歹。

"我没有别的意思,伊索尔小姐,你看它,要铺到我那里我会睡不着的。那天趁着大雪,我在雪里清洗了一下,你看它现在是不是和新的一样了,这样你铺在床上,就不觉得它又脏又旧了。"

"米仓,你……"伊索尔几乎要发怒。

"我知道,小姐,我什么都知道。可我受用不起。你放心,我们这种人命贱,是不会冻死的。"

伊索尔一脸怒气,一把从米仓手里夺过毯子。那夜,她哭了。哭了整整一夜!

伊索尔想着要报复米仓。可很快发生的事,就让伊索尔顾不上这些小情绪了:一桩是米香在赵家挨了打。另一桩是一位英国牧师和他的中国助手,莫名死在界山下的玉女河上游的河床里。

米香的事似乎简单。她不小心打碎了一樽唐代彩塑佛像,那樽彩塑不仅是古董,还是赵老太爷的最爱。米香哭哭啼啼,百般谢罪,赵老太爷却不依不饶,横竖要赶走米香。神甫与修女闻讯去求情。赵老太爷却不给面子。赵老太爷这样做有自己的理由。晚上,小儿子赵崇阳也来为米香说话,说米香别无去处,他希望父亲以天主仁慈的名义饶过米香。若不提天主仁慈还好,一提,赵老太爷更是气不打一处来。天主，天主，难道这些洋人不是打着天主的名义才为所欲为的吗？洋人带着天主来到这里，可为什么民众的日子却越来越苦。他用这个问题问儿子，当然他没想得到答案，他要小儿子勤奋学习，将来有一天到去欧洲去法国看看，难道那里真如洋人说的那样，就是天堂？

"米香姐姐该怎么办？"

"那是她的事，孩子，每个人都有自己的造化。"赵老太爷说。

"你不能这样，父亲！"

"行了，孩子，你还小，很多事情你不懂。"

"这样，你会让神甫和修女看不起的。"

"我说过了，你还小，很多事情你不懂。我要怎么做，那是我的事。"赵老太爷没好气地说。

"这样做会受天主惩罚的。"

"你说什么？"赵老太爷生气了，"我说过，一提天主我就生气。以后也不准你提。"

"为什么？"

"不为什么，也别问为什么。否则，我会辞掉你的法文老师，不准她再踏入我家的门。"

埃明纳修女再来给赵崇阳补习法文时，赵崇阳就把这些说给修女了。他说感觉自己的父亲变得怪怪的，不尽人意。修女联想到那天早晨米仓送给她的包裹，就把米香叫到赵崇阳的书房，米香承认赵老太爷是要她毁掉那些书，可她觉得太可惜才决定送到修女那里的。修女似乎明白了。

"那么，接下来呢？"修女问，"你有什么打算？"

"我也不知道。"说着，两行热泪从米香脸上扑簌簌地流了下来。

大家在为米香着急。本来，米香是赵老太爷最中意的丫头，去年冬天赵老太爷去北边做打虎①生意时，带的丫头就是米香。怎么这一转眼，她就变成他

_____

① 清末，由于交通和信息不便，在山西北部银两和制钱的比价时高时低，有人利用差价买空卖空从中牟取暴利，时称"打虎"。

的眼中钉了呢？伊索尔问米仓有何打算，要不要她去求神甫接米香来修道院。米仓也没什么好主意，姐姐能来修道院当然好，可修道院因为孤儿院早已入不敷出，他怎么好再给神甫增加负担呢！最后，还是神甫出面把米香接到了修道院，安排和伊索尔住在一起。不管下一步怎么走，先度过眼前的几天再说吧。

至于英国牧师和中国助手死在河床上的事，人们的说法就莫衷一是了。有人说可能遭遇了土匪，有人说是牧师与中国助手旧怨加新仇同归于尽。当然这样的说法太过幼稚，鲁本斯将这两件事联系在一起就得出了不同的结果。他跟达尼埃尔说，就像仲夏夜的滚雷，很可能一场能量巨大的暴风骤雨就要来了。

为此，晚饭后修士与神甫在屋里讨论局势。修士说，听说山东、直隶、北京，以及天津的海河，都发现了中国教民的尸体，种种迹象表明情况不妙。他建议神甫提前要有心理准备。神甫却劝他要用善意的眼光去看待中国人。

"善意？我们一直在与人为善吧，神甫，我们遵照主的旨意，把科学与文明仁慈地带到这里，可我们得到了什么？是仇恨，是报复。难道就因为我们的头发不是黑色，皮肤不黄，不会写那该死的方块字，我们就成了魔鬼？他们视我们为侵略者，好吧，那我们就干脆来场侵略，我们要不侵略，怎么把他们脑子里那些腐朽的东西挤出去呢？哦，主啊！神甫却要我们和一群野蛮的人讲讲道理。"

"修士，既然天主把我们派来，我们就不能被野蛮吓倒。现在，我们需要的是耐心和方法。"

"耐心？"修士说，"神甫，愤怒已经让我无法做到像你那样四平八稳。我可不想心甘情愿地任人宰割。有价值的牺牲我不反对，可你知道吗，那些Boxeurs①，他们就是一群野兽，他们正馋涎横流地扑向我们。"

"Assieds toi②，修士！"神甫用奇怪的眼神看着修士，"你怎么能这样称呼

———————————

① 法语，义和团。

② 法语，坐下。

他们？他们只是被生活所迫。你知道天灾叫他们的日子过得有多苦嘛？我们不该被表象迷惑，我们要看他们的本心。"

"神甫大人，他们的本心就是恨透了我们，他们把所有罪名都加到我们头上。神甫，我可以向愚钝者重复一千遍，但我不能愚蠢到让野蛮人欺负的地步。想想吧！神甫，事情关系教会、你的声誉、天主的尊严。"

"冲动解决不了问题，修士，我们需要慎思。"

"需要慎思的是你，神甫，我不想看到一位学识渊博的神甫，因为懦弱而变成笑柄。神甫大人，难道你也受那些愚蠢观念的影响，认为世间的一切事物都建立在逻辑之上吗？不，神甫，很多时候，那些所谓的逻辑一旦遇到情感就失控了。你被潜意识的情感控制了，神甫，等着瞧吧，那些暴民已经失去理智，你还指望他们能做出什么理智之举？"

"那我们就帮他们恢复理智。"

"哦，你说得简直对极了，可是，方法呢？以我看，只有敲开他们的脑壳，掏出那些腐败变臭发馊的脑浆，好好晒晒太阳才行。"

"修士，我们还是多读几遍圣经吧，多做几次祈祷，万能的主会告诉我们怎么做。无论何时，过分的热情如同膨胀的欲望，都是有罪的。我们需要冷静，修士，我不希望你成为埃内斯特·勒南，更不希望你做出保罗·德鲁莱德①的举动。我看到了你身体里那团燃烧的火，但我希望你用它来温暖教友，而不是点燃仇恨。"

神甫与修士的谈话穿过黑夜传到隔壁。大部分内容米香当然听不懂，可伊索尔一字不落听得真切。她这才意识到时局该有多么严重。她问米香中国人在私底下悄悄流传什么。

"你是指什么，伊索尔小姐？"米香说，"今年年馑很不好，我听说有人为活命卖了自己的孩子，我还听说，有人在山神庙里看见几个老乞丐把小乞丐推进火里烧了吃。"

---

① 埃内斯特·勒南(1871-1922)，法国作家，以摒弃天主教信条著称。保罗·德鲁莱德(1846-1914)法国民族主义极右派政党爱国者联盟创始人。

"米香,修士说……Boxeurs,就是……拳击,打拳什么的。"

米香说:"你是说义和拳?"

伊索尔点头。米香在赵家时听赵老太爷提到的,但她只是听说不好当真,也就没对伊索尔说什么。可即使是有,那些人也在山东,神甫和修士没必要为他们吵架。对于这一点,伊索尔也不喜欢,尤其是修士还不礼貌地顶撞神甫。后来,她就告诉米香,鲁本斯很喜欢她,只可惜鲁本斯是修士。

自那晚以后,伊索尔就发现鲁本斯总是找各种理由外出,然后用打听来的消息劝说神甫。他说非洲南部发生战争①,一名安立甘会牧师在肥城被当地乡民打死②,在山东被撤职的巡抚③又调到山西重新启用,糟糕的是这个巡抚大人思想保守,宁愿用库银买竹盾长矛也不用新式枪炮,他辞退洋教头,公然支持民间习武,这些现象背后所隐藏的东西显而易见。达尼埃尔却不慌不忙。他用公使和商人们的说辞来安慰修士,说以他的经验来看,这个国家盛产顺民,即便有几个刁民也成不了气候,只要朝廷脸色一变,稍作吓唬,他们便乖乖弃暗投明了。

修士掰不过神甫,又觉得自己的看法得不到尊重,简直是自己愚蠢。于是他决定另谋出路,寻求自己的光明。有了这样的打算,他说话的态度也就变得随和了,承认自己与神甫的看法相去甚远,他赞同神甫"世俗的争端应该由世俗来解决,作为神职人员应该尽可能做到超然"的说法,可在心里他知道,那些京城里高高在上的公使大人,一次次给总理衙门送照会收效甚微,为保全教会和侨民安全,他主张神甫、牧师、修女、商人、矿主,还是银行家,应该拿起武器团结起来共同应战。他满怀信心地向神甫表示,只要神甫点头,他就能说服附近的工矿主出钱赞助,还能搞到枪支和弹药,只要手头上有了这些硬家

---

① 即英布战争,1899 年秋英国对南非布尔人的战争。

② 1899 年 12 月,英国安立甘会传教士卜克斯在泰安去平阴途中被杀。西方史学家多把此事视为 1900 年义和团运动的前奏。

③ 指毓贤,字佐臣。他痛恨西方人,峻拒变法,对义和团剿抚兼施。任山西巡抚时,曾经捕杀外国传教士,后在充军新疆途中被处死。

伙,再以修道院的名义召集起教民组建一支保安队,便可以实现自保。神甫却不同意。神甫脸上永远露出的是宗教式的微笑,他缓慢地对修士说,自己当年从巴黎出发时,行李中所带的东西除了《圣经》,就只有对主的忠诚了。"主赐予我们阳光、食物,赐予我们怜悯之心,却没有赐予我们杀戮。"神甫如此道。

"主的圣光使我们免受寒冷,主的仁慈能让万物生长。"修士说,"可是,我们面对的是一群没有头脑的野蛮人,他们没有思想,不懂得思考,无论做什么事情都是出于私利。在他们看来,缺乏信仰不是罪。神甫,你想知道他们在背后如何评论我们吗?"

"怎么评论?"

"他们把我们看成骗子。在他们眼里,我们手捧着《圣经》来到他们面前,那时他们在自家田地上以劳作为生。是我们以主的圣谕要他们闭上眼睛,叫他们跟我们学习祈祷,可有一天,当他们睁开眼,却发现他们手里捧上了枷锁一样的圣经,土地却变成了我们教会的财产!"

"他们真的这样说吗?"神甫为修士的话感到惊讶。

"千真万确,神甫。他们认为我们是骗子,从一开始就盯着他们那点可怜的土地。"

"简直是蠢货!"

"是的,他们愚蠢至极,我们怎么敢去相信他们呢!"

"我是说那些传教士,是他们假借主的名义为了一己私利制造了误会,他们毁了我们与教会的名誉。在我看来,这里的人们贫穷,缺乏科学知识,可他们憨厚,善良!"

"憨厚?善良?神甫,我倒认为他们才是真正的骗子。他们只不过是把贪婪的心藏了起来,装出一副绵羊的样子好骗取我们的同情。"说着,修士祈祷,"圣明的主啊!你要我们无声无息无谓地忍受,可我有种不祥的预感,主啊,难道你愿意看到可怕的投石党运动①在这片土地上演吗?"

---

① 投石党运动,1871–1922 年发生在兰斯、科尔比、圣康坦等地区,乡村饱受蹂躏,庄稼失收,人们躲在城里,不敢出城回家。

"我们应该相信主,相信主的安排,修士,相信主给予我们的爱并非是那种世俗之爱,世俗之爱会因为对象的可爱去爱,会因为对象不再可爱而消失,主给予我们的爱是无条件的,修士,你应该相信阳光带来万物光明,大地给予植物营养,他们从来就没有想过要得到什么回报。"

"是啊,神甫,真爱无私。但我们,不能因为无私就去浪费。要是那样,就不是暴民愚蠢,而是我们愚蠢了。神甫,我觉得在这紧要关头,你应该多为教会的前途着想。"

6 竟是如此现实

进入腊月门,天空再次下起雪来。屋檐、窗棂、月台、村庄、旷野,以及旷野以远的界山,都已皑皑一片。平日里灰头土脸的村民忙着扎灯笼,贴灶王,蒸花馍,请祖宗,一种不分贫富贵贱的普天同庆在村庄里四处蔓延。修士鲁本斯却越发提心吊胆起来,他担心义和拳的人会趁春节突然袭击。神甫说他多虑了,他应该知道春节在中国人的心中有多重要。

这年春节确实非常热闹,尤其是在赵家,赵老太爷吩咐早早打扫庭院,处处张灯结彩,自己还亲自提笔写了对联。赵老太爷说,家中的下人,只要不愿回家的都可以把家人带来过年。所以,几日里,各种各样的人来往于赵家,让赵家热闹得门庭若市。这可在缺吃少喝的年馑啊,赵老太爷如此慷慨,自然誉声一片。这样的生活三少爷赵崇阳却不习惯,赵崇阳自小在优越的环境里长大,又受埃明纳修女的培养,本是个温文尔雅的少年,春节要热闹,要喜庆,但也不能把家变成菜市场吧!他悻悻地去找父亲,让父亲把这些人赶走,但赵老太爷却告诉他,他大哥赵崇文在省衙工作,很受新任巡抚的器重,二哥赵崇武在平遥的票号里得到擢升,年后要赴北京分号当掌柜,而自己的四姨太年前刚刚喜得一女,是赵家唯一的千金,这么多喜事哪一件不值得庆祝一番?

赵崇阳不喜欢家里的吵闹,便去孤儿院看自己的老师。不知是由于修女的优雅，还是和埃明纳相处久了，他与修女之间有着一种天然的亲切。在修女不停地向他打听家里的情况时，他明明听得出句句有隐晦，但他还是如实相告了。他赞同修女的判断，自己也觉得父亲的行为有点反常，他还告诉修女那些得了好的下人如何夸赞赵家，一时心热的父亲还说，等十五一过，二月二龙抬头的时候，就开工在玉女河上游建水坝，那样村民就再不用担心受旱灾之苦了。赵崇阳本不是喜欢说笑的人，可当他说这些的时候，却笑了，他觉得父亲的决定很可笑。因为孤儿院的孩子至今身上还穿着单衣，如果要是换作他，他就多捐一些布料和棉花给孤儿院。修女的脸上就露出了欣慰的笑容。

后来，修女把赵崇阳说的情况讲给神甫和修士。修士直截了当说赵老太爷是在收买人心，是向教会公然挑衅。达尼埃尔一声未吭，只是选了一天上午，专门去登门拜访赵老太爷，奇怪的是往常一向热情的赵老太爷，却没有出门来迎接。神甫进门后，赵老太爷沏好茶，请神甫落座。神甫没有在这些礼节上纠缠，而是直奔主题，他希望和赵老太爷来一场严肃又正式的谈话。他把一段时间以来鲁本斯的担心，尤其是那些危言耸听的话讲给赵老太爷。他希望赵老太爷能坦诚相待。

"赵老先生，我是真诚的，我希望你也真诚，就像阿尔巴尼亚人的 Bessa①，我想听到真话。"

"你说巴什么，神甫？"

"巴萨，赵老先生，就是'真诚'，即使坐在你面前的人是你的仇人。"

"哦，神甫言重了，咱们怎么会是仇人呢？咱们是朋友，是朋友！"

"那以赵老先生之见，现在形势真的很危急吗？难道你也觉得我该组建一支保安队吗？"

"这个，我说不好，神甫。不过过年时犬子崇文回来，他似乎有这样的担心，在短时间内似乎还安全，可是一旦爆发，我是说一旦。"

"短时间是多久，半年？三个月？"

"我想，神甫你一定自有高见，你聪明过人，应该知道怎么做。"

---

① 阿尔巴尼亚语，意为"真诚"。

"可我不明白，我们带来先进的文明正在改变中国，它打开了东方人的眼界，激起了大众的进取心。可你们为什么要蛮横无理，要对我们恩将仇报？"

赵老太爷抿着嘴就笑了。他神情平和，他本想告诉这个洋教士，是他太不了解这个国家和民族了。中华文明绵延几千年，怎么可能因为几个外国传教士来讲讲经就说变就变了呢？可他又觉得想说的东西不可能三言两语说清，那还是不如不说的好。达尼埃尔却以为是自己的理由让赵老太爷无言以对了，他坚持自己中华文化历史悠久，但绵延千年却是一种一成不变的东西，他说十九世纪以前，中国是有过几个气势磅礴的帝国，但毕竟那是过去，自蒸汽机在欧洲出现以来，古老的东方文明就一落千丈了。可是中国的民众依然愿意沉醉在过去的辉煌中做着白日梦，也不愿意清醒地接受眼前的事实，中国落后了，只有虔诚地接受科学与新思想才能跟上时代。即便是那些义和拳的人，因为愚昧，守旧，排外，迷信，将来也是会受主惩罚的。

神甫又讲天主惩罚，让赵老太爷觉得好笑，难道村民皈依教会以来，受到的惩罚还少吗？他们吃不饱穿不暖，日子过得连牲口都不如！天主带来的福音在哪里啊？神甫却振振有词，对自己的传教事业坚定不移，在他看来，传教士是带着崇高使命来拯救中国的，根本没有过用观念与文化进行侵略的想法。这时一只猫跳到赵老太爷怀里，赵老太爷压制着情绪，用手轻轻地抚摸着猫，绿色的翡翠扳指缓缓地从猫咪的毛发里滑过。而一个下人正领着家人来向赵老太爷告辞，他们站在门口给老太爷鞠躬，感谢赵家给了他们全家一个春节的幸福。赵老太爷借此说话，他的目光一直看着下人和家人的背影离开，他和神甫说："如果，我是说如果，神甫，只要信主，只要虔诚地祈祷就能过上好日子，我保证这些可怜的人都会信主的。包括那些义和拳的人，我想他们也是日子实在过不下去了，才被逼出来滋生是非。"

"那么，赵老先生，以你之见，眼下我们该怎么办呢？我想从你这里得到些建议。"

几个下人在整理院子。再过几天，他们就要陆续送家人回家了。赵太老爷当然能想象他们那家徒四壁的破败日子。于是，他抿了一口茶对神甫说："那我就建议你去乞求主！"

"乞求主？"

"是啊，大伙儿的日子过得够苦了。我们去乞求天主放过这些可怜人，不要再惩罚他们了。"

"那可不对赵老先生，仁慈的主从来没有降罪于善良之人。"

"那以神甫的说法，这些人都是因为不够善良了？"

"不，不，赵老先生，这是炼狱，主要我们放弃私心，一心向他。"

"可我知道这些人连肚子都吃不饱。"

"我说了，这是炼狱。我们不能因为一次炼狱与考验，就丧失意志，就失去理智。"

"可据我所知……"赵老太爷把要说的话打住了。

"说吧，无论什么话。"

"我听说，在山东义和拳闹得厉害，如果我是你就会暂时避避风头，去北京、天津，或回法国探探亲。"

"你知道，我唯一的亲人已经在我身边了。"

"那你更应该离开。"

"那么我们的主呢？他在替我们受难时，想过去什么地方避避风头吗？"

"他是神，神甫，我们只不过是人。"

"所以，我们才需要赎救，赵老先生，我们不能在考验还没有来临，自己就选择了放弃。"

"这不是放弃。"

"那就是逃避。一个胆怯的逃避者如何能赢得新生？"

"可再不逃，很可能连命都没了，神甫。"

"赵老先生啊，我没想到你们中国人竟是如此现实！"

最终两人谁也没有说服谁，达尼埃尔回到修道院把赵老太爷说的话讲给修士，鲁本斯说赵老太爷这是一箭双雕，不论义和拳的人来不来，他真心劝说神甫，尽了朋友之意，然后传教士一走，捐出去的东西自己就可以重新收回，更重要的是自从神甫出现人们皈依教会，人们不再把他这个乡绅当回事了。鲁本斯判断赵老太爷的另一个收获，就是要在民众中重新树立自己中心的地位。

"那么,赵老先生是在策划一个阴谋?"

"不。"鲁本斯说,"恰恰相反,我们应该相信他,他为何要毁掉那些经书,为何要赶走米香,为何要让下人们到自家过年,他的大公子就在巡抚衙门做事,他一定是获得了什么消息,至少是听到了消息。神甫,现在我们很可能已经被困在一条颤颤巍巍的船上了,我们正命悬一线,我可不相信那一连串的怪事只是空穴来风。"

"我什么都没感觉到,修士。"

"可有些人已经神不知鬼不觉要置我们于死地了,我们是他们的敌人。"

"敌人?不,我们是主的使者,我们在传递福音。"

于是,修士便给北京、天津的朋友发电报询问局势。回电却说辞不一。一封说拳匪正从山东、直隶逼近北京,山西与直隶相邻,可能会受到冲击,尤其是那个一心想借刀杀人的山西巡抚,他的存在确实会有很多不确定的威胁;第二封却又说,没有武器装备,也没有良好的指挥,仅靠冲动与迷信煽动起来的拳匪,顶多是虚张声势。清政府不会允许他的臣民胡作非为,紫禁城里的老佛爷一时头热,撒撒泼或许可能,但权衡利弊后,她最终的决定还是会镇压;到了第三封,论调又来个一百八十度大转变,说目前各国公使正在马不停蹄开会,他们准备联名向清政府发照会,要求准许各国军队进驻天津和北京,以保护公使馆和侨民的安全,看来,形势正在快速恶化。

当然,神甫和修士在山西中部,信息闭塞,他们并不知道在传教士强烈要求下,各国公使已经对清政府总理衙门施压,慈禧太后为此发出懿旨,派新军到山东镇压,相关的上谕早在官方系统做了廷寄,可《京报》上却只字未提。人们没去追问其中的原因,只是那些拳匪如一群流窜犯一样,你在这里镇压,我就到那里作乱,山东待不成那就到外地去发展。于是他们向北去了保定、天津,向西进了直隶、山西。一路走来上他们恨透了洋人,为政府的软弱无能感觉憋屈,他们决定靠自己的力量替天行道,为中国人争回帝国的面子,因此他们烧洋教堂、占府衙、毁铁路、拔电杆,凡是与"洋"沾边的东西都统统捣毁。各国公使只好再给政府施压,政府的官老爷们却整日里争吵不休,他们分成两个阵营,一个阵营说拳匪祸国殃民,得剿,另一个阵营却说,拳民忠贞,神术可用,得扶。老佛爷的态度一日三变还含糊不清,对洋人她既恨又怕,一心想着重振皇族,却力不从心,最终掂量再三,决定利用一下这义和团,当然了,到底是什么团她才不管,只要它不把火引到紫禁城,只要它不动摇帝国基业,它愿意去灭洋,那就让它去灭,灭了更好,可以扬我大清国威,灭不了,至少能消消洋人的气焰,要是洋人怪罪,大不了政府落个无能的骂名,但义和团的势力同时也被削弱了吧。在这种危急之下,有人就跳出来向公使们建议,还是请位高权重的赫德①爵士出山吧。不料赫德爵士却两手一摊,说自己无能为力。说到底,他是不想染指此事,怕引火烧身啊。整个春天,就在这惴惴不安与喋喋不休的争吵中度过了。达尼埃尔把主的事业看得比生命都重。赵老太爷却认为神甫是有私心,人为财死鸟为食亡,古人说死了的道理,难道达尼埃尔就不想成为安治泰②吗?鲁本斯呢,当然想不通神甫为何如何死板固执,他甚至去找伊索尔,让她以侄女的身份劝一劝神甫。

晚上,神甫来到伊索尔的房间。身穿灰色粗布长袍的达尼埃尔,一对白色的罗马式小圆领像蝶翅般贴在脖颈处,他坐在床边,给伊索尔带来了苏姗姨妈的信。苏姗姨妈的信来得不多,内容也尽是一些日常琐碎,但对于在村庄几乎与外界隔绝的伊索尔来说,每封信都会带来不少快乐。伊索尔打开信,苏姗姨妈在信里这样写道:

亲爱的伊索尔,我的小宝贝,春天来了。清晨我推开窗,清新的空气扑面而来,院墙上的蔷薇开了好多,它们绚丽地绽放在绿叶丛中是那样美丽;灵巧的喜鹊站在玉兰树上鸣叫(中国人讲这可是好兆头);花池里的贴梗海棠发出了新芽;阁楼上新近住进来一对夫妇,成天吵吵闹闹,有点烦人,可有什么办

---

① 赫德,英国人,1854 年来华,1863 年担任中国海关总税务司长,上任后,改组海关,大力发展海关业务,深得清政府信任。

② 安治泰(1851—1903),圣言会神甫,在山东南部传教,1893 年向清政府要到二品顶戴,与当时的总督、巡抚的官阶平行。

法呢？他们是那般热切地渴望与我们为邻，我们怎好赶他们走！嘿嘿，不过，他们是一对年轻恩爱的斑鸠夫妇。

你的表哥西蒙，长高了，除了不爱学习，其他方面还不错。不过，有一次这小子背地里抽烟被你姨夫抓到，狠狠地教训了一顿，可我看他，似乎没有长出记性。波丽娜也成大姑娘了，也更漂亮了。最近她迷上了风筝，这个孩子贪玩，喜欢争强好胜，只要见到谁的风筝比她的漂亮，飞得比她的高，就乱发脾气。上礼拜，我们全家去了一趟郊区，闻到了久违的泥土芳香。我给西蒙和波丽娜准备了风车，可他们说我不该这样，因为他们不再是躲在妈妈裙下吃手指的小孩了。是啊，孩子们都长大了。回家时，我们学中国人挖了野菜，可那东西又苦又涩，西蒙尝一口就吐了，真不知道中国人是怎样把那些东西咽到肚子里去的。

你在那里情况还好吧！你姨夫近期要去内地，他会设法绕道去看你。不过，你不用专为这事等待，到时候他会和神甫联系。小宝贝，你也一定长高了，等时机成熟就来天津，这段时间我总是梦到你妈妈，每每想起我们小时候的那些事，就觉得心酸。

每封信来的时间都会晚，但每次苏姗姨妈的来信都会勾起伊索尔的梦想。她觉得自己就像一位落难的公主，而天津的苏姗家才是她真正向往的家。她想象着天津租界里那些气派的房子，想象着那些穿着号衣的佣人对主人毕恭毕敬，想象着那些房子宽敞的客厅里，吊着枝型花灯，那些雍容华贵的意式沙发是那样气派，她想象着太阳已经老高了，她的表姐波丽娜还懒在床上，一个腼腆的下人端着掺了牛奶的洗脸水进来。而表哥西蒙早已是一身正装，他的皮鞋亮得能当镜子，他站在大大的玻璃窗前抽烟，一双迷人的眼睛正望窗外，他的脚下是栗红色刚刚打过蜡的木地板，那些摆在柜子里和家具上的金银饰品，不论有没有镶嵌琥珀、蜜蜡、绿松石，件件都那样精美华丽光彩夺目。整个房子，从楼梯、门厅到茶几都应该铺着漂亮的土耳其地毯，每间卧室的花瓶里都插有鲜花。一切准备就绪后的姨妈，会坐在舒适的靠椅上喝茶、看报，一只慵懒的波斯猫懒懒地卧在她身上。

伊索尔被姨妈的来信吸引着,达尼埃尔脸上露出了慈父般的笑容。他猜想伊索尔的心早像一只鸽子飞到天津去了。不过不用急,他会安排让她去天津的,当然如果她的姨夫要来,能把她带走,那是最好不过的事情了。

7 特殊时期

每年的农历四月初八,是浴佛节。这日,本是佛陀诞辰、老君得道之日,但不知为何人们把孔圣人也请来与佛陀、老君一起奉供。很多村庄将三位圣人奉供在一所三教庙①里。以往年月,这个节并不显得那么重要,可这一年,从春节至今老天滴雨未落,又一个荒年眼看就又要到来了,缸里没了存粮,家当也变卖得差不多了,村民们哪能不急哪能不慌啊。田间地头的石基菜、茵陈、灰灰菜、苦菜、马苋菜被挖光,树上的榆钱儿、槐花、柳叶儿被掠尽,听说朝廷是给拨了一些赈灾粮,但不是被截留,就是被贪污了,有几户人家把从牙缝里抠下来的种子,孤注一掷地埋到没有一点墒情的地里,可没几天不是变成干豆,就是成了鸟雀田鼠的食物。听说有个村民想一头撞到树上一了百了,可罪业没够,人家阎王不收他,孩子们傻傻地站一旁看他,妻子坐在炕头抹眼泪,然后一家人抱在一起,哭一场叹一夜,第二天天一亮,日子还得往下继续。

这样的情形,达尼埃尔看在眼里,急在心上。他手捧圣经,耳畔却总是回荡着村民们凄楚的哀音。村庄的情况,他再熟悉不过了,知道要是不下一场好雨,在长不出庄稼的田野里会长出什么。包括修道院,很快也面临着无粮之困。米香为这事心里难受,觉得自己是修道院的负担,她拼命干活,主动提出把自己卖掉,或者直接拿去换些谷物。可怎么可能呢?这个善良的姑娘之所以牺牲自己,是为了让自己的弟弟米仓留下来。那时神甫的马已经卖了,修士几

---

① 因庙里奉供了孔子、释迦牟尼、老子,儒、释、道的三位先圣而得名。

次都说离开修道院的应该是米仓,可当他听米香说出这样的话,就不再多嘴了,因为他知道米仓要离开,米香也不可能留下。有几次,赵家的小少爷赵崇阳来修道院看伊索尔,口袋里会带些干粮,但被神甫制止了,因为神甫要的是光明正大的捐赠,如果享用偷来的东西,无异于鼓励偷窃。

每天,太阳都那么直烈烈照着,大家的生活却步入了阴暗之中。于是有教民推开修道院的门,求神甫祈祷万能的圣父、圣子、圣灵显灵给世间下场好雨。可神甫该如何答复呢?……这些世俗之人啊,居然想和主谈交易。但他又不好责怪他们,除了讲一些鼓励的话,他只能是祈祷了。

就在这个节骨眼儿上,赵家搭起了粥棚,请了戏班,张罗着要在浴佛节为村民求雨。这是大事,赵老太爷为何不来和神甫商量呢?修士嚷嚷要去赵家,神甫却出现拦住了。修士更加不理解神甫,他认为神甫是非不分,糊涂到了允许自己的信徒重返迷信的泥沼。那几天,本已废弃的三教庙,就像煨桑①一样,整日烟雾缭绕,冲着粥棚而来的香客更是浩浩荡荡像个军团。由于人手不够,赵老太爷到修道院来请神甫。神甫以身体不舒服推辞了。

"那修士呢?"赵老太爷问。

"即使我同意,恐怕他本人也不会愿意。"神甫说。

"为啥呢?我们是在做善事,救人一命胜造七级浮屠,"赵老太爷说,"神甫,我记得你说过,我们要仁慈。"

"但不能违背主的圣命。"

"主的圣命就是见死不救吗?"

"赵老先生,现在不是辩论的时候,作为主的仆人我不会背离主,更不会翻越藩篱令主蒙羞!兴许我不够聪明,但我绝不会背信弃义。"

"我没有承诺过什么。"

"不,赵老先生,你曾对主起誓。"

"现在是特殊时期。"

---

① 即烟祭,煨桑是藏人原始宗教祭祀仪式之一。

"虔诚之人永远不会为自己寻找理由。"

赵老太爷摇着头走了。他想不通,自己与神甫到底是谁在心犯糊涂。

那几天村庄锣声四起很是热闹,大戏唱了三天,天空却滴雨未落。当红日西沉,鲜艳的晚霞还铺满天空时,人们便陷入了绝望。有人突然想起了狐仙,这位狐仙住在界山努肚崖的最险处,离地六十多米高。四年前,有个年轻人在狐仙洞上方放羊,那里草木茂盛,羊儿吃得肚儿滚腰圆,在回村的路上,却"咩咩"一只,"咩咩"一只,仰天一叫,周身抽搐蹿几股稀屎,就瞪眼断气了。羊倌赶紧找村里的明眼人一看,才知道是羊群到了不该的地方,惹了狐仙。另一件怪事是,村上有对十年不孕的夫妻,求了狐仙后果真喜得一子。在万般无奈之下,人们也想求求这位狐仙了。

第二天,在赵家的支持下,村民们便披红挂绿,笙乐齐鸣,抬着三桌全鸡宴,去向狐仙求雨。人们来到界山下,设案,摆供,放鞭炮,他们跪倒在地,伏首闭目,像信徒一样默诵狐仙的功德,自责对狐仙的怠慢。尽管节令已过大庄稼没了指望,但如果来场雨,还可以收一些白菜、萝卜之类的菜蔬。在一位长者的主持下,三个二踢脚升空,鼓乐笙声骤停,先前爬到狐仙洞上方的四个男人把绳子一端拴到崖柏上,另一端系到红布裹身的男子腰上,再把钢钎、铁锤、鸡和大铜铃系在男子脖子上,然后将男子慢慢放到努肚崖下面。红衣男子悬在半空中,像钟摆一样将自己朝狐仙洞荡去。因为没有准头儿,红衣男子的身体几次撞到岩石上,胳膊肘、膝盖、脚、肩膀,撞到哪就算哪,悬崖下跪着的人们心惊胆战噤若寒蝉。红衣男子荡着身体将鸡一只只扔进洞里敬了狐仙,累了,就在半空中休息一会儿,然后解下锤子往石缝里有一锤没一锤地砸着钢钎,清脆的声音就像红衣男子本人一样,在村庄的上空飘荡。

这一切,鲁本斯修士站在房顶上通过望远镜都看到了。鲁本斯觉得忍无可忍,觉得这些中国人在故意侮辱天主,觉得这个时候,自己最应该做的就是雇一辆马车赶快离开。可是……一想到离开,他马上就像看到了米香,他太喜欢这个中国姑娘了,他必须得把这个姑娘带走。一想到米香,似乎就有一个声音在告诉他,他来到这里并不是什么天职,不是什么使命,不是什么福音,而是因为有一个美丽的姑娘等在这里。这时,伊索尔爬上楼梯,站到鲁本斯身边,同时来的还有米香。

"那些人在干什么？"伊索尔问。

"挂铃,伊索尔小姐。"米香说,"听说,在界山上挂铃,那里的狐仙会保佑村庄免受灾难。"

"啊,原来是这样。真是愚蠢到家了！可悲！"修士说,"哦……哦……你快来看看吧,伊索尔。"修士把望远镜递给伊索尔,"看看那是谁。"

伊索尔接过望远镜,镜头里的一幕让她倒吸冷气。她觉得这人是疯了。她看到那个红衣男子身体沉甸甸地吊在空中,脑袋垂到一边,两条胳膊像脱臼似的瘫着。那人是死了吗？过了一会儿,那人重新苏醒过来,吃力地抬起胳膊,举起铁锤。伊索尔看着,从熟悉的动作中她认出了是谁,她把望远镜递给米香,转身下楼,一边用责怪又带着哭腔的声音冲进神甫的屋子喊,"达尼埃尔叔叔,你不是规定不准任何人出门的吗？"

神甫应声出来。他说:"孩子,我们身边总会有唯恐天下不乱的人。"

"你指修士？"

"是其他人。他们把罪恶的心隐藏起来,想借着乱世把肮脏和暴戾变成光明。"

"我不懂你的意思,达尼埃尔叔叔！"伊索尔看神甫,"你是说米仓？"

"可罪恶的灵魂必将遭遇恶果。"神甫的每句话更像是自言自语。

"我恨中国人。尤其是那个陈米仓！"

"可我不希望你相信自己的眼睛！"神甫说,"伊索尔,对于罪恶之人,我们兴许无法拯救他们,但我们可以不恨他们,你要看到罪恶之人狂妄背后的悲怜,因为他们体会不到仁慈的欢愉与宽恕的幸福。孩子,不要恨任何人,即便他是有罪之人。"

"任何人？"

任何人。是的,任何人！

远处,界山脚下鞭炮齐响。人们一片欢呼,挂铃成功了。可老天依然没有下一滴雨。

那天晚上,新月当空,伊索尔坐在台阶上思绪一片混乱。这个国家的人让她越来越糊涂了,她想起修士对米仓"狐狸"的评价,这次挂铃是赵家张罗,赵家将自己的姐姐赶出家门,米仓却心甘情愿为赵家去卖命,而且神甫有言在先,浴佛节期间不准离开修道院,米仓却胆敢违抗。她觉得米仓确实藏了很多秘密,至少对自己不够老实。伊索尔觉得自己受骗了,从一开始米仓就骗她。伊索尔双手抱臂气得想去杀人,她就那么一直坐在那里,她倒要看看卑鄙无耻的陈米仓还怎样灰溜溜地回来。装疯卖傻吗?还是死皮赖脸?反正她想好了,无论他做怎样的解释,下场只有一个,那就是滚出修道院。

没过一会儿,院门真的被人推开了。来的却是埃明纳修女。她行色匆匆,顾不上和伊索尔说话便直奔神甫的屋子。修女哭着,伊索尔隐约听到是两个女孩失踪了,下午的时候,她们去邻村一位好心人那里取捐赠,来去也就七八里路,可是晚饭都过了却依然不见踪影。

"这正是我担心的,"神甫说,"这几天,村里闹哄哄的,我可不认为这些人只是浴佛节而来。现在好了,终于出事了,我们的赵老先生该高兴了!我们做好准备吧,说不定又将是一个卡达昆贝时代①。"

神甫和修士陪埃明纳去找失踪女孩,临走时,把伊索尔交给米香,叫她们无论如何都要待在修道院。可他们前脚走,后脚米香就慌乱起来,她为自己的弟弟担心,过往的村民说,米仓是被担架抬回赵家的,她为弟弟的伤心神不宁。她双手抓住伊索尔,求伊索尔给她半个时辰时间,她必须得去赵家一趟。伊索尔心里也乱糟糟的,一边气愤米仓,一边又担心米仓,便说要和米香一起去。

米仓躺在赵家绸面褥子缎面被的床上,地上站着来看望他的人们,人们有说有笑在夸赞米仓的壮举。米香和伊索尔挤到床前,米仓满脸自豪地看着她们。米香骂他傻,他就咧着嘴傻乎乎地笑。

"你就不怕万一?"米香急得都哭了。

"不怕,姐,我能有什么万一?"陈米仓说,"再说了,赵老爷子说谁把那个

---

① 卡达昆贝,即意大利文 Catacombe(墓穴)。公元初的三个世纪,罗马执政当局曾不断迫害基督徒,教徒们只能躲在地下墓穴里举行宗教活动。

铃挂上去,就给谁两石谷子,两石啊,姐,还是谷子。"

"两石谷子,就让你这个傻鬼连命都不要了?"米香继续责怪弟弟。

伊索尔站在旁边不说话。一见到米仓,她就不那么气了。她和米香有着同样的感受,这个家伙真傻。人们嘈嘈杂杂。米仓把米香叫到身边告诉姐姐,自己这样做是为了报答神甫对他们姐弟的恩情,他让赵老爷子第二天就把两石谷子送到修道院去,另外要告诉达尼埃尔神甫这几天他发现几个陌生人,那些人查东看西神情可疑,叫神甫他们一定小心。

那天晚上,伊索尔和米香返回修道院时,神甫、修士和修女他们还没有回来。他俩等到很晚,却始终没见神甫的身影。后来,两个女孩就自行先睡了。而神甫他们,沿着两个失踪女孩白天的路子重新走了一遍,根本没有找到一点女孩的线索,倒是在回来时在街门口捡到几张传单。传单是用黄表纸做的,上面用毛笔歪七扭八地写着几行朱砂字:

神助拳,义和团。只因鬼子闹中原……男无伦,女行奸,鬼孩都是子母产……天无雨,地焦干,全是教堂止住天。仙出洞,神下山,附着人体把拳传……大法国,心胆寒,英美德俄尽消然。

修士和神甫相互看看。"伊索尔怎么办?神甫,她还是个孩子。"修士说。

"修士,看来我得拜托你了,希望带伊索尔走,把她送到天津她的姨妈那里。"

"你呢?"

"我和教民在一起。"

"那样太危险了。"

"我是神甫。"

"他们才不管你是不是神甫。"

"我必须得和教民们在一起。即使有意外,也是主的旨意。"神甫说。

"那些红头巾裹头,红腰带缠腰,口袋里装着护身符,手拿砍刀、长矛、梭镖、柳条盾，开口一个大师兄①，闭口一个刀枪不入的人，他们中邪了，非常残暴，不，神甫，你不该无为的牺牲。"

达尼埃尔没有跟修士争辩。他知道自己该做什么。他来到伊索尔的房间，把小侄女抱在怀里，面色沉重。

"达尼埃尔叔叔，我们大难临头了，是吗？"

"不，孩子，只是情况有些不妙。我刚刚和修士商量过，修士答应送你去天津。孩子，请你原谅叔叔不能陪你。不过，你要相信鲁本斯，他这个人爱吹嘘，但脑子灵活，一定会把你安全送到天津。达尼埃尔叔叔希望你无论走到哪里，一定要学会坚强，忍耐，要相信主。"

"你不和我们一起走吗？"

"孩子，主赐给我更重要的事情，主知道自己将要临近的一切事情②，可他没有退却。我们也一样，孩子，我无法更改主的安排，我只能服从。不过，我希望我的小侄女相信她的叔叔是一位真正的神甫，他不远万里来到中国，并不是羡慕主教大人的金质十字架，也不是觊觎那枚闪光的权戒，他真的是把自己的身心全都献给主，希望我的小侄女原谅他的不得已，你能原谅我吗，小伊索尔？"

伊索尔轻轻点头，把整个身体依到达尼埃尔怀里。

"那么米香呢，她可不可以和我们一起走？"伊索尔问。

"那得看米香的意愿。"这时神甫才意识到和伊索尔同屋的米香不在屋里。伊索尔告诉神甫，米香去米仓那里去拿那个小木人了，说那是她妈妈，她想和妈妈说说话。后来伊索尔把米仓说的话告给神甫，神甫没说什么，只是提醒伊索尔要及早准备动身的东西。

神甫走后，窗外的世界是黑的。伊索尔莫名地想到自己这个年龄，在这样的夜晚，要在家乡，应该穿着漂亮的盛装和父母一起乘着马车去参加某位伯爵的家宴，他们的马车穿过黑色森林，踏着铿锵的马蹄声，在灯火辉煌的庄园

---

① 坛口是义和团的基层组织，一般称首领为大师兄。

② 见《圣经·约翰福音》第十八章。

停下。她会看到装束一新、彬彬有礼的门童，笑语盈盈、含首谦恭的侍女，那些早到的夫人们，一个个披金挂银，发髻上插着勿忘草或矢车菊，漂亮的女儿就站在她们身边，趾高气扬的丈夫们从一进门就把女人们扔到一边了，他们去找老伙计聊天，当然也会走到姘头面前心照不宣地碰上一杯。年轻英俊的青年当然来了不少，他们三三两两精神抖擞地聚在一起，闲聊别人的风流韵事，同时还不忘隔过众人的肩膀和自己中意的姑娘互递秋波。没一会儿，音乐声响起，大家缓步走入舞池……

哦！伊索尔睁开眼，简直就是一个梦。要在法国，自己最起码可以在家里独享阳光了，可以在清纯的早晨去草地散步了，可以躲在自己屋里看书了，就像鲁奥小姐①那样，径自为小竹屋、多曼戈和小狗菲代勒②暗自悲伤了。可是现在……主啊，伊索尔发现身边空空的，这个米香到底要去多久呢？她披衣下地，出门后就听到月亮门后面有人在推搡。她悄悄靠近，听到竟是修士的声音。

"你真的不懂我吗，米香？为了你，我夜夜祈祷，可是你，仿佛，一点儿都感觉不到。"

"我能。"米香颤颤巍巍地说，"我知道你是好人，可是……"

"可是什么？这不公平。你知道吗，我是为了你才留在这里，你就像天神一样萦绕在我脑中让我无法离开。你知道吗，是你在逼我唱颂歌，是你在逼我读圣经……可我在日日忍受折磨。我一次次忏悔，我求主宽恕，我曾下定决心离你而去，可当我看到你时，所有的决心和誓言就化成了灰烬。"

"求你了，修士。"米香带着哭腔。

"除非你答应我。米香，你知道吗？这是我们最后的机会了，除非你跟我一起走。"

"去哪里？"

"天津，神甫要我带伊索尔去天津。"

---

① 即《包法利夫人》的女主人公爱玛。

② 法国作家圣皮埃尔的小说，保尔与薇吉妮从小青梅竹马，生活在一座海岛上，与黑人多曼戈和小狗菲代勒为伴。

“那你去好了。”

“不，米香，我要哭了。难道你忍心让我抱憾终生？去吧，去我房间，我的门开着，咱们神不知鬼不觉。”

“不，修士。不行。”

“为什么？就为你那个该死的弟弟？你知道我对他已经够容忍了，要不是你，啊，米香，这是最后一晚，你明白的。”

“那也不行，修士。”

“好吧，好吧！不过，你要知道你是跑不了的，除非你答应，否则你那个该死的弟弟，你们的小命将永远捏在我的手上，米香。”说着，鲁本斯的腔调马上由硬变得蜜糖一样，“啊，难道这比你被卖到青楼还要委屈吗？我可从来没有对谁低三下四，宝贝，来吧，我已经闻到了你的体香……”

太恶心了！伊索尔没想到鲁本斯居然是这等货色，难道他忘记自己是一位方济各会的修士吗？伊索尔退回到屋里，大声叫着米香的名字。没几分钟米香回屋来了，她满脸通红。

8 我不会那样做的

第二天，太阳刚一露头，阳光便照满大地。伊索尔犹豫着要不要把昨晚的事告诉神甫。她掂量再三还是放弃了。神甫在帮她收拾行李，一边嘱咐她到天津后要和姨妈一家和睦相处。米香在一旁打着下手，一边抹着眼泪。伊索尔安慰米香，说自己只是去姨妈那里小住，用不了多久她们就会重新见面。“一个大姑娘家抹眼泪，”她拿米香开玩笑，“难道是因为舍不得让修士离开？”米香摇摇头，长叹一声。达尼埃尔摘下脖子上的银制十字架挂到伊索尔脖上，希望它能带给侄女好运。可伊索尔又把它取下放回到神甫手中了，她说，真正需要好运气的恰恰是神甫。

那个早晨，空气中弥漫着离愁与对未来的不确定性。戏班还在村里，据说还要再唱三天。到赵家的粥棚讨碗饭吃的人更是络绎不绝，他们希望赵家建水库的事早点兑现，那样全家人就可以到工地上干活吃饱肚子了。达尼埃尔把伊索尔的行李准备停当，把鲁本斯叫来，安排鲁本斯带伊索尔上路。这时，一声充满惊恐的尖叫，却从孤儿院方向传来。于是，人们便朝孤儿院跑去，在那里看到了瘫坐在地的埃明纳修女。等神甫、修士，以及伊索尔和米香赶到时，孤儿院门前已经挤满了人，所有人的目光都盯在一棵核桃树上，两个失踪女孩就在上面，只不过脖子上套了绳索，已经是两具尸体了。达尼埃尔挤过人群，来到修女面前。修女在喃喃自语，责怪自己粗心，感叹两个女孩的无辜。修士则带几个年轻人爬上树把女孩的尸体卸下来。修女哭泣着，亲手蘸水用毛巾给两个女孩擦拭脸和手上的污渍，一边无力地问："她们还是孩子啊！她们有什么罪？"

"她们当然无罪。即使有罪，主也早已豁免了她们。"神甫说。

"这帮混蛋，简直是疯啦！"鲁本斯有些情绪激动，他对神甫说，"你都看到了，神甫，现在你还觉得我的担心是多余吗？"

"你和伊索尔得马上动身，最好带上埃明纳修女，这里的事情我来处理。"神甫说。

"我们还能走得了吗，神甫？"鲁本斯笑笑说，"我们已成人家的囊中之物了，他们正在暗处看我们的笑话呢。"

"总会有办法的，"神甫定定神说，"鲁本斯，开动一下你的脑筋，我相信你一定能办得到。"

修士却只是笑笑。不知道说什么好。

尽管是两个孩子，但在神甫的安排下，还是依照教会的礼仪给她们举行了葬礼。当然葬礼很简单，敢来参加葬礼的教民也寥寥无几。葬礼结束，大家返回修道院，伊索尔发现米仓等在门口，他身体倚着门墩，眼帘低垂，身心疲惫，他说他要回修道院来。可达尼埃尔怎么会同意呢。

"你不能再留在修道院，米仓。"神甫说。

"我知道我做错了事，神甫。"米仓说。

"那就赶快离开，最好和米香一起离开。"

“可我们去哪里呢,神甫?”

“去赵家吧,米仓,赵家没理由不接受你。”

“可赵老太爷担心我连累他。”

伊索尔在旁边深深吸了一口气,她无法说清自己的感受,但她赞同达尼埃尔的说法,他应该带着姐姐离开。在这个时候,大家只能各尽所能求得一份平安。米香却不走,说她要照顾神甫,因为米仓的命是神甫给的,她要用自己命陪着神甫。

达尼埃尔当然坚决不同意。

天要擦黑的时候,村庄的四周突然燃起了红红的火把。密集的马蹄声和吆五喝六的脚步声,河流一般,向村庄扑来,它们从村民的门前穿过,直扑修道院和孤儿院。坐在椅上的修士在笑,他一直在笑。一天里,他不和神甫说话,他后悔自己为什么没有按自己的判断行事,懊悔自己迷恋一个中国姑娘。神甫手忙脚乱为伊索尔寻找隐身之处,他想过地窖、衣柜、厨房的柴火堆、马厩里的草料,可所有的地方都不保险。鲁本斯却一直在笑。神甫把米仓叫来,让他和米香带伊索尔走,可他们刚刚穿过月亮门,义和拳的人就在一片杂乱声中砸响修道院的门了。一个肥头大耳的家伙冲锋在门前,还调转屁股对准修道院夸张地放了一个响屁。他们举着锋利的刀端着发亮的矛,理直气壮地冲进院中。

“狗洋人,怪物,要是识相儿,就赶快给老子滚出来!”

“老张,进门你要小心啊,别一推门就被扣一盆鸡血①。”

“你也太高看洋人了,看把他们能的,有本事让他们扔一面万女旍②出来看看。我看他们啊,肯定都吓得连尿毛都掉光了。”

“你咋啥都知道?你钻人家裤裆里了?”

“废屁少放,赶快抓人吧!总之别大意,那些骡子们也许没尿毛,可说不定有枪!”

---

① 据说可以破坏义和团成员的法术。

② 据说是一种用女性阴毛做成的旗子,因为是秽物,可以使义和团成员法术失灵。

义和拳的人见门就进,见窗就砸,进屋后就翻箱倒柜。神甫和修士呆在厨房里,他和修士说,如果能逃过此劫,修士一定要找到伊索尔把她送到天津,在路线上,他建议走水路,尽管那样要多花些时日,但毕竟安全。修士没有作答,他只是在笑,只是在笑!

义和拳的人踢开门进来,把刀架到神甫与修士脖子上。他们六七个人,凶巴巴的,其中一个还抓起桌上的面包咬了一口,可当他意识到这是洋人的食物时,马上就"呸呸呸"吐了出来。他们把神甫和修士押到院里。大师兄等在那里,他要亲眼看到这些洋人像死狗一样被拖出来,他希望洋人吓得屁滚尿流,同时又希望他们像茅坑里的石头那样死(屎)硬。

"怎么就抓到两个?不是说三个嘛?"大师兄说。

"就找到这两个,大师兄。"拳匪禀报。

"那就把那第三个给我搜出来!"大师兄命令。

拳匪重新返到各个屋去找。但没有找到伊索尔。

天急不可耐地黑了下来,本该是吃晚餐的时间,村庄里却陷入一片慌乱之中。所有被抓的人被集中到戏台前的空地上。热闹的戏班当然早已偃旗息鼓,班头点头哈腰求大师兄放了一码,收拾东西早离开了。埃明纳修女、孤儿院的孩子、村民们自然也都在场。那些义和拳的人设案祭坛,连声高呼"清除异类,匡复正统,替天行道"的口号后,大师兄转身,抱拳绕场,然后坐到香案前。村民们就那样站着,等着,如果有人这时暗里撺掇大家一起反抗,眼前这满打满算四五十个人的拳匪,怎么也会有得一拼吧?可是,谁也没这么想!他们只是——等待。过了一会儿,大师兄突然抡起拳头,"哐"的一声砸到桌案上,大声喊:"把洋神甫押上来。"

审讯就这样开始了。神甫被拖到香案前。

"时至今日,臭洋人,你就老实交代吧……"站在大师兄身边的小喽啰厉声说道。

神甫不知道交代什么,也没什么可交代。除了莽撞无知,卑微与可怜,他在这些人身上再看不到任何东西。

"说呀!"大师兄指着神甫,"是你自己说,还是要我找个人替你说?但要是别人替你说了，那你可得罪加一等。"

"我没什么可说的。"神甫平静地说。

所有的人都能听得出神甫话语中所包含的鄙视。

"没有？"小喽啰说。

"没有。"神甫说。

"那你说你们这些洋人为什么都是红毛绿眼？为什么自从你们来了我们就灾祸不断？"

这些大而言之的问题，大概连下不了炕的老太太都能问出几条。神甫觉得这些人可笑，他们的脑瓜简直幼稚得不如三岁的孩子。

"天主啊……你们的天主不是说是万能吗?！"另一个小喽啰说。

"毋容置疑。"

"可我觉得纯属放屁！"大师兄插了嘴，他声音格外响亮，故意做出笑嘻嘻的样子，圆乎乎的脸上随之生出几道横肉。在火把噼噼啪啪的声音中，大师兄用火毒的眼睛盯着神甫看，"我告诉你，神甫你还是抓紧时间祈祷吧，要不就把你的天主请来，我要向他问话，否则你就是骗人，臭洋人，从一开始你们就在骗人。"

"不，朋友，欺骗就是罪过，天主要我们诚实。"

"朋友？谁是你朋友？啊……呸！"大师兄盯着神甫，又瞟一眼村民。他希望村民们能幡然醒悟，主动站出来对洋人的罪行来个大讨伐，于是他说，"你们想一想吧，老乡们，大伙儿有没有想过，这些怪物来到咱们这里的时候，可是两手空空，他们胡乱编造一个主，就吃我们的粮食，住我们的房子，还让我们为他们尽义务，他们不沤肥不种地就能吃饭，他们不摘棉不纺线就能穿衣，他们劝我们祈祷，祈祷，祈祷，不准我们去庙里烧香上坟烧纸，难道他们就是从石头缝里蹦出来的吗？我不知道大伙儿得了他们什么好处，信他们的鬼话，让我们龙王、玉皇、菩萨、灶神生气。现在我们的神不管我们了，所以我们才灾祸不断，老乡们啊，你们说，不除这些洋祸我们能有宁日吗？"

村民们却没有回应。他们没觉得神甫坏，但又觉得这个大师兄说得有些道理。

"赵老爷子,你出来说说,你也信洋人的那套鬼话吗?"大师兄对着赵老太爷说。

"不是的,大兄弟!"赵老太爷上前一步,套近乎。

"什么大兄弟!"一旁的喽啰提醒赵老太爷,"大兄弟也是你叫的?"

"哦……"赵老太爷笑了笑,"我也得叫……大师兄?"

"怎么? 不乐意?"喽啰说。

"哦,大……师……兄!"赵老太爷别别扭扭地说,"有些事吧,不那么好说。"

"我只是问你,你是信,还是不信?"

"信什么?"

"洋教。"

"不瞒你说,大兄,大师兄,他们是给过我几本书。"

"你收了?"

"收了。我当然得收,当时我想,管它呢,只要能消灾免难,在家里放几本书也没什么吧!"

"可结果呢?"

"几年下来,我发现…"

"它屁用不顶,是吧?"

"好像是。"

"好像?"

"哦,确实是这样。"赵老太爷说,"所以,前些日子,我吩咐下人把那些经书……"

"统统擦了屁股?"

"那倒没有。"赵老太爷说,"那些字,可是咱们的字,孔圣人不让的。不过我让她们烧掉,或扔到粪坑里。"

"呵呵,这下可坏了,结果你发现那东西沤出来的粪,给什么庄稼上庄稼都要死。"小喽啰用夸张口气说。

"这我不知道,只是那个死丫头没听我的话。我以为她拿去打袼褙做鞋底儿了。"

"结果谁穿了那种鞋底儿的鞋谁脚上生疮？"

"我却不知道那丫头竟然把经书送给了修女。"

"啊……竟有这事，那丫头在哪，叫什么名字，给我拉出来。"大师兄发怒了。

"米香。"赵老太爷大声叫了一声，他四处扫视，人群中没有米香的身影。

"是不是这个啊?!"一个看上去身手敏捷的士兵，从黑暗中走出来，然后是跟在他后面被两个同伙押来的米仓、米香以及伊索尔。士兵向大师兄汇报，说这仨人钻在一个碾盘底下，还好被他们发现了。说着，他们把伊索尔推到前面。赵老太爷当然说不是，他指出了米香。

赵老太爷站回到人群。

"你不能冤枉好人。"小儿子赵崇阳揪住父亲的衣角，"米香是把那些书送给了修女，可那是我让她去送的。"

"你这孩子，这个时候别乱说话。"赵老太爷呵斥赵崇阳。

站在大师兄旁边的小喽啰向米香走来。米香心里害怕，却没有显在脸上。这时，米仓走出来，用身体挡住姐姐。小喽啰举着火把看，嘿嘿地笑，然后跑到大师兄身边耳语了几句，大师兄便起身，双手抱拳走到米仓面前。

"你就是陈米仓？"大师兄问。

"我是。"

"呵呵，好样的！"大师兄说，"我敬佩你是位壮士。可你怎么会和洋人搅和在一起呢？"

"为了活命。"米仓回答道，"我无路可走，谁给我碗饭吃，我就跟谁走。"

"快人快语，答得痛快。听你的意思，我要是给你碗饭吃，你也愿意跟我走？"

"是的，不过，还有我姐姐，我不能扔下我姐不管。"

"这么说，你去修道院干活是不得已喽？"

"这世上，有谁会愿意放着老爷不当甘心去做下人的啊！"

"说得好，兄弟，敢作，敢为，敢承认。"大师兄接着米仓的话对众人说，"老乡们,大家都听到了,这位兄弟说得好,谁愿意放着老爷不当去做下人呢,过去大家犯糊涂,也是为了活命,但现在,经过这几年天灾,大家应该看清楚了想明白了,现在是我们和这些洋人算账的时候了。所以……"大师兄转头低声和米仓说,"兄弟,是条汉子,能不能跟我走,那就看你的表现了。你在修道院待那么久,应该知道那个名册的。"

"名册?什么名册?"

"信徒花名册。"

"我不知道。我只管扫院、喂马。"米仓摇摇头。

伊索尔站在旁边。一时间搞不清这个陈米仓为何变得判若两人。她转头看神甫,神甫面色平静。

"你的意思是说,你没入他们的教?"

"没有,我怎么会入洋人的教呢?"

这个陈,米,仓……伊索尔觉得完全不认识了。站在人群中的鲁本斯修士则在轻蔑地笑。修女一声不吭,只是用手去捂身边女孩的耳朵。一个喽啰兵过来向神甫索要名册。神甫觉得可笑,他是本堂神甫,怎样会把教民名册给拳匪呢?

"交,还是不交?"喽啰兵满目怒气地质问神甫。

神甫不言声。不交?喽啰兵重复一遍。神甫像个石人一般。实际上交与不交有什么差别呢?难道他们真想要那个册子吗?那帮家伙们也猜到这个洋人不会配合,这样一来,说话的家伙就笑了,得意了,有戏唱了,他伸手狠狠在神甫脸上抽了一巴掌,红红的鲜血从神甫的嘴角与鼻孔流了出来。

"你们不能这样!"神甫说。

"什么?"那家伙问,"你说什么?"

"你们不能这样。"神甫说。

"呵呵,那我们应该咋样呢?像个傻子一样任由你们欺骗下去?错,臭洋人,这是我们的地盘,我们想咋样就要咋样!"

"你们会遭报应的!"神甫说。

"报应?"那家伙盯着神甫说,"可我看到遭到报应的你,你这个笨蛋。"说罢,抬起腿用脚踢了神甫的小腹。神甫翻倒在地。他们哈哈笑。当然也希望村民们一起笑。可村民们毫无反应。神甫扭动着身体,挣扎着站起来,一个家伙过去,重新将他打倒在地。

与此同时,在大师兄那边有人从兜里掏出麻头纸铺在香案上,另一个人背过身往砚台里尿尿,然后用尿研了墨,把一支毛笔递给赵老太爷,要他在麻头纸上写下大大的"耶稣"二字。赵老太爷只能照办。写有"耶稣"的麻纸被贴到槐树上,村民们被命令排队依次冲"耶稣"唾口水。村民们马上就骚动起来,有人还偷偷在胸前画着十字。但这是一个标准,谁有勇气向"耶稣"唾出口水,谁就改邪归正,与教会划清界限了。可在信徒心中,这是多么肮脏的一招啊,简直是侮辱天主!偷盗、撒谎、贪婪、奸淫、阴谋,可有谁曾经如此侮辱过主呢?一位老教民忍无可忍,站了出来,他破口大骂:"你们这群无恶不作的东西,上有天下有地,别光看自己裤裆里那点自留地儿,作恶是要遭报应的!唾吧,唾吧,我看谁敢唾,谁唾就烂谁的舌头。"

"你这老不死的,我看你是活够了!"一个士兵举起刀,对准老人的脖子。

"小崽子,我是活够了。"老人说,"有本事就冲这儿来,脑袋没了无非碗大一个疤。可你们,你们对两个孩子下毒手算是哪路英雄。"

"你说什么呢,老东西?别死到临头还胡嘈没用的东西。"

"既然敢做,为什么不敢说呢。孤儿院的两个娃,死了,不是你们干的?"

"老东西,这年头死人,稀罕吗?!"士兵说。

"可就别不承认。"老人说。

"就算是,那又怎样?像你这种辨不清里外道不明远近的人,早就该死!"

"好啊,那你就杀了我啊!快动手吧,也让老汉我看看!"

"好,那我就,让你,看,看。"

话音未落,老人已是人头落地。大刀拎在拳匪手上,血却流在神甫心上。老人的身体如段木桩一样,慢慢地倒到一边了。几个孩子吓得哭出了声,一个家伙转过身,拎起滴血的大刀吓唬孩子:"你哭,再哭一声,我听听!"人群就马上鸦雀无声了。老人的死让村民们蓦然意识到,他们再不敢对这群陌生人抱有"乡里乡亲、同宗同族"的幻想了,因为在他们眼里,你信了洋教就是背叛祖宗。接着,两个年轻人过来把神甫架到槐树旁。他们让他带头唾"耶稣"。

"不!绝不。"神甫说。

"你肯定吗?"一个年轻人问。

"我肯定。"

"好,好,好……"大师兄面带笑容说,"那么……老乡们呢,现在,你们还想傍这个洋人吗?哦,这个红毛绿眼的怪物说了,他不,因为他相信主与他同在,可现在他的主呢?在哪儿呢?他为什么不出来救他?"说到这里,他回过头去看赵老太爷,"赵老爷子,你来带个头吧?既然你说你根本不信那玩意儿。"

"我?"赵老太爷没想到会落到自己头上。他支支吾吾,很是为难,"我,我,我是说……"

"你是说你信那玩意儿,对吗?"一个家伙拎着刀朝赵老太爷走来。

"小兄弟,哦,是大兄弟,我是说什么事情吧,不怕一万,就怕万一。"

"那你就不怕我万一不高兴?"拎刀的家伙过来威吓他。

"我来带这个头行不行?"米仓突然站了出来,"刚才大师兄不是说,要看我的表现吗?"他没等大师兄回话,就紧走几步来到槐树前,朝着麻纸"呸"地唾了一口。这一口吐得神甫心惊肉跳,神甫闭目向天主祈祷:

> 天父啊!你的名被尊为圣!
> 愿你的国赶快来临!
> 请宽免无知之人的罪过。
> 赶快让他清醒,
> 莫让他深陷世俗的诱惑!

贪生怕死,见利忘义,又一个龌龊卑鄙见利忘义的茹达斯[①]!伊索尔恨死了米仓,她默默祈祷天主用最严厉的酷刑惩罚这个罪人。

有人开了头,人群便慢慢开始松动了,有一个人试试探探走出来,就有另

---

① 即加略人犹大,《圣经》中出卖耶稣的人,天主教译为茹达斯。

一个人小心翼翼跟在后面,一个,两个,开始还拉拉扯扯不好意思,到后来就大大方方随大流而行了。村民们一个个朝槐树走去,去唾"耶稣"。这期间神甫的眼一直闭着,他在心里问那些忘记教义的教民,难道你们不知道这唾液是吐在了自己脸上吗?

鲁本斯修士也一直没有说话。现在他,心中只有恨了。他恨这些中国人,恨没骨气的教民,更恨神甫的固执。通过唾与不唾村民们自然就被分成"服从"与"不服从"两个阵营了,"服从"的阵营,苟且、自责和违背信条的恐惧在快速传染,人们忐忑不安,本想从心里暂时将主遗忘,主却在他们脑中愈加清晰,他们仿佛听到了主在遥远的天空中失望叹息的声音,他们后悔的不是自己亲口唾了耶稣,而是当初为何鬼迷心窍去信主,既然信了,洗了礼,发了誓,如今却又背叛,这不是错上加错嘛?"不服从"的阵营,因为坚守,刚强,彼此在传递着一种自豪和鼓励,他们相信刚才那位死去的老人已经脱离苦海,在天堂微笑,是义和团的人帮他坚定了意志,是钢刀为他劈开了天堂之门。那么你们这帮混蛋,来吧! 在这个没有星月的夜晚,那些想在灵魂深处要坚守的人,似乎已经看到伯多禄①晃动着钥匙正向自己走来。

神甫要忍受折磨是自然的事。折磨神甫的人似乎要村民们看到一个真相。他们再次将达尼埃尔架起来,提醒他:"现在轮你了,红毛绿眼的怪物! "

"轮我什么? "神甫冷冷地问。

"唾你的耶稣啊……只要你唾一口,我们就饶你不死。"大师兄提醒神甫,"你看到了,那些二毛子②并不像你想象的那样,他们知道天主保不了自己的命。"

"我不会照你们的意思做的。我会为你们祷告,求主饶恕你们。"神甫说着,便开始祈祷,"主啊! 原谅这些因为无知而迷途的羔羊吧,原谅他们享用你的荣光与福音却对你恩将仇报。愿我主仁慈,阿门! "

"狗洋人……我看你是敬酒不吃吃罚酒。我再问你一句,唾,还是,不唾? "

---

① 耶稣十二门徒之一,天堂钥匙的掌管者。

② 指信奉天主教的中国人。

"不，永远不！"神甫坚定地说。

大师兄便揪住神甫胸前的十字架，问，"你确定不唾？"

"不！"

大师兄一把揪下神甫的十字架，转身用力将它扔到漆黑的夜色里了，顺势对准神甫肚子就是一拳。毫无招架的神甫再次倒地。后来神甫被抬到木凳上，在手腕和脖子上绑了石头，米仓被叫过来帮着解神甫的裤带，摁神甫的脚。一阵杖打声就密集地落到了神甫身上。

主啊，主！亲爱的主！伊索尔低声祷告。她紧紧搂住米香的胳膊，希望达尼埃尔叔叔能张嘴大叫。神甫却连哼都不哼一声。几十杖下去，米仓被命令去问神甫唾还是不唾。米仓蹲坐在地，他用手捧起神甫的头，用法语低声问神甫，"你好好想想，神甫，一口，就唾一口，哪怕只是假装。"

"米仓！我的罪已经够多了，我不会再让自己增加一条。如果你有心，就帮我照顾好伊索尔。"

"我会的，神甫，我向你保证。"米仓低声应承着说。

"这怪物说什么？"大师兄问米仓。

米仓抿着嘴，回头看一眼伊索尔说："神甫说，他本心是想唾的，可担心遭报应。他请求你能饶他不唾，理解他作为本堂神甫的苦衷。"

"打！给我狠狠打！"大师兄下令，"我看他是不见棺材不掉泪，那就把他的那个本想打出来。"

"主啊，宽恕我的罪吧，因为在你面前我是那样无能。"神甫低声用法文祈祷。

怪物，你还想骂人?!"旁边一个使杖的人说。

"他没有骂你。"米仓小心翼翼看着对方，掂量着自己的腔调与语气。

"他是在求饶了？"

"我听不太懂。应该是求饶？"

"那你为什么说他没骂人，你这个……"

"我是听不太懂，但我知道肯定不是在骂人。"米仓说。

"说，怪物，你会我们话的，你刚才嘟囔什么？"

"主啊，请原谅这些可怜的罪人。我愿为他们的无知与卑微受过。"这次达尼埃尔用了拉丁文。

"别打了,神甫……他是在祈祷。"埃明纳修女实在看不下去。

"那他是求饶喽!"用刑人终于停了手。

"不,我不求饶。"神甫用汉语说。

这话一出口,自然又是一阵疾风暴雨般的痛打。没一会儿神甫的头就耷拉了,身体像面袋一样软沓沓地伏在凳子上。再不吭声了!

"这是死了吗?"一个用刑人问另一个。

"死了正好。省得一会儿还得脏我的刀。"

人群中又一次骚动起来。但仅仅是骚动,并没有人敢冲出去做些什么。教民们满心忧伤,希望神甫活着。当然也有人希望神甫死,他们想神甫一死,大家的磨难也就结束了。可用刑人在兴头上,觉得神甫就这么死了很不过瘾,他们往神甫身上浇水,商量找根竹竿把神甫串了活羊,烤熟了喂狗。好戏总是要一个高潮的,神甫的不经打令他们失望。于是他们撇下神甫,到人群中寻找下一个目标。他们向修女走来,赵老太爷却出面让他们等一等,赵老太爷到大师兄面前点头哈腰,凑到大师兄耳边低语,没人听到他说了什么,只见大师兄连连点头,还咧着嘴笑。然后大师兄就宣布"中场休息",洋人和"二毛子"是要修理,但不能让兄弟们饿肚子修理。于是他下令,叫手下人去赵家吃晚饭,等饭饱酒足,再回来继续把好戏唱完。

那些曾经唾过"耶稣"的人,因为表现良好而得到暂时释放。他们回到家中,不约而同把灯点亮,不知道他们是想给留下的人一份温暖,还是表达自己内心的一份歉意。没唾"耶稣"的人,像蚂蚱一样被绳子捆着绑在一起,由一老一少两个看守看着。伊索尔左边是修女,右边是修士,神甫不知死活地还躺在空地上。夜风习习,星辰寥寥,几个教友在窸窸窣窣抽泣。两个看守举着火把来巡逻。这时伊索尔才发现,两个看守并没有像修士说的义和拳的人会红头巾裹头,腰缠红腰带,他们的面孔也没有了大师兄在场时那般狰狞,如果不是手上那把又厚又笨粗粝的大刀,要搁在平时,她一定会以为他们是趴在地里伺候庄稼的老农。尤其是那个年龄稍大的看守,从伊索尔面前经过时,还伸手试了试伊索尔腕上的绳子是不是太紧,他们从神甫身上迈过时,伊索尔也注意到他们有意抬高了腿放大了步,并没有像她想象的那样,在神甫身上踩上一脚。

可能是赵家的饭菜太丰盛太鲜美,完全把义和团的人吸引住了,一个小时过去了,从赵家院里传出的划拳猜酒的声还在继续。现成的两个看守心绪有点低沉,又过了很久,黑暗中才有马灯从赵家侧门出来。应该是给两个看守送食物的,或是来替班的,等走近了,伊索尔才发现原来是赵家的三少爷和米仓。他们来给看守送饭。

伊索尔看着米仓把一只篮子递给看守,和看守嘀咕几句,就和赵崇阳提着另一只篮子来到神甫身旁。神甫活着,他的手指在动,小腿时不时还微微抽搐几下。赵崇阳扶起神甫,米仓用勺子给他喂汤。这两个无耻之徒!伊索尔想,达尼埃尔叔叔为什么不把这种小人推开。半碗汤差不多全喂进神甫嘴里了,米仓用袖子擦掉神甫嘴边的汤渍,把他搀到伊索尔旁边,便取出篮子里的馍馍递给伊索尔。

这太可笑了!简直就是侮辱。在一旁的修士不住气地笑,还伸腿把米仓手中的馍馍踢飞。米仓却不气不恼。他把馍馍捡回来,一点点将皮上的土渣抠掉,然后掰成碎块,泡进汤里,用勺子舀起来喂伊索尔。

"吃吧,伊索尔小姐!"赵崇阳在旁边说。

"滚开,你们这些小人。"伊索尔骂道。

"我知道你看不起我,伊索尔小姐!从一开始就看不起。"米仓低声说,"可即便是这样,我也希望你能吃点东西,如果神甫现在能开口说话,他也会这样说的。"

"伊索尔!"赵崇阳央求道。

"滚吧!"伊索尔觉得面前的这两个中国人比蛆虫还叫人恶心。

"伊索尔小姐,很多事是不得已的!"米仓说。

"滚开!你这没骨气的家伙。"伊索尔继续骂着。

"滚开!你这没骨气的家伙。"鲁本斯摇着头,重复伊索尔的话。

"只要你吃东西,随便你骂。你可以骂我小人,没骨气。但这馍馍不是小人,伊索尔,吃点吧,嗯……"

"你不仅卑鄙无耻,还是可怜虫!"修士说。

"我是可怜虫,修士。可我不卑鄙,也不无耻。"米仓强调说。

米仓把勺子递给赵崇阳,赵崇阳依然没办法让伊索尔张口,他只好寄希望于修女,让她劝劝伊索尔。修女劝了。伊索尔张开嘴,却一口咬住勺子将勺子扔到了一边。米仓来到神甫身边,指望神甫能快快醒来,可是这时大师兄派人来了,两个摇摇晃晃的酒鬼来提修女。修女情愿不情愿都得跟他们走,修士在后面冲酒鬼喊:"混蛋,你们要带修女干什么?"

一个醉鬼哧哧笑,装作娘娘腔的声调回答说:"让你两个爷爷去给你造个爹!"

米仓和赵崇阳当然听出了什么,他们把馍馍放到伊索尔身边,紧跟着也回赵家去了。

整个夜晚,伊索尔都靠着槐树静静地仰望星空。一向能说会道口若悬河的修士却纯粹哑声了,要说的话早说完了,留下的只是他的懊悔与哀叹。后半夜,赵家的吵嚷声渐渐消退,义和团的人却没有回来继续唱他们的大戏,似乎他们把洋人与二毛子抓起来,只是为了赵家那顿美酒佳肴。两个看守嘟嘟囔囔抱怨怎么自己只配做看守,天凉了,他们把厚厚衣服裹紧,相互靠着打起了瞌睡。

第二天清晨,地表生出一层淡淡薄雾。神甫从昏迷中苏醒过来。他感觉身体到处疼痛,他试着移动身体,侧头看到安然无恙的伊索尔时便露出笑容。

"伊索尔!"神甫的声音极其微弱。

"嗯,达尼埃尔叔叔,我在这。"伊索尔看到了神甫。

"孩子,你看,主不会撇下我们。只是你……你害怕了吗?"

"有那么一点儿。"伊索尔说,"哦,不过,天要亮了!"

"是的,孩子。"神甫慢声慢气说,他看着修士,却没找到修女,便问,"埃明纳修女呢?"

"被带走了。"伊索尔说。

"带到哪里去了?"神甫问。

"不知道!"伊索尔说。

"主啊,万能的主!愿你保佑埃明纳修女,"说罢,他又看着修士说,"你一定在怪我!"

"是的，神甫。怪你的固执。"

"可我必须这样。"神甫说，"只是，我可能要死了。"

"你本来不用死。"修士说，"该死的是那些拳匪。"

"对不起，修士，主没有告诉我们谁该死谁不该死。我们都会死的，不是吗？如果我的死能换来主对他们的宽恕，我倒愿意为他们一死。"

"神甫，你觉值得吗？你不觉得这是耻辱？"

神甫轻轻地摇了摇头。

那个漫长的早晨像伤疤一样，每揭开一点都那样的疼。人们猜想会有可怕的事情发生，但没猜到埃明纳已经出事了，修女被倒栽葱竖在教堂门前。第一个发现的村民并没有大呼小叫，随着消息传开，所有来到现场的人也没有大呼小叫。他们只是用手捂嘴，哽咽着喉咙发不出声来。埃明纳是修女啊，她却被剥了尽光，她那丰润的乳房，优美的小腹，迷人的肚脐，纤纤的手指，修长的胳膊，一览无遗地暴露在人们眼前。她的双腿像铃羊角一样呈八字形伸向天空，她的腿间竟然还插了一把匕首，不，是一把戒尺。人们发现站在修女旁边的却是二师兄。因为大师兄死了。二师兄没有说出大师兄的死与修女有没有直接联系，他之所以把修女栽到教堂门前，就是要村民们交出杀害大师兄的凶手。据他讲，大师兄是在后半夜死在厕所里的，被一块石头或砖头之类的硬物击中了太阳穴，洋人被绑着，能杀死大师兄的人当然就在可以回家的村民当中。

"你们肯定知道是谁干的？"二师兄说，"我想到大师兄替你们整治洋人，倒死在了你们手里。"

二师兄命令手下抬来一块门板，冲村民们喊，如果没人站出来认罪，他就把修女大卸八块，喂到村民嘴里，说着，他拎起大刀抓住修女的脚，便把修女的腿生生劈了下来。

村民们齐声尖叫，面色煞白。赵崇阳躲在米仓身后浑身发抖。可哪里有人知道凶手在哪里啊？二师兄举着刀，突然把刀扎到地上，嚎声大哭，他泪汪汪地看着众人，抱拳，作揖，然后破口大骂："我们是来整治洋人的啊，来替大家出气，可你们……你们却要大师兄的命，他是我的亲哥啊！"

就在此时,一队人马冲进村庄。他们身穿官兵服装,将义和团的人团团围住。领头的却是赵家大少爷赵崇文。他跳下马,把二师兄推到墙角。刚才还蛮横嚣张的二师兄,顿时气焰尽失,变得奴才一般。二师兄向赵崇文跪地求饶,说自己根本不是什么义和团的人,他们只是邻县的农民,因为天气大旱家里缺吃少喝别无出路,就想了这个法子出来打弄点吃的。如今带头大哥死了,他不想撑下去了,他想带着大哥的尸体回去安葬。赵崇文当然放他们一马。可叫人奇怪的是,那帮人既然是冒牌货,代表官方的赵崇文为何不把他们缉拿呢?还有孤儿院死去的两个姑娘,难道就白白死了吗?赵崇文为何不去追究?可他却以公务繁忙为由,当天就返回省府了。

第二天,身穿祭服的神甫躺在担架上为埃明纳修女主持了安葬仪式。

第三天,鲁本斯修士和伊索尔上路去往天津。伊索尔去投奔姨妈。鲁本斯修士却暗下决心离开教会,不再为教会服务了,他要去当英雄,要让自己的铜像竖立到自己家乡的市政广场上。

9 谁也不准动它

可鲁本斯和伊索尔一路艰辛风尘仆仆赶到天津,到的却不是时候。他们绕过三丈高的城墙,搭乘小船渡过海河,路上碰的都是肩挑背扛落荒而逃的中国人。鲁本斯和伊索尔感到奇怪,可又来不及多想,他们只能抓紧时间赶往租界。只是他们有所不知的是,那时的天津,上空已是阴云密布,紧张的气氛就像悬着一个装满火药的火药桶,稍稍遇上一点火星,就会爆炸。

鲁本斯和伊索尔穿过葛公使路,沿巴黎路往前走一段,往右拐,再越过海大道,在丰领事路①上继续往前走六七百米,就到苏姗家了。一路上,青砖灰瓦

---

① 旧天津租界街道名,葛公使路,今为滨江道北段;巴黎路,今为吉林路;海大道,今为大沽北路。

红柱幡旗的中式建筑和小格窗、罗马柱、彩绘玻璃窗、造型迥异的欧式建筑相互交替。苏姗姨妈家住的较为偏僻,三层楼高的别墅虽然看上去不那么气派,却透着温馨。院门前,一条沙砾马道穿过庄稼地,朝海大道延伸而去,向左拐可以到繁华的梨栈大街,往右走能到达维多利亚大街。修士摁下门铃后,两人站在一旁等候。伊索尔看到院墙上的蔷薇,想象着苏姗姨妈会张开双臂,满心欢喜而又激动地喊着她的名字向她跑来,那些身穿号衣的下人道列两旁,用微笑和屈膝欢迎她的到来,表姐波丽娜定然会站在卧室的阳台上,她故意不下楼来,她站在阳台上,居高临下能让她变得更加抢眼,她会伏着栏杆夸张地向表妹招手,纤细的手臂和光滑的脚踝就露在外面。而表哥西蒙呢,那个曾被苏姗夸为世界上最帅的年轻人,一定会抱臂昂头站在门口,他会微翘着下巴,用高傲地打量着第一次见面的小表妹。

现实却是,门铃响过多遍,院里却寂静无声。可院墙上的蔷薇枝繁叶茂,黑色的铁栅栏漆面光亮。院子里,花盆整齐,地面干净,难道是姨妈全家外出了吗?修士只好再次摁下门铃。这时,院里突然传出一阵骂声:"滚吧,滚吧!在你们吃不饱饭的时候求上门来,可等你们吃饱喝足了,养一身好膘就翻脸不认人。滚吧,滚远远的!别在我面前假惺惺的装出一副无辜的可怜相。请放心,没有你们我们的日子会照过不误,而且我保证,比你们在的时候还要好十倍,一千倍。只是,你们有志气就永远别再登我的门。听清楚了,是永远。"说话的人是个女人,语速很快,在高音区会突然失声变哑,和伊索尔的母亲一模一样。一听便是苏姗姨妈。

"我也不想这样,夫人!可实在是没办法啊,我上有老,下有小……"这次是一个中国女人。

"谁不是上有老下有小呢?反正说一千道一万,你就是胆小,怕死。"

说着,一个包裹被隔门扔了出来,它从台阶上滚了下来,落到平地上。一个肥肥胖胖的中国女人开门出来,一边走,一边转身朝着门口鞠躬。中国女人捡起包裹,朝大门方向急匆匆走来,她打开院门,看到站在那里的鲁本斯和伊索尔,慌里慌张点了点头,抹着眼泪走了。

伊索尔和鲁本斯推门进去,在空荡荡的客厅里,发现苏姗坐在沙发上发呆。可能苏珊以为是刚才的佣人返回来了,便没好气地说:"还有什么东西没带上吗? 我可什么都不欠你的,胆小鬼。"

伊索尔看着姨妈无助的背影,轻声叫了一句:"姨妈!"苏珊这才慢慢转过身来。家里来客人了,即便面无喜色,苏珊也得打起精神,她为伊索尔和鲁本斯冲茶,去厨房端来果盘和面包。重新坐回到沙发上的她,依然无法从刚才的情绪中解脱出来,她不顾客人的劳累,一边给伊索尔的面包抹奶酪,一边打问达尼埃尔的情况,时不时还要诉一诉自己心中的愤怒,后悔自己向伊索尔发了邀请,因为情况本来不是这个样子的,可谁知道,突然间一切都变糟了。

橘黄色的阳光透过白色窗纱照在苏珊脸上,她看上去是那样憔悴。苏珊意识到再讲多少都是多余,既然伊索尔已经来了,自己就有保护她的责任。于是她把天津的情况简要地对鲁本斯做了介绍,她说大部分中国人都走了,整个租界正在变成一座被隔离的孤岛。更为糟糕的是,一个月前丈夫让·雅克带着两名专家和中国官府的人,去了内地考察煤矿。眼下,这突如其来的动荡令她害怕,她给丈夫去过几封电报,请他赶快回来。可丈夫的回电令她失望。丈夫在电报里说,情况他已知晓,他叫苏珊放心,还说那些骚乱只是局部的小打小闹,几条小咸鱼对于大清帝国来说就是蚂蚁撼树。他让苏珊安心照顾两个孩子,如果出现什么问题,她完全可以大胆放手地去处理。

"上帝啊,他总是那么自信! 他来中国二十年了,收集过标本,搞过丝绸贸易,贩猪鬃,经营矿业,从来不曾失手。可是这次……修士,你觉得只是几条咸鱼的事情吗? 可他总说我小题大做,妇人之见,要不,就说,'啊,亲爱的,我相信你能行。'你听听,修士,我能行,我能行……我有多大的能耐啊!"苏珊自嘲着说。

"那些拳匪心狠手辣,我们可是亲眼所见,夫人。"修士说。

苏珊说:"现在可倒好,电报都发不出去了,我……我是一点也不知道该怎么办。"

"电报都发不出去了?"鲁本斯不安起来,但他还是宽慰苏珊说,"你放心,夫人,这里有领事馆,有军队,要是情况紧急咱们还可以去南方,听说那里的地方官在联手搞什么共保①。"

"我不会离开的,修士。"苏姗不甘心地说,"我和让在这里生活多年,我当初刚来这里的时候,这里什么都没有,到处是坟地、沼泽、菜地,连喝水都成问题,我们放眼望去,能看到的除了几个跨街牌坊,连座像样的建筑都没有。可现在呢,你看看,修士,到处绿草如茵花团锦簇,码头、银行、俱乐部、跑马场,要什么有什么。这是我们的血汗,我们凭什么离开。再说,我要离开,让从内地回来,去哪里找我啊!"

伊索尔毕竟还是孩子,她扭动着脑袋,把注意力更多地用来打量这个曾经令她魂牵梦绕的地方。她发现苏姗家的家什,虽没有想象的那样珠光宝气、富贵奢华,但每件,哪怕只是一个小器皿、小挂件都很精美,天山玛瑙做的雕品,镶嵌珊瑚的铸铜手工刻罐,造型奇特的阿拉伯银壶,铜胎掐丝珐琅松鹤图龙耳葫芦瓶,西域的唐卡,日本的土偶,镏金的座钟,澳毛壁毯,还有色彩斑斓的土耳其地毯,就连苏姗身上的裙子,布料也是珍贵的印度手工织品。修士却要苏姗离开去往南方,别说是苏姗,就是换成自己也不会那样做的。

他们就那么聊着,天快黑的时候,表哥西蒙和表姐波丽娜从外面回来。他们风风火火,情绪激动,顾不上和客人打声招呼,便急匆匆向母亲汇报:"我们的军队,哦,是我们的联军②,已经开往北京了,妈妈,看来北京的情况很是不妙!"

说完后,西蒙才给自己倒一杯水润了润干渴的喉咙。

"岂止是不妙?我敢肯定,一定是糟透了。"波丽娜说。

伊索尔看一眼表哥,他确实长得气宇轩昂,一表人才,奇怪的是他的腰里竟然别着一把枪,脚上还穿了与衣服极不相称的军用皮靴。他说起话来,也是慷慨陈词铿锵有力,简直就是第二个鲁本斯。表姐波丽娜却穿着艳丽,她坐在苏姗姨妈右边的沙发扶手上,一个劲儿地抖搂头发,一边扇动着左手,好给自己红扑扑的脸蛋降温。

---

① 指南方各省违背朝廷,自行联盟搞的东南互保协议。

② 1900 年 6 月,由英国海军将领西摩尔率领一支八国联军两千余人的队伍从天津出发,以保护各国使馆为名去往北京。

"那些暴徒(伊索尔是第一次听到这个词),放火烧房子,牧师的,教民的,我们回来的路上,看到好多街口都筑起了街垒。"西蒙说。

"我们还听人说,在北边、西边、和南边,有人看到暴徒们在秘密活动。"波丽娜补充说。

"西蒙,波丽娜……"苏姗对孩子们的失礼很是不满,她忍了几忍还是打断了他们,伊索尔来了,还有鲁本斯修士,他们怎么能失去起码的礼节呢!

"没关系的,夫人,"修士却说,"正好我也想了解一下这里的情况。"

"那还用说吗,这里的情况很糟。非常不乐观。"苏姗说。

"是的,妈妈,要打仗了。"一提打仗,西蒙就露出男人般的激动。

"你是说和那些义和团的人吗,西蒙表哥?"伊索尔说。

"对! 我们可不管他们是什么团,反正他们都是暴徒,他们在行动了,也许就在今天晚上……"西蒙来到伊索尔身边,"你还躺在床上做着美梦,一个暴徒就举着大刀站在了你面前。"

"你见过他们?"伊索尔问。

"我们马上就见面了。"西蒙说。似乎见到义和团的人是一件令他兴奋的事。咱们是见过的,伊索尔。他们凶残、恶毒,就想把我们铲净。"

"可他们说他们不是义和团的人。"伊索尔说。

"得了吧,伊索尔,那样的话你也信?"修士说。

"是的,那些人诡计多端。"西蒙说。

"行了,西蒙。"苏姗呵斥自己的儿子,"这是伊索尔,你应该有作为表哥起码的欢迎。"

"妈妈,我早就知道了,你看她有多好,我们会好好照顾她。现在我们该操心的是怎样对付那些暴徒。"西蒙满不在乎地说。

"那是军人们的事,西蒙!"苏姗说。

"我就是军人,妈妈,我会和军人一起战斗,我会保证大家的安全。"西蒙说。

混账! 我倒觉得你该问一问表妹这一路上走了多少路,吃了多少苦。"苏姗发怒了。

西蒙不明白母亲为何会如此歇斯底里。这时伊索尔主动站起来,向表姐和表哥问好。趾高气扬的西蒙一副爱搭不理的样子。对他来说,这个表妹太小了,如果是个表弟,他倒乐意一些。波丽娜照顾母亲的情绪,伸手拉了一下伊索尔,假惺惺地夸伊索尔可爱漂亮,说这下可好了,大家在一起彼此有了照应。西蒙可没这份闲情,他给波丽娜使眼色,波丽娜会意地帮弟弟向母亲提出请求,他们想用父亲书房里的那支温切斯特连发步枪。

"别跟我提什么枪,波丽娜!我知道你受了别人的怂恿。"苏姗态度坚决,"没我的允许,你们谁也不准动它。"

"妈妈……"波丽娜替西蒙讲情,"只是借用,况且西蒙是用它来保护我们。"

"波丽娜,这事轮不上你插嘴。"苏姗再次强调说。

"妈妈,"西蒙只好自己央求了,"天要黑了,暴徒说不定就在我们家门外,我担心……"

"西蒙,只要你老老实实待在屋里,就够让我省心了。"

"妈妈!"

"闭嘴,西蒙,你有更重要的事要做。还有波丽娜,你不想带伊索尔去看看房间吗?"

这一切伊索尔都看在眼里。晚上,鲁本斯留下来吃饭。伊索尔原本想象的牛排、鹅肝、田鸡腿自然没有,就连火腿和奶酪看上去也都不新鲜了。苏姗端来一盘鱼,却散发着浓浓的土腥味。她无不抱歉地说,中国人都跑了,有几家勉强开着的店,货品也样少品差,还必须支付现金。市场上能买到的也只有这种塘鱼了。苏姗叹息道,现在就是想拼一盘像样的水果色拉,都办不到。

"已经是美食了。"鲁本斯修士说。

"内地也是这个样子吗?"苏姗说,"哦,当然,我知道方济各教会历来都提倡节俭。"

"比这要苦得多,夫人,有时候,我们在稀粥里撒点面包渣,切几根萝卜条就是一顿饭。"

"呵呵。"波丽娜看一眼修士说,"修士,你可……真会开玩笑。"

"甚至有的时候连一碗稀粥都没有。吃萝卜条时,大家还得一小口一小口省着吃。"鲁本斯说。

"呵呵。"这次该西蒙笑了。他觉得鲁本斯一本正经的样子很是可爱。

"这不是笑话。"修士说。

"是真的吗,伊索尔?"苏姗问伊索尔。

表姐表哥的样子让伊索尔内心难受,她像是受了侮辱。难道她要告诉他们,这是她到中国以来吃的最好的一顿饭吗?让他们觉得自己只是一个小乞丐一只可怜虫吗?不……绝不。于是,她眼睛看着鲁本士,却故作轻松地和苏姗说,"条件是苦了一些,当然没有修士说的那样严重。不过,修士这个人从来就爱开玩笑,他走到哪里总是会把欢乐带给大家。"

"哦,谢天谢地!"苏姗说,"我想也不至于到那步田地。"

饭中,波丽娜抱怨奶酪不新鲜,刚吃一口鱼就跑到卫生间吐了,这样饭实在难以下咽,她去酒窖取来一瓶白葡萄酒,回到饭桌上却还是不高兴,因为她是去拿红葡萄酒,可是已经没了。

"让你见笑了,修士。"苏姗不好意思地说。

"真的没关系,夫人。不过想一想皮卡第的打糕、亚眠的薄饼卷酱鸭、阿布维尔的青鱼,还真是叫人口馋啊!"鲁本斯如此说,也是不想让苏姗的家人认为自己只配当一个穷酸的方济各修士。

大家边吃边聊,话题自然是眼下的局势。苏姗对义和团头脑简单、不分青红皂白的疯狂感到匪夷所思。她怎么也想不通那些一直任劳任怨的农民,怎么突然间就变得穷凶恶极了呢。

"他们扬言要把我们赶回海里去。"波丽娜说。

"可怎么可能呢?你觉得可能吗,鲁本斯修士?"西蒙觉得这样的说法实在好笑。

"说的是啊,我们就那样容易束手就擒吗?那些拳匪多么自不量力,难道就凭短刀长矛,就能与我们的坚船利炮抗衡吗?他们口口声声喊天朝帝国的至高无上,可他们并不知道只是自己的一厢情愿。一个小小的亚罗号①,就让

---

① 1853年英美等国掀起"修约"交涉未果,英国借"亚罗号"中国商船制造事端,从而诱发了第二次鸦片战争。

他们开埠赔款，一场海战①就叫他们的水师全军覆没。他们叫人家日本人倭寇，觉得日本是东洋小国，可现在看起来，我倒觉得是这个大清帝国捧着欺世盗外的虚名在自我意淫。更可笑的是，竟然有人把他们的李中堂②称为东方的俾斯麦，可他怎么就治理不出一个东西的德国来呢！夫人，我相信历史永远是强者的历史，弱肉强食是颠覆不掉的法则。什么帝国主义，什么人文精神，只不过是读书人风花雪月时的献媚之辞罢了。所谓的帝国主义与民族主义，说到底，不就是站位不同、角度不同，一个被动，一个主动吗？有谁在宣扬民族主义的时候，怀里没有揣着帝国主义的野心啊，又有谁在被指责帝国主义的时候，不辩称自己是为了民族大业呢？"

鲁本斯的这番话出口，让所有人都吃惊。尤其是波丽娜，两眼盯着鲁本斯，像遇到一个知识渊博的大人物。

"实不相瞒，"鲁本斯接着说，"几个月来发生的事情，我算看清了。我不认为自己对主不忠，也从来没想过要弃主而去，只是事实告诉我，仁慈拯救不了世界，仁慈只能纵容无知的人犯下更大的错。"鲁本斯说。

"我也这么认为，修士。"西蒙说，"所以，我们需要联合起来，清理那些渣滓。"

"这是你的真心话吗，修士？"苏姗平静地问鲁本斯。

"是的，夫人，无知的人可以麻木，但我们不能麻木，愚蠢的人可以迟钝，但我们不能迟钝。对于那些无知的中国人，我们只能镇压。"

"你是说，我们来个以暴制暴？"波丽娜说。

"难道我们还有别的选择吗？"西蒙反问自己的姐姐。

"为什么不去谈谈呢？"苏姗说。

"修士，我想达尼埃尔神甫不会同意你的说法。"伊索尔说。

"哦，伊索尔，现在神甫管不到我了。我不再是修士了，我还俗了！"鲁本斯

---

① 指 1894–1895 年中日海战。

② 即晚清重臣李鸿章；俾斯麦（1815–1898）普鲁士宰相兼外交大臣，德国近代史上杰出的政治家和外交家。

说，"伊索尔，咱们亲眼所见，神甫的仁慈善良最终换来了什么？仁慈只能让对方认为你软弱可欺。"

西蒙马上情绪激动起来，他义愤填膺，指责天津的领事优柔寡断，痛骂法军是酒囊饭袋。他说法国军人太自由，没有德国军人的严谨与铁的纪律。说到激动处，西蒙向大家发表自己的高见，"一个国家需要理性的谦让，但在关键时刻必须要有感性的攻击，难道日不落帝国是靠商量和谦让建立起来的吗？难道我们法兰西人，永远只能做一只彬彬有礼的高卢鸡？"

"西蒙……"苏姗打断西蒙。她不希望自己的儿子在客人面前狂妄自大。苏姗岔开话题，问鲁本斯义和团的不理智是否与教会有关。她总觉得这是个误会，三十年前的天津教案就是一个例子，如果当时的传教士能够多了解一些当地人的风俗，做事能忍让一些，不那么强势，修教堂不要抢风头，把教堂修到人家的道观、寺庙①上，那场惨案就可以避免。苏姗讲的不无道理，毕竟中国去过欧洲的人少，老百姓祖祖辈辈看惯了亭台楼阁、飞檐走廊、青砖灰瓦，蓦然一天发现自家门前立起一座火车头②样的怪物，还是建在风水宝地之上那怎么能行。拆我们的庙观，建你们的教堂，取一个"圣母堂"嫌不够，还要叫什么"圣母得胜堂"，这不明摆着是以强欺弱嘛！现在不反，是不敢，还没逼到那个份上，可等时间久了，积怨太深，总有一天会爆发出来。所以苏姗说事关宗教信仰的事情，需要慎重，起码少去掺和凡俗之事。哪怕来一个温水煮青蛙，慢慢来，彼此了解了，消除了对立与恶意，一切问题兴许也就迎刃而解了。

"但是，教会总是要有一些开销的，夫人。"鲁本斯说。

"那就重新开征什一税③，我相信信众会捐的，至少那样可以避免激怒中

---

① 指崇禧观和望海寺。

② 圣母得胜堂是一座哥特式建筑，由于前面塔楼高耸，后面又拖着几十米的堂身，从远处看很像一列火车。

③ 什一税源起于旧约时代，捐税要求信徒捐纳本人收入的十分之一供于宗教事业。法国在 1789 年革命时代废除了此税。

国人。"苏姗说。

"哦,夫人,听起来这倒是好办法。可事实上不可能。你知道吗,夫人,有一次,我曾问过一位中国教民,我们问她中国人为什么奉供神灵和祖宗时要准备那么隆重的祭品,你猜她怎么说。她说,因为那些祭品供在桌子上一点儿都不会少,如果他们的神灵、祖宗,或哪位大仙真跳出来享用祭品,她们才不会准备那么多呢。所以以我的判断,不用强硬手段,他们是不会为教会出钱捐物的。"

"还是一个信任问题,修士,一八七零年天津遭灾,圣道堂的殷森德①牧师组织教民捐款赈灾,就很得民心。"苏姗说。

"民心?夫人,我们都被骗了。实际上那些皈依教会的人都是另有所图,他们贪图教会带给他们的好处。佛教和伊斯兰教,比天主教传到中国要早几个世纪,中国人为什么不去反对它们? 这就说明,教会只不过是一个起因,夫人,况且我认为那些义和团的人要反的根本不是教会,而是外国人,他们把我们视为异类。这个国家的人思想太陈旧了,而且不喜欢吸收新鲜东西。"

"说得好,修士,"波丽娜似乎豁然开朗,"我也觉得这个国家就像裹了脚的老太太,自己扭扭捏捏,还不允许别人说三道四。"

"可文明不会停步。"西蒙说。

"因此殷森德牧师才创办神学班。"苏姗说,"这里需要现代教育,修士。"

"可他们拒绝了。他们拒绝一切不同于他们的东西。"鲁本斯说。

伊索尔一直不搭话。她脑子里在想达尼埃尔,在担心神甫的身体。再有空的时候,她就把注意力放到波丽娜身上,波丽娜皮肤白皙,长发飘飘,薄唇、小嘴、眼睛水灵,特别是看人时,她总是露出一副迷人的表情,要说尼罗河妖妇②是赤裸裸大张旗鼓招摇过市式的美,那么波丽娜就是恰到好处,不张扬,不内

---

① 殷森德(1829-1904),出生于圣道会牧师家庭,1861年3月到天津,是基督教会在天津最早传道人。

② 即埃及艳后,托勒密王朝最后一任法老。她才貌出众,聪明机智,擅用手腕,有"尼罗河花蛇""尼罗河妖妇"之称。

敛的美,有时看她有一点娜娜①的放纵,她却没有娜娜的轻垮,她就像具有某种暗能量一样牢牢地吸引着你,你却始终说不出那是因为放荡。

"现在机会来了,修士!"西蒙说。

"西蒙,我希望你直呼我的名字,我不再是修士了,我们是并肩作战的兄弟。"

"好啊,鲁本斯,欢迎你加入我们。"西蒙向修士伸出手。

"你们?"苏珊问。

"我,波丽娜,现在有了新成员鲁本斯!"西蒙颇为自豪地转向伊索尔,"你呢,小表妹,你不想加入吗?"

"好了,西蒙,别打伊索尔的主意。"苏珊警告西蒙。

"放心吧,妈妈,她那么小,一会儿我会把一个奶嘴儿送到她房间里去!"西蒙撇撇嘴。

尽管是玩笑,但伊索尔还是很不高兴。

可西蒙才不在乎一个小姑娘的感受。他和鲁本斯讲:"是这些可恶的暴徒挑起了战争!那就让他们去享受这个恶果吧。"

"西蒙,你刚才说什么——战……争?!"苏珊惊讶地看着儿子。

"难道不是吗,妈妈?这就是一场战争。"西蒙重复说,"我希望战争。战争是解决一切问题的最好办法。就像勇士们的决斗,胜者赢得一切,败者放弃所有。要是没有战争,我们的法兰西也许至今还四分五裂;要是没有战争,土豆和玉米至今还长在美洲土著人的田里,而我们还在忍饥挨饿……你别那么看我,妈妈,别一提战争,你就觉得它是坏事。"

"这是你的理论,西蒙?你就这么理解战争吗?"苏珊问。

"有什么不对吗,妈妈?亚历山大、恺撒、拿破仑,要没有战争,他们会是谁?"

"即便是宗教,也充满了战争,夫人!"鲁本斯帮着西蒙说。

"太残酷了。"苏珊说。

---

① 指法国作家左拉小说《娜娜》中的主人公。

"只要换个角度，我们就能看到战争的美丽，夫人。"鲁本斯说。

于是，西蒙当即就发誓第二天去见领事，他要组建自己的义勇团。

"我倒建议你们直接加入哥萨克①兵团。"波丽娜讲白天在街上遇到哥萨克骑兵，她形容他们的胡子又黑又蓬松，大得可以在里面养两只松鼠。鲁本斯和西蒙没搭她的话，心想女人就是女人，留心的竟然是这些没用的东西，与其谈论男人的胡子，那还不如讨论男人的胸毛。

那里晚上，伊索尔和波丽娜住在同一屋里。西蒙却带着鲁本斯偷偷溜进了父亲的书房，他们取下挂在墙上的那支温切斯特步枪，他们一边摆弄，一边坐在写字台上打着节拍低声咏唱：

> 拿起武器！公民们！
>
> 组织起来！你们的军队！
>
> 前进！前进！
>
> 敌人的脏血，将灌溉我们的田地！

爆炸声是在后半夜突然响起的，没一会儿，红红的火光就如天火般把窗户照亮。侨民们冲到街上。很快他们就清楚地辨别出，密集的枪声是聚集在老龙头、马家口福音堂和圣母得胜堂②方向。

上帝，上帝，上帝啊！西蒙和鲁本斯以最快的速度将自己武装。西蒙推开波丽娜的门，问波丽娜："你要去吗？"

"去哪里？"波丽娜还不明白他们的意思。

"你们哪里也不准去！"苏姗披着外衣堵在楼梯口，脸色煞白。

可是，西蒙和鲁本斯哪会听她的呢！

他们从苏姗身边挤过去，打开房门，消失在茫茫的夜色之中了。

---

① 哥萨克人喜欢留大胡子。

② 老龙头即旧天津火车站所在地。圣母得胜堂即今天的望海楼教堂。

10 一座孤岛

仗,真的打开了。交战双方谁都没有做到最后的克制。一方指责另一方欺行霸市、骄横无理,手里举着文明的幌子,干着以强欺弱的行径。另一方反过来辩称对方愚昧无知、闭关锁国,看不到时代的潮流,还以卵击石。当然了,也有人另辟新径说,排斥洋人只是借口,实际上政府与民众是从各自利益出发相互利用。还有人认为,所有的祸根都是因为那些不平等条约。可是,平等,不平等,哪有天理。既然签了那就得认,既然认了就得照办,西方列强认为放任义和团滋事是挑衅。清政府的掌权派在这个时候却犹犹豫豫、举棋不定。事态越来越复杂,越来越难以收拾。官员们遮遮掩掩、含糊其辞,当"民心可用"的论调被重要人物认定之后,那群跟屁虫们便开始对义和团由暗里扶持,变成大张旗鼓的帮助了。他们以为民众的爱国热情终于被激发了,他们要给这势不可挡的力量加油添火,好把洋人一鼓作气赶出国门去。

天津租界形势岌岌可危、险象重重。驻在大沽的各国军队却只是不停地开会,他们最后决定派一名俄军上尉给大沽清政府炮台送一张通牒,要求炮台在指定时间内①交给联军。炮台长官当然不干,力量强弱先不说,总不能把脖子伸长了还把钢刀递到人家手上吧。两兵交锋,肯定先下手为强②。事后双方却各执一词不承认自己先行开炮,有心的人注意到双方的开炮时间出现了五分钟的偏差③。可到底以哪一方的时间为准呢?再说了,谁在开炮前也不会通知对方和自己对表啊,况且,是谁先开,哪有那么重要嘛!一方开炮,另一方必然还击。大清炮台沿海岸成马蹄形布局,个个居高临下,联军的二十二艘军舰虽在海上,但数量上和火炮技术却占绝对优势,加上黄昏到来前,联军早已派先遣部队偷偷登陆占领了有利据点,经过五小时激战,天亮前,夺取炮台几

---

① 指 1900 年 6 月 17 日清晨 2 点前。

② 雷穆林所著的《天津租界史》认为中方开炮在先,时间为 6 月 17 日凌晨 0 点 45 分。

③ 中方资料认定是联军先行开炮,时间为 6 月 17 日凌晨 0 点 50 分。

乎就成稳操胜券的事了。

面对如此挑衅，大清政府随即宣战。理由当然是正义的，法律的，公德的，人道的。纵观历史，哪一场战争不是"正当理由"呢？领土、资源、女人、尊严，男女的一次私奔导致了屠城，可有谁还记得那个貌美如仙的海伦，有谁还去怪罪那个痴情的帕里斯呢①？战争就是战争，哪一场背后不是少数人赤裸裸的阴谋呢？哪一场不是积怨已深的新仇旧恨呢？虎视眈眈……忍无可忍……反过来，又有谁愿意发动战争，不向往和平呢？谁不知道上战场就要面临着杀与被杀？谁不知道硝烟弥漫的炮火中，飞溅的是血，毁灭的是生命呢？可我们必须得投入战争，因为只有战争，才能换来和平。

那天早上，联军拿下炮台，军队接到命令撤回舰上。但那时，中国人已经把租界视作万恶之地。成批的炮弹从天津城飞出，在空中如重获自由的精灵一般，然后扑向租界。爆炸！坍塌！尖叫！哀求！哭泣！诅咒！发呆！这正是所有精灵希望的。它们呼啸着情绪高昂地制造出每个刺激的场面，树枝折断了，由爆炸产生的冲击波震碎了房屋玻璃，玻璃碎片儿像雨滴般飞到空中，又噼里啪啦地落下来。猪被困在弹坑里惊慌失措，被炮火烤熟的鸡卡在树叉上，整个租界变成了一锅冒泡的稀粥，这里"轰"一声，那里"轰"一声，每一声"轰"都带来一次地震，随即便是飘起的黑烟。祈祷，祈祷，祈祷！抱怨，抱怨，抱怨！苏姗用木板钉住门窗，把伊索尔和波丽娜拖进菜窖。一支蜡烛哆嗦着发着微光，伊索尔蹲在墙角用手捂着耳朵，波丽娜却兴奋得在地上不停地打转，她放着狠话，发着毒誓。所幸炮弹没有一枚击中她们上面的屋子。那些炮弹越过苏姗家向租界腹地飞去了，它们在那里欢呼雀跃，在那里大搞联欢。当然了，还是有掉队的炮弹在附近爆炸，炸起的砖头与飞石四处乱撞，它们砸毁苏姗家的窗户，冲进屋子敲碎了玻璃器皿和瓷质摆件。

"好，好，好啊！"波丽娜情绪激动，像疯了一样。

"波丽娜……波丽娜，"苏姗冲女儿喊叫，"你要知道砸碎的可是你家的

---

① 相传特洛伊王子帕里斯到希腊斯巴达王宫做客，与王后海伦一见钟情并将她带出宫。两人的私奔引发了特洛伊战争。

东西。"

"那又怎么样!"波丽娜说。

"要是有一枚炮弹击中……我们就……"

"那就让它击中好了,"波丽娜说。"我才不在乎呢。"

"不在……乎,波丽娜?"苏姗命令波丽娜坐下,"你疯了吗,波丽娜,你需要安静。"

"不,不,不……"她双拳紧握,竖起耳朵聚精会神地听,"它来了,呜……轰……哗啦啦……哇,这次是个大家伙……快,加油,宝贝儿……轰……好样儿的,再来……"波丽娜手舞足蹈。她掰开伊索尔捂着耳朵的手。伊索尔反抗着,波丽娜却用力搂住伊索尔。她闻到什么,然后一个转身坐在苏姗面前呵呵地笑,她指着伊索尔说,"她,她,她,她拉到裤子里了!"

就这样熬了几天。突然在一个清晨,炮弹不撒欢儿了,爆炸声变得稀稀落落,有时还能出现半个时辰的宁静。俄国的哥萨克兵到街上巡逻,他们面无怯色。躲在戈登堂①的人们也开始试试探探打开门窗,伸出脖子来大口呼吸,甚至有胆大的人还跑到维多利亚大道上快步走了几个来回。只是那些喜欢渲染的记者,在听到第一声炮声时,就下笔把租界描写成横尸遍野血流成河的屠宰场。他们说联军士兵多么骁勇善战英勇杀敌,侨民们如何不顾生命危险与士兵协同作战。这样的胡言乱语和信口开河传到巴黎,让那里待在酒馆和咖啡馆里的同胞们精神振奋。可他们哪里知道,被困期间的侨民,像被困在深井地窖里的老鼠一样,个个少吃没喝,狼狈无助。有一些侨民倒是自发拿起了武器,可毕竟没有受过正规训练,他们凭有一腔热情冲到街上,当炮弹真正在自己身边炸响,同伴的尸体横陈在眼前时,他们也就人去猢狲散了。

在这中间,西蒙和鲁本斯回过几次家。每次他们都是直奔厨房,他们浑身是土,指甲里、头发上都是黑泥,眼睛布满血丝,他们的裤子被撕破了,袖子上有子弹穿过的洞。西蒙的左臂受了伤,鲁本斯的右脸留了血口,可他们顾不上

---

① 戈登堂,又称英租界工部局大楼,始建于1890年,是19世纪天津最大的建筑物。

洗澡，来不及换衣服，靠在客厅沙发上眯几分钟就又走了。他们提醒家人，尖塔目标太明显，德国会馆和利顺德饭店①又是参照物，千万别去戈登堂，那里实在太危险。西蒙和鲁本斯走后，三个女人只能继续躲进菜窖里。

晚上，伊索尔听到有个中国人在不远处喊话，大概是杀洋人可以领赏的事。喊话声是当地人口音，但很狂妄。可当喊话重复到第五遍时，"一声嘭"的枪响，让它停止了。第二天，西蒙和鲁本斯回来说，大批的义和团士兵与清兵从芝罘②、涿州和沧州赶来，他们已经潜入租界暗杀侨民，大肆抢劫了。可是声称要保护大家的西蒙和鲁本斯还是又走了，去当他们的英雄。伊索尔只能透过菜窖小窗往外张望，她看着黑色的建筑与冒烟的树桩，神奇般地看到了家乡：风和日丽的天空下，树林葱茏，成片的小花在地上开着，一只啄木鸟在前方的树杆上凿洞，约瑟夫趴在刚刚搭好的树屋里向她招呼。哦，到了晚上，圣马耳的夜晚是那样的宁静，窗外青幽幽的月光照着大地，弟弟约瑟夫会蹲坐在壁炉旁的地毯上搭积木……可是，现在，这样的夜色却到处暗藏凶险。

自从开战以来，伊索尔就两眼发木，面无表情。她的样子令苏姗担心，苏姗总是轻轻把伊索尔搂到怀里。波丽娜却每天嚷嚷着要出去，她说再在菜窖里待下去，就是不被炸死，也得憋死，她受够了，说着就向门口走去。

"站住，波丽娜。"苏姗说。

"不，我不能在这里等死。"

"这里很安全。"

"可我唤不上气来了。"

但波丽娜并没有真的离开，她只是把头抵在门上，呜呜地哭。

租界被围攻了，成了一座孤岛。侨民们寄希望于直隶湾的联军，可联军攻下炮台后，自认为掌握了主动权，便按兵不动。由于通信被切断，他们并不知道租界的实际情况。情急之下，一个小个子英国人③自告奋勇站了出来。他潜

---

① 德国会馆和利顺德饭店都是当时租界具有标志性的建筑。

② 今山东烟台市。

③ 即詹姆斯·瓦茨，因为趁夜色赶赴大沽给联军送信，而得到多国政府嘉奖。

入到德璀琳①先生家带上英、俄两国的领事急信，在三名哥萨克骑兵的护送下，趁着夜色赶到大沽。很快，一支八千人的队伍便朝紫竹林开来。

在激战二十多天后，在一个星期五的凌晨②，联军突然发起了猛攻。几十门重炮、速射炮同时对准了古老的天津城。顷刻间，整个天津炮声隆隆。弹坑，污水，残垣！燃烧的橡木，凝固的污血，焦黑的手臂，散去的烟尘……胜利者的呼唤，遍地的横尸，奄奄一息的伤残者，哭泣的孩子，含泪又无望的眼睛……在雇佣军的帮助下，日本兵攻下了一个城墙缺口。很快，联军蜂拥而入攻下了天津城。联军士兵端着枪，踩着尸体，冲进店铺、民宅，把枪口对准那些来不及逃命的人，士兵们按着自己的喜好抢劫自己喜欢的东西，英国士兵拿走丝绸，美国士兵翻箱倒柜寻找元宝，俄国士兵则喜欢造型精美的八音盒，精明的日本人争抢的是价值连城的字画，只有那傻乎乎的法国兵为找到一些火腿与烟草而高兴。

总之，胜利者享尽了自己胜利的权利，失败者却只能忍受失败带来的悲伤。奇怪的是，清兵与义和团的人却像水母一样，一见到太阳就消失得无影无踪了。

天津城就这样被毁了。毁得千疮百孔。却从未有人站出来想一想，一座古城缘何落到如此下场。

喝过酒，唱过歌，庆祝过胜利之后，在一天夜晚，西蒙和鲁本斯凯旋。他们在家人面前炫耀自己的所见所闻，把联军在天津城里的疯狂报复与杀戮赞美为主的圣谕。他们说，英勇的联军士兵踢开中国人的脑袋，用刺刀挑开女人的衣襟，把她们拖到屋里强奸，那些中国人被士兵们追着在巷子里像四处乱窜都是主对这些愚蠢之人的惩罚。

"那么你们两个呢？"波丽娜说，"我想听听你们两个做了什么。"

"我们？"西蒙看看鲁本斯说，"当然有我们的事。鲁本斯发财了，波丽娜，

---

① 德璀琳（1842-1913）英籍德国人，19世纪后期中国外交与天津城市开发的关键人物，因开滦矿产事件，被中国海关开除。

② 指1900年7月13日的早晨。

如果我是你，现在就嫁给他。"

"是吗？真是这样？"波丽娜看鲁本斯说。

"我只不过捡了一些金银首饰和玉器玛瑙，"鲁本斯说，"可我已经上缴了，毕竟我们的士兵倒下，他的家人需要抚恤。咱们还是说说西蒙吧！"

"我这里有三十三根辫子，"西蒙打开自己旁边的书包，"我会请人把它们制成工艺品，这可是我的战利品，波丽娜，无价之宝。"

波丽娜搬出整箱的香槟犒劳他们。她有点崇拜鲁本斯了，甚至心想如果鲁本斯给她暗示，她愿意和他亲吻，就是上床与他一起共奏凯歌也不是不可以。可鲁本斯和西蒙还沉醉在战争带给他们的喜悦中顾不上其他。鲁本斯说这是法兰西在东方的又一次扬眉吐气①。伊索尔却被冷落一边了，她一点儿都高兴不起来。苏姗则喜忧参半，她庆幸大家都还活着，可是丈夫呢？一想到丈夫，她便忧心忡忡。

第二天，鲁本斯来告别。他说他已得到领事允许，要随正规军去北京。他用非比寻常的眼神去看波丽娜，声称要把赛金花②抓来当给波丽娜当佣人。可是，当波丽娜牵住他的手，凄凄哀哀，让他留下来时，他那岩石般的表情就软似黏糖了。他悄悄把嘴放到波丽娜耳边，说自己等的就是这句话。从那以后，鲁本斯就自以为是大英雄了，他想象着要与波丽娜来一场巴雷斯与安娜③那样的爱情。可他哪里知道，波丽娜只不过把他当成她的皮格马利翁，还不一定心甘情愿给他那样的机会④。

---

① 中法曾于 1883–1885 年因为越南主权问题爆发战争，双方互有胜负，最终清方承认法国对印度支那的宗主权，并重开贸易。

② 赛金花(？-1936)，19 世纪末 20 世纪初的传奇女子。

③ 即马蒂约·德·诺瓦耶伯爵的妻子，在朋友家与巴雷斯相遇后，征服了巴雷斯。两人政见不一，但两人的爱情让巴雷斯变得更通人情。

④ 皮格马利翁是希腊神话中塞浦路斯的国王，不喜欢凡间女子，他把全部精力、热情都赋予一樽象牙做的少女雕像。此处指鲁本斯的一厢情愿。爱神阿芙洛狄忒被皮格马利翁的痴情打动，赐予雕像生命，并让他们结为夫妻。

因为没有丈夫的消息，苏姗变得多愁善感。她常常坐在沙发上一坐就是一天。院墙坍塌出几米宽的口子，临时政府允许侨民用天津城的墙砖重建和修缮房子，苏姗却无心操扯。让在哪里啊！忧郁的苏姗身体越来越差，一双儿女却不理解，他们觉得母亲变得性情乖戾难以理解了。他们却总是随心所欲，大肆享受着父亲不在家里的自由。

至于伊索尔，她开始进入一种自我封闭的不真实之中。她觉得活着，战争、生活、前途，如空气一样空无一物。看到愁眉苦脸的苏姗姨妈，她也想过给她带点快乐，可她觉得自己还像一张风中飞舞的纸，怎么还能再去影响别人啊！

11　谁是暴徒

明打明的仗是打完了，租界的治安却不容乐观。联军内部因为战争而暂时掩盖了的矛盾又重新爆发，尤其是俄国人，他们脾气暴躁，一不高兴就在街上胡乱开枪；义和团与中国士兵名义上吃了败仗，但实际上他们只是化整为零，以平民的身份隐匿了起来，毕竟是在自己的国家自己的地盘，挨了打受了辱，暂时性的消停并不等于就从心里接受了事实，尤其是义和团的残余，他们躲在暗处寻找一切机会制造麻烦；一些靠小本生意养家糊口的中国人，慢慢陆续返回租界，因为迫于生计，他们变着法儿地从外国人口袋里往外掏钱。虽然是租界，但毕竟是在别人的国度，战争的余悸让所有人都过得提心吊胆；倒是当地人，似乎早就将与亲人的生死离别视作了昨日旧梦，他们开始下塘捞藕，出海打鱼，打柴挑粪，拉车抬轿，为那本就无一日风光的生活开始忙碌了。

由于雇不到佣人，家务活全都落到苏姗身上。为此，苏姗常常唠叨，终日愁眉苦脸，有时西蒙和波丽娜也象征性地下手帮帮忙，可他们支支架架、敷衍潦草、笨手笨脚，不是碰倒花盆，就是摔掉酒杯，苏姗把他们往边上一推，罢罢罢，你们该干啥干啥吧，只要别来添乱。

伊索尔便想起了米香，觉得家里如果有一位米香那样的姑娘，那该有多好。伊索尔从心里无法与西蒙、波丽娜融到一起,他们总把她看成可怜虫,反倒让她更加闷闷不乐。一次鲁本斯来了,当然是冲波丽娜来的。苏姗向他问起伊索尔在山西的情况,鲁本斯说伊索尔只是刚到修道院时有过一段寂寞时光,但很快就过去了,伊索尔还和一对中国姐弟相处得不错。"很可能是神甫与修女的遭遇让她伤心了吧,来到天津,又刚刚经历了这些。"鲁本斯说。虽然鲁本斯说得有点道理,但伊索尔毕竟是个孩子,苏姗觉得她是另有原因,于是苏姗牵起伊索尔的手,问伊索尔是不是有心事。伊索尔当然说没有,说自己只是不爱说话,其实一切都好。

"你确定吗,孩子?"

"我确定。"

"这段时间我总静不下心,让到现在还是杳无音讯。西蒙和波丽娜成天在外面聚会、约会,还拍什么该死的舞台剧,可他们的父亲在哪里,是死是活,他们却不闻不问。"

"是的。"伊索尔说。

"你说'是的'?你说'是的'是什么意思,伊索尔?哦,难道是我对他们太刻薄了吗?难道我还要由着他们放任自流吗?可这……是家,我们的家啊!"

"他们是不该这样。"

"我们这叫过的什么日子呀!"

时间过了没几天的一个傍晚,伊索尔在院里捡到一封信。信封皱皱巴巴的,已经很旧了,沾满了污垢和油渍,地址是用汉字写的,收信人却用了法文,但无论哪种字字迹都写得歪歪扭扭极不工整。伊索尔打开院门,外面空无一人。她打开信,边看边回屋,躺在沙发上的苏姗见状马上坐了起来,问道:"是让的吗,伊索尔?"

"是达尼埃尔叔叔的。"伊索尔回答道。

"哦,让,总是这么狠心。"苏姗无不失望地又躺下了。

信是从太原发来的,很短,一开头达尼埃尔就祈愿可怕的事情不要降到侄女身上,他说汾州、太谷、寿阳以及北部教区,外国传教士被杀的事还是时有发生。不过,他本人倒安全。他在信中说,他和其他传教士一起到太原了。他

希望伊索尔在天津安心待着,有空多读些书。在信的最后,神甫写道:

亲爱的伊索尔,一定要永远相信主不会抛弃我们,主会保佑我们渡过难关。要有机会就替我谢谢鲁本斯修士,主赐予他灵活的头脑,就一定有它特殊的意旨。伊索尔,尽管修士有时鲁莽,但遇到困难时,你一定要去找他。别灰心,我的孩子,要像相信太阳那样相信我们的一切都会好起来!

代我向苏姗及她的家人问好。愿她们带给你的温暖,能使你快乐。

愿主的圣光,早日将黑暗照亮!

这封信是伊索尔和鲁本斯离开山西没几天写的,也许神甫相信这封信能与他们同时到达天津,可不知道它经历了一场战争才被送到伊索尔手中,可是,是谁送的信呢?既然来了为什么又不露面?

晚餐过后,很晚的时候,波丽娜和西蒙姐弟才从外面回来。一段时间以来,他们总是早出晚归。苏姗看不过眼,训斥过他们,他们却说是去打问父亲的下落,可他们从来就带不回一条关于让的消息。那天晚上,他们倒是没有空手而归。波丽娜先进屋来,她手舞足蹈,兴奋地在门厅处告诉苏姗西蒙给她带回来一件特殊礼物,一条中国狗。还说这条狗可好呢,只要稍加训练,家里的一切家务活儿它都能干。她拉开门,冲屋外喊:"好了,西蒙,带着你的礼物进来吧。"一边示意母亲和伊索尔别出声。

"汪……汪……汪!"屋外传来几声狗叫声。

"大点声,你这中国狗,要想活命,就得给我卖力。"西蒙说。

"汪……汪……汪。"狗只得又叫几声,可由于用力过猛,有几声没有发出声来。

波丽娜搂住苏姗的胳膊,咯咯笑:"你要谢谢你的孝顺儿子,为了讨你欢心,他自己可差点儿掉进粪坑里。"

"上帝呀!这都什么时候了,你们还有心情……"苏姗觉得西蒙和波丽娜不懂事,"波丽娜,如果还想让我多活几天,就赶快把这个畜生赶走,我可不需要什么礼物,更不需要什么狗。"

"畜生,妈妈?他可不是一般畜生。"波丽娜忍不住笑,然后转身冲门外说,

"你听到了,西蒙,妈妈让你把这个畜生赶走,她不需要礼物。"

"那可不一定,波丽娜!"说着,西蒙就把那条狗牵了进来。

"出去,西蒙,我求你了,我的孩子。"苏姗不耐烦地说。

一条狗?哪里是狗?站在旁边的伊索尔几乎惊呆了,就是傻瓜也能看得出那是一个人,一个脏兮兮的人。可现在他真的像条狗,他趴在那里,任由西蒙指挥。

"你快看看吧,姨妈,看看西蒙表哥给你带回来的是什么。"伊索尔低声说。

"我才不管呢,总之给我弄出去,西蒙,波丽娜,你们太过分了,你们弄脏了我的地板,你们两个就是白痴,笨蛋,做事情从来就不动脑筋。"苏姗情绪激动,语无伦次。

西蒙和波丽娜相互看看。然后把目光转到伊索尔身上:"你听到了,伊索尔表妹,你亲爱的姨妈要我们把他赶出去,可我们本想把他留下来的,我们捡了一个不花钱的劳力,她却不乐意。"

伊索尔再一次看那个人,发现那个人头发打绺儿,身体虚弱,如果再不补充营养,很可能会要了他的命。是个乞丐吗?还是个无家可归的拾荒者?他从哪里来啊?哦,他身上流下的脏水已经把地毯弄脏了。

"好吧,妈妈,就听你的。"西蒙转身,弯腰解开套在那人脖子上的绳子,把门打开,冲那人说:"滚吧,滚吧!滚回你那肮脏的世界里去吧。"

那人却一动不动,似乎大热天被扔进冰窖里一样,冷得浑身发抖。

"你聋了吗?你现在可以走了。"西蒙用力在他的屁股和腿上猛踢几脚。

那人却依然趴在地上,像吸盘一样,不肯离开。

"可恶的家伙,你怎么能这样呢?!"

波丽娜完全没有兴致了,她突然口气大变,和西蒙说:"费那么大劲干吗,把他拖出去,给他一枪不就得了,反正,他出去被人抓到也是一个死。"

"那我……真把他拖出去崩了啊。"西蒙说着,一边从腰里拔出手枪。

"随你,西蒙,最好让伊索尔表妹帮帮你。"波丽娜说。

西蒙蹲下身,用枪抬起那人的头:"你这家伙,你不是说认识我表妹吗?她就在这里,你为什么不和她说话?"

那人不抬头,反倒把头垂得更低。

"伊索尔,他说他认识你的,你不过来看一眼吗?"

"他说什么……认识我?"伊索尔走过去。一眼便认出了陈米仓。她本能地后退几步,噩梦般地想躲开。

"他是谁,伊索尔?"西蒙问。

"不……我不认识,我从来没见过这个人,我怎么会认识这种人呢?一定是他搞错了。"

"好吧!"西蒙起身把那人拖走,一边骂道,"你这个可恶的家伙,为了活命竟然撒谎。"

没一会儿,院门外便响起了"嘭"的一声。整个夜晚,伊索尔都无法入睡。黑漆漆的窗外下着雨,对面床上的波丽娜鼾然熟睡,伊索尔却扶着枕头泪眼湿巾,她莫名地忧伤,几次提醒自己那个陈米仓只是个中国人,他背叛神甫,侮辱天主,今天的下场是他罪有应得。可当她闭上双眼,听到唰唰的雨声时,她便想象着被雨冲刷着的沙砾路上,西蒙是把米仓推到庄稼地边开的枪吗?他是把枪对准米仓的心脏,还是脑门儿了呢?现在陈米仓成一具被雨水冲刷着的尸体,可他却还像最初见到她时的那样冲她做着鬼脸。伊索尔掀开被子准备下床,却把波丽娜惊醒了,波丽娜问她:"伊索尔表妹,要是想去就去看看吧,只是外面在下雨,不过我可以陪你。伊索尔,这年头打死一个中国人实在算不了什么,大不了明天人们会说,哦,这是谁啊,是谁替我们消除了一个义和团余孽,如果西蒙承认,他还成英雄了呢。"

"他不是义和团的人。"伊索尔说。

"你怎么知道?啊,看来是我们的西蒙冤枉好人。好吧,伊索尔,那咱们就出去看看,兴许他还有一口气。"

"算了,波丽娜。反正与我毫不相干。"说着,伊索尔又重新躺下。

第二天清晨,忍受一夜煎熬的伊索尔,还是早早跑到院外去了。她没有看到米仓的尸体。她长吁一口气,庆幸没被西蒙打中要害,米仓趁着夜色逃了。不,当时西蒙离他那么近,怎么会打不中呢?米仓一定死了,只是哪个好心人拖走尸体。伊索尔莫名地恨米仓,同时又恨自己,本来只需要她承认一下,米仓就可以不死的,姨妈家正缺下人,聪明能干的米仓一定会让她满意。可那样她就又得和这个无法接受的人天天相处了。伊索尔站在院门口怅然若失。在她背后,苏姗在屋里教育西蒙与波丽娜,她用请求的口气要两个孩子不要再胡闹了,作为青年他们该干点正事了,即使做不出戈登、德璀琳、高林、汉纳根[①],至少也不能无所事事呀。姐弟俩却联手对抗苏姗,说难道自己干点正事就能成为德璀琳先生或高林先生吗。"至少,不会游手好闲,落个花花公子的名儿吧。"苏姗说。

"花花公子有什么不好?"西蒙冲母亲顶嘴,"如果我这辈子能享受到萨德侯爵[②]一半的快乐,我倒满足了。"西蒙嬉皮笑脸,一边还问姐姐波丽娜,"难道你不羡慕蓬巴杜侯爵夫人[③]吗,姐姐?"

这时鲁本斯来了。他来叫西蒙和波丽娜一起去看热闹。他说有人正在土墙子那边处置义和团余孽。西蒙和波丽娜正巴不得有人解围,自然满口答应。只是出门时,把伊索尔也拉上了,他们要表妹去长长见识。

他们赶到土墙子,那里已有不少围观者。伊索尔看到半人高的土墙子下面,一排溜儿埋着几根粗木桩,每根木桩都拴着一条铁链,还有一些废弃的枕木横七竖八随地扔着,木枕上面刀砍、石砸和血浸的痕迹清晰可辨,人们脚下的地面也因为多次踩踏而磨得光滑了,如果垒起灶台放上一口大锅,很容易让人联想到牲畜屠宰场。那天,要处置的是四个中国人,他们都被说成义和团的余孽,其中一个年龄稍大的瘦得皮包骨头,紧挨他的另两个看上去要年轻一些,他们一个个蹲在地上,仰着头,毫无惧色,甚至还有一位还冲观看的人群微笑。只有最右边的那个人跪在地上神情沮丧,他低着头不给人正面,这个

---

① 都是一些清政府时期英法国家在中国干出一番事业的人。

② 指唐纳蒂安·阿尔丰斯·弗朗索瓦·德·萨德(1740-1814),法国色情和哲学书籍作者,他的生活超出了当时法国贵族的放荡主义所容许的范围。

③ 指让娜·安托瓦妮特·普瓦松(1721-1764),法国皇帝路易十五的著名情妇、社交名媛,凭借自己的才色影响到路易十五的统治和法国艺术。

人的装束和神态太熟悉了,伊索尔第一眼便认出了他是陈米仓。伊索尔又喜又惊,喜的是米仓还活着,但同时又意识到米仓马上就得死,因为这次面对的是清剿队的人。清剿队的人已经在审犯人了。其实哪里是审嘛,看上去像是在玩游戏。

"说。"清剿队的人说。

"让老子说什么？说我怎样×你妈吗？"被问者大声喊。

"说你是暴徒。"

"我不是暴徒。"

"那是什么？"

"我×你姥姥的,我是你爹,是你祖宗。"

"想找死吗,你这个混蛋？"

"呵呵,我就是不是混蛋,你会让我活吗？"

"说。"

"好。我说……"被问者看着面前所有的人,开口说,"你是暴徒。"

"你这个混蛋。"

"你这个混蛋！"

清剿队的人随即一脚踢到被问者的脸上, 又用枪把杵到被问者胸脯上。被问者的脸破了,他伸出舌头舔了舔嘴角的血,然后"呸"地吐到地上,骂一句"你个王八羔子！我×你祖宗。"迎接他的当然又是一轮拳打脚踢。

"你呢？"清剿队的人来到另一个被问者面前说,"你也不想活了,是吗？"

"想,我可想呢！"

"只要承认你是暴徒。"清剿队的人说。

"我都承认是暴徒了,我还活个屁！"被问者说,"你们才是暴徒,你们欺男霸女,要不是暴徒,为什么不在你们那里好好待着,要来我们这里。"他说着就笑了,阳光照着他一对宽大的门牙。

清剿队的人又来到一直不肯抬头又不说话的米仓面前。他端起他的下巴问:"你呢？只要你大声说,你是暴徒,你想死,你求我送你上西天,我就饶了你。"

米仓没有开口。站在他面前的中国人，多么希望他像前面两名难友那样，大声冲洋人喊，"你们才是暴徒，来吧孙子，我活够了，我就是想死。"人们需要这样的勇士，只有这样他们才觉得他是中国人。可半天，米仓不仅说话，还在那里哭。

"说啊，混蛋。说你是暴徒，说你想死。"清剿队的人逼米仓。

当然，清剿队其他的几个队友不会闲着，他们揪起中国人的辫子，把刀架到脖子上，然后又把手枪插进他们的嘴里，摆出各种姿势让摄影师为自己拍照留念。

"我不是暴徒。我不想死。"陈米仓突然哀求着说。

"不，想，死？那就承认你是暴徒。混蛋，只要你承认是暴徒，承认你杀过人，你就不用死。"

"我没杀人……"米仓哭泣着。

"你这个骗子……"清剿队的人动手打他，"你们杀了我们很多人，还偷我们的东西。"

"我没有。"

"有。"

"我没有。"

"你这个骗子。胆小鬼，还想抵赖。"

"我没有。"

"那你说，是谁杀了我们的人？"

"我不知道。"

"骗子。暴徒。"

"我不是。"

米仓每说一句，都挨一顿打。这让在人群中的伊索尔紧张不安。米仓他是暴徒吗？伊索尔怎么也不敢相信。她瞪大眼睛看米仓，希望有人出面救他。

"那你说你来干什么？"

"我是来送信的，是给神甫的侄女。"

"是的，我就是那个神甫的侄女，昨天傍晚我收到了信，神甫的信。"伊索尔站了出来。

清剿队的人走到伊索尔面前。此时的陈米仓抬头看着伊索尔，眼睛里充满了哀求。他含泪和伊索尔说："伊……索……尔，救，救我……"

伊索尔慌了神，她不知所措。可是她要不救米仓，就没人救他了。她壮着胆对清剿队的人讲，她认识这个人，这个人不是暴徒，是她叔叔达尼埃尔神甫的信差。清剿队的人半信半疑地看伊索尔。

"是的，我给伊索尔小姐来送信。"米仓用半生不熟的法语说。

"你听，他都会说法语。"伊索尔说。

"你认识他吗？"清剿队的人问鲁本斯。

"是的，这个人曾是修道院的杂役。"鲁本斯说。

"哦……那你……"清剿队的人问鲁本斯，"你叫什么名字？"

"鲁本斯。"

"法国人？"

"是的。曾是修士。"伊索尔强调说。

"你能证明这家伙不是暴徒吗？"那人侧头看鲁本斯，"没关系的，伙计，如果你能证明。"

"我不能。"

"不，能？鲁本斯你也觉得他有罪，是吗？这些该死的中国佬，个个都有罪！"清剿队的人说。

"是的。"鲁本斯说。

"但我可以作证。你们看，我身上有神甫写给我的信。"伊索尔掏出了那封皱巴巴的信。

清剿队的人相互交换眼色，相信了伊索尔。他们扔下米仓，去处置其他三个中国人了，反正对他们来说，多处置一个少处置一个并没有什么区别。他们走到被称作暴徒的人面前，抬来枕木，将一个暴徒的脖子摁到上面，一人揪着辫子，一人举起大刀，当众把他的头当西瓜切了，剩下的两个，一个用刀捅死，另一个当了射击靶子。

一场游戏，就这样在那个早晨结束。

人们解散了之后,伊索尔来到米仓面前,米仓说那封信真是他送的,联军攻打天津城时,一位清军守备找到他,那位守备说自己是赵家大公子赵崇文的旧友,赵崇文托他送这封信,可守备公务在身行动不便,正好听说米仓在军中,便请他代劳。

"你果真是暴徒。"伊索尔说。

米仓却不承认。他说从神甫被捕那夜,就知道自己不能回修道院了,他和姐姐本打算一起回老家。可赵老太爷派人找到他,给他备足了盘缠,要他和姐姐一起暗地里陪鲁本斯和伊索尔来天津。谁想到了天津,鲁本斯和伊索尔是有着落了,他和姐姐却落了个进退两难。

"怎么可能会有这种事?"伊索尔说,"你是说那个赵老太爷是好人?"

"是的,伊索尔,他把我姐赶出来是为了保全他家,但保全他家他是为了大家。赵老爷子说,大难临头,总得有人要设法先存活下来。"

"老奸巨猾的家伙!然后,你们就加入了义和团?"

"我们只是为活命,伊索尔,在一次拔铁轨时,遇上了聂将军①的部队,我们就……"

"米香姑娘现在在哪儿?"

"城墙被攻破那天,我们跑散了。"米仓伤感地说,"所以说我不是怕死,我是想找到我姐。"。

"你现在准备怎么办?"伊索尔问他。

有过苏姗的拒绝,西蒙和波丽娜不可能允许伊索尔再带米仓回家。鲁本斯更没有帮米仓的意思。鲁本斯已经直言不讳地提醒米仓:"陈米仓,我知道你是个可耻的小人,你浑身是罪,天主没有惩罚你,是因为你姐姐的善良。"

"修士,我没罪!"

"你玷污天主,出卖恩人,背叛朋友,信奉鬼神,参加拳匪,你还没有罪?"鲁本斯说。

"是的,我没罪。"

---

① 聂士成,字功亭,安徽合肥人,晚清将领。1900 年阵亡在天津。

"好了,米仓,我们不想听你狡辩。"

鲁本斯和西蒙当即解下米仓脖子上的铁链,让米仓走。米仓满目忧伤看伊索尔,他不知道自己该去哪里,但他知道自己必须去找姐姐,他强撑着身体吃力地翻过土墙,一瘸一拐,朝着已成废墟的天津城走了。伊索尔心里乱成一片,她为米仓的前途未卜担心,恨这个家伙不能像鲁本斯那样,在乱世中发挥聪明才智实现自己的理想。她转头去看曾经绑过米仓的木桩和黑色铁链,发现旁边扔着一样东西,是那个没有完成的枣木小木人,她捡起了它,抹去尘土装在口袋里,她笑自己天真,毕竟对米仓这样的人来说,连活的希望都渺茫,自己怎么还要和他谈什么理想。

回家后,伊索尔像只霜打的茄子,更糟的是传来了达尼埃尔叔叔在太原猪头巷遇害的消息,没几天,领事突然登门拜访,说让·雅克两个月前从内地返回天津时遭遇义和团,被打死了,尸骨无存的。伊索尔与苏姗姨妈深深地陷入失去亲人的悲痛之中。哦,哦,哦……怎么会这样呢? 义和团被镇压了,天津临时政府更名为都统衙门了,天津开始逐渐恢复繁荣。苏姗却垮了。波丽娜却毫无知觉,因为她正一心学德·鲁瓦纳夫人①在家里办起沙龙,她梦想着自己要做紫竹林的紫罗兰夫人,希望在沙龙上遇到她的拿破仑、她的圣伯夫、她的小仲马。鲁本斯呢,自然不甘心隐形于市,他和波丽娜捆在一起,他要通过波丽娜攀附权贵,成为克伦威尔②,或莫拉斯③式的人。

一开始,沙龙确实办得红红火火。一群年轻人常常围在一起谈论国际形势,当谈到几年来持续不断的德雷福斯丑闻时,他们一起指责左拉,赞扬巴雷斯和莫拉斯。为了能在沙龙上展示自己的才华,波丽娜专门从父亲的书架上

---

①当时巴黎的一个沙龙组织者,人称紫罗兰夫人,曾受到包括拿破仑亲王、小仲马、圣伯夫等不少名人的青睐。

②克伦威尔(1599–1658),英国政治家,军事家,宗教领袖,英国资产阶级革命时期独立派领袖,1653年建立军事独裁统治,自任"护国主"。

③莫拉斯主张极端民族主义,认为保持社会统一、秩序和纪律的三个条件是忠于国王、罗马教会和古典主义的理性。虽不信仰天主教,但拥护天主教。

取下很多书,蓬巴杜夫人、乔治·桑①、斯塔尔夫人……她才不关心这主义那主义呢,她关心的是阿涅丝·索雷尔、费罗尼埃怎样把国王搂进自己怀里,关心的是阿尔努夫人怎样能让弗雷德利克②痴迷,她研究爱玛③多情的原因,可怜阿尔努夫人爬上山顶用情人的名字给一条凳子命名。她羡慕蓬巴杜夫人,却觉得乔治·桑穿上长裤、抽雪茄、满目蔑视的样子很迷人,但她绝不会学乔治·桑为了男人而剪掉自己的长发,即使那个男人是缪塞和肖邦④也不行。男人是什么东西?就是夹着尾巴想从女人身上得点好处的怪兽。那个娜娜⑤,一个洗衣工的女儿,一个浪迹街头的下等妓女,不就是给了臭男人一点点好处,就可以轰动巴黎嘛。她把那些优美的文字理解得庸俗不堪,她常常不加掩饰地在伊索尔面前谈论情欲与本能。伊索尔满脸通红,波丽娜却说她幼稚、假正经、不解风情。

没有了父亲的约束,西蒙很快就成了一个酒鬼,他常常酒气熏天,烂醉如泥,不是彻夜不归,就是一觉睡到中午。苏姗要他至少该学学自己父亲年轻时的上进,可他却像悟透人生一样,说那有什么用,当战争开始,炮声在你头上一响,一切就完蛋了,与其拼死拼活不知道未来,倒不如抓紧时间享受今天。苏姗忍无可忍,不想让儿子继续衰败下去。她去求鲁本斯,天津一战确实给鲁本斯带来的不仅仅是财富,而且还有人脉。鲁本斯做事钻营、用心、目标明确,在场场不拉的聚会中出现上几个月便是朋友兄弟满天下了。鲁本斯对苏姗既有感激之情,又有同情之心,于是由他出面在英商的马会给西蒙谋了一份闲差,尽管薪水不高,但足可以维持西蒙的日常开销。

可西蒙依然隔三岔五向母亲伸手要钱。苏姗有时发火,故意拒绝,西蒙便

---

① 乔治·桑(1804-1876),法国女小说家,爱情生活丰富多彩,与缪塞的艳事、与肖邦同居十余年的生活,曾成为法兰西19世纪的美谈。

② 阿尔努夫人和弗雷德利克都是福楼拜小说《情感教育》里的人物。

③ 福楼拜小说《包法利夫人》里的女主人公。

④ 乔治·桑和缪塞、肖邦分别有过一段恋情。

⑤ 左拉同名小说《娜娜》的主人公。

撅出"父亲留下的钱是共有财产,妈妈不能独吞"的狠话。让·雅克生前是在银行有一部分股份,可红利或高或低,没有保障,他在内地的两座煤矿是和朋友一起合开的,西蒙既不学采矿技术,更不懂管理,为支撑家里支出,苏姗只好低价把它们转让了。可是,西蒙每次糊弄总能得逞。苏姗前手从柜里取钱给儿子,后头就扑到沙发上大哭。波丽娜也好不到哪里,家里的日子本来就紧巴巴了,可她还鼓动西蒙一起去北京,他们吃遍京城小吃,看遍名胜古迹,拜访公使小姐,探望新朋旧友。因此无论苏姗怎样精打细算,家里还是入不敷出。最终苏姗不得不厚着脸皮一次次向鲁本斯借钱。有一次,伊索尔陪苏姗去仁慈堂做义工,发现苏姗绕着弯子编谎话和修女套近乎,就为得到几小包免费的消炎止痛药。事情败露后,遭到西蒙和波丽娜的责怪,他们嫌母亲丢人,怨苏姗抠门小气。苏姗常常暗自落泪,讨厌自己啰唆。伊索尔倒能理解,可伊索尔内敛忧郁,她不声不言反倒叫苏姗担心。

"伊索尔,你不能总是这样,孩子,你得学着关心点什么,你得有自己的生活,这个世界也许糟透了,可你得有自己的阳光,你不能像我这个老太婆一样等死。"苏姗总这么说。

有时候,伊索尔觉得自己真像一具行尸走肉,她确实不关心这个世界,当然世界似乎也不关心她。但别人那里,人家可不这样认为。波丽娜就觉得伊索尔是在装腔作势、故作高雅,因此常常借机嘲讽伊索尔:"你觉得自己是一尘不染的圣女吗?别逗了,伊索尔表妹,我劝你还是去找本书看看吧,看看那里面的圣女有没有你想象的那样圣洁。"

第二部　租界生活

12 这是怎么了

一九一三年，封建帝制退出中国历史舞台，"民国"都建立一年有余了，可是官场上的老爷还是走马灯似的你方唱罢我登场，一个泱泱大国号称地大物博，却死活产不出一位像华盛顿、拿破仑那样能拯救国家和民族于水火之中的人。几个忧国忧民的志士吧唔着鸭子嘴，喊出了自由、平等和民主，可这些东西能唤醒四万万阿斗①实在不可能。

街上，洗心革面的口号到处都是。换装，剪发，太阳历，各种新生活成天闹腾。一些沙文主义者批评泥腿子们小农意识、市侩思想，恨铁不成钢地指责他们自私、懒散、愚昧、无知、缺乏民族精神。但对于泥腿子来说，他们连肚子都吃不饱，关心的当然是三尺门里的事情，至于门外，阶不阶级，主不主义，救不救国，暴不暴动，禁不禁烟，是谁坐到了太和殿的龙椅上，他们才不管。因为他们已经看到，无论改个什么名堂，那些官老爷们依然还是骑马的骑马，坐轿的坐轿，白天迎来送往，晚上莺歌燕舞。可怜的老百姓就像十字街的土坷垃，踢过来是一脚，踹过去还是一脚，土坯房、破鸡窝、冷锅灶、半张席，无论他们再

---

① 孙中山曾在 1912 年称中国人为四万万阿斗。

101

怎么努力,精心经营,到头来还是债台高筑。

而那些生活在租界里的外国人,却像活在世外桃源。经过十几年的建设,租界的道路更宽更平整了,新起的建筑一座比一座气派,剧场、影院、赛马会、游乐园、俱乐部、电话、汽车,自来水、博彩场、妓女,一应俱全,尤其是大法国路①的法国总会,更是人们爱去的地方,它的穹顶装着彩色玻璃,中央大厅建成八角形,所有房间的内部装修都很奢华考究,外面还建有漂亮的花园。那些外国人成天在里面寻欢作乐,享受着由特权带来的幸福生活。

那时,西蒙在圣路易教堂附近租了一处房子开办了办事处,房子不大,可有地中海式的小窗,碎花布面的意式沙发,精致的铁艺花架,红蓝相间的流苏台布,每位客人进门都可以喝上热腾腾的茶,或刚煮的咖啡。书架上,不是摆着市面上流行的感伤小说,就是最近的《京津泰晤士报》。这样布置当然是有意而为,西蒙用它来招揽生意。每天早上,办事处的门还未开,那些官员的妻子、古董商的情人、职员的妹妹、银行家的女儿就等在门口了。她们来打听赛马场的赛季和场次,有时候说是来向西蒙学习选马抽签的技巧,可实际上是冲什么来的,她们心知肚明。这种叫人心跳的小温情,令人神宜的小暧昧,欲盖弥彰的心醉痴迷,哪个女人会不喜欢呢! 要命的是,还有一位帅气十足的小伙。于是,夏洛特、艾玛、丽莎、克拉拉、卡米尔,莫嘉娜夫人、阿奈夫人、贝克夫人,所有到过那里的女人,都希望西蒙能记住自己的名字。西蒙用蜜饯般的话语撩逗她们,讨她们欢心,在浪漫的气氛中,她们自然也就不觉得西蒙的浪荡是浪荡,自己的轻佻是轻佻了。

西蒙对这样的生活很享受,甚至感到自豪。他希望女人们为他陷入爱河,喜欢贵妇们喋喋不休地讲自己为了他如何涂脂抹粉对丈夫撒谎,还把丈夫的钱骗到手。喜欢女人们为他争风吃醋。他说对那些女人来说,他就是她们身体里的脾脏,说起来无用,可离了他她们就会消化不良②。他还大言不惭地说,是

---

① 今天津解放北路。
② 很多西方人认为脾脏是一个没有任何功用的器官。

他让女人们从无生趣的日常生活中解脱了出来，他在干着一件帮妇女解放的高尚事业。

波丽娜呢，她喜欢男人们对她趋之若鹜的感觉。每天晚上睡觉前，她都要站在镜子前检查自己，有时她为自己美妙的身体感到骄傲，有时却为那些只有她才能发现的小缺憾伤心懊恼。她年轻漂亮，体态匀称，皮肤娇嫩，两臂纤纤，左脸下方还有一颗令人羡慕的小痣，已经算是大美人了。可她还是不满意。她觉得自己的腰有点粗，个子还没有达到完美的尺寸，头发不够滑顺，而鼻尖上的几个黑头令人伤心。但当她捧起自己丰满的双乳，看着红晕的乳头，觉得深深的乳沟会令男人垂涎欲滴时，马上又眉开眼笑。她抚摸自己的肌肤，感觉身体的曲线，一会儿自恋，一会儿自信，一会儿又自卑。她说，爱情能使女人美丽，可过几天又说爱情更让人憔悴。她刚刚赞叹描写爱情的诗句，说那些诗句令人陶醉，马上就骂男人们无论讲多少甜言蜜语，最终只是为把女人骗到床上。哦，简直对极了，"一个有德行的女人就应该去面对并克服这些诱惑，不能让一个男子使她的心起一点点激动"①。可是她却非常渴望有一个像阿尔芒②那样的男人爱着自己。

波丽娜就是这样歇斯底里，但在外面却是有名的交际花。要是某个酒会没有请她，她就会把责任推到母亲身上，说她没有足够的钱买上等布料、请一流的裁缝、坐一辆豪车。她说苏姗目光短浅，不肯把钱花在她身上。这个时候，鲁本斯便成了她的救命稻草，她把手伸向鲁本斯，媚态百出，声称只要鲁本斯对她再慷慨一点，她就考虑只做他一个人的情人。

当然了，一次两次可以，时间久了，总坐冷板凳的鲁本斯也就不会上当了。波丽娜与鲁本斯这种若即若离的关系，令苏姗很是不满。

"你们这样算什么啊，波丽娜？要喜欢你就真心投入，要不喜欢，你就该撒

---

① 选自《璟璜》。

② 小说《茶花女》中阿尔芒死心塌地爱着玛格丽特，为见一面死去的玛格丽特，不惜提出要为玛格丽特进行迁葬。

手。"苏姗说。

波丽娜却不以为然。她反过来指责鲁本斯，说是他从来就没对她真心过。这当然不是问题根本。因为谁都知道，倘若鲁本斯真心去追她，她才不干呢。波丽娜就喜欢与男人们保持时近时远的关系。他说一对男女，关系一旦定下来，生活就会变成死水一潭。苏姗看在眼里，急在心上，提醒女儿向伊索尔学习，毕竟女人要懂得收敛。

"伊索尔？我的那个修女表妹？你要我像她那样，妈妈？啊哟，那你还不如要我去死好了。"

波丽娜就是这样，我行我素、言语刻薄，也直来直去。

一天夜里，她突然扑到伊索尔床上，伸手去摸伊索尔的胸。她大惊小怪，说伊索尔的胸太平了，如此下去要被爱神遗忘的。她很是正经地提醒伊索尔要做些准备，毕竟爱情如流星，稍纵即逝，伊索尔不能傻乎乎地干等。

"那我怎么准备呢，波丽娜？"伊索尔笑着问。

"学习啊，"波丽娜神气活现地说，"爱情也需要学习，需要练习。伊索尔，来，你现在给我讲一讲，你觉得什么是爱，什么是情，你能讲得出来吗？我想你脑子里肯定一片空白。"

波丽娜说的不无道理。可伊索尔对爱对情一点兴趣都没有。

那时，伊索尔已经从圣路易学堂毕业，在仁慈堂诊疗所工作几年了。夏日里的一天中午，一位修女跑到宿舍来找伊索尔，说有个中国小伙要见她，他没告诉她他的名字，说只要伊索尔出去就知道了。

伊索尔脑子里"轰"的一声巨响，她莫名的感觉心慌，她猜想能来找她的一定是那个该死的米仓。细数这十三年的记忆，她没有结识中国小伙，如果偶尔能让她念起的人，算来算去也就只有陈米仓了。十三年里，她对米仓曾做过很多种想象：他翻过土墙又被清剿队抓住，被砍头了；他被好心人救走，正在某个修道院做杂工；他在天津城中找到了米香，然后姐弟俩一起回山东了；她还想象过他可能走投无路，流落到码头当了体力工；但她从来没想过他还会回来找她。

所以，当听到有中国小伙要见自己时，她的心就不停地狂跳。她着急慌慌跑出门,一路上在想米仓变成什么样了,他的四肢还全吗? 五官还端正吗? 他的脸上会不会有伤疤……毕竟十三年了,他还能认出自己吗? 他会不会像穷苦的中国人那样,躲在墙角扭扭捏捏? 哦,一定不会,因为他是米仓,他就是那样嬉皮笑脸,可自己该和他说什么呢? 主啊,说不定他早不认识我了,他来见我是迫于无奈,他是来借钱的,是来讨口饭吃的。伊索尔这么想。

伊索尔出了诊疗所大门。要见她的人就在旁边的槐树下,他穿一身崭新的西装,整整齐齐的头发,一看就是新式青年。

"伊索尔小姐,你还记得我吗? "

"哦……你……是,赵家少爷,记得的,我记得的。"

"赵……崇……阳。"

虽然不是想见的人,伊索尔心里凉了一半,但她还是强装笑脸应承着人家:"没想到,会是你。"

"那是肯定,伊索尔小姐,如果你能想到是我,那反倒不对了。"

赵崇阳尽量把话说得俏皮,可他没有一点幽默感,他说话时语调正式,神情又不懂得配合,反而干巴巴得叫人不舒服。赵崇阳也意识到了这一点,因此额头和鼻尖冒出很多汗来。好在那天天确实热,他穿着外套,还扎了领结,还好作为借口。

赵崇阳告诉伊索尔,他五年前就到天津了,只是一直在法国学堂读书,毕业后就到一家法国公司工作。那个法国学堂很有名,尽管在十几年前就已更名为工部局学校,但大家还是习惯称它原来的名字。那所学校虽然大部分收的是中国学生,但前提必须是教会信徒。赵家不是早就弃教了嘛,赵崇阳怎么可能还是教徒呢? 看着伊索尔纳闷的眼神,赵崇阳就进一步解释说,其实当年赵老太爷弃教是无奈之下的权宜之计。他说他父亲其实是一个虔诚的天主教信徒,他父亲背起弃教的罪名,都是为了保全主内的弟兄姐妹。

"真的是这样吗? "伊索尔想起了当年米仓对她说过的话。

"真是这样,伊索尔小姐,其实很多消息家父是提前知道的,他劝过神甫避难,神甫不肯。在当时的情况下,如果莽撞行事和那些人硬碰硬,吃亏的定然是我们。你想想伊索尔小姐,我大哥为什么能及时赶来救人,为什么那天夜里他们到我家吃完饭后没有再去折磨你们,修女的死家父说是他大意了。伊索尔小姐,还记得米仓和我给你们送去的汤吗,那可是用我们家珍藏的人参熬的啊。"

"人参汤?"

"是啊,那时神甫身体虚弱,需要大补。"

"可达尼埃尔还是死了……"

"我们尽力了。有些事我们掌控不了。神甫到太原后,我大哥想方设法照顾他,只是后来,唉……"

"怎么了?"

"我大哥也把命送了。"赵崇阳眼帘低垂,"当所有外国传教士都集中到太原后,我大哥就感觉情况不妙,他想办法让神甫逃,可神甫伤势过重,我大哥只好把神甫藏到一处居民家里,当巡抚下令把传教士拉到猪头巷时,他们找不到神甫,后来有人告密说是我大哥做了私藏。于是,巡抚派人处决了我大哥。"

"可我收到过达尼埃尔叔叔的信。"

"你应该留心当时的日期。信是神甫之前写的,那时他伤势很重,连笔都握不稳。可能是神甫预感到了什么,怕你担心,才给你写信。"赵崇阳说,"有时候,我真觉得修士的话有些道理,无用的牺牲真没必要,如果神甫要能活到今天,我想他的作用会更大一些。"

"但作为神甫,他必须那样选择。"

"我能理解神甫的虔诚。"

"你是说虔诚害死了达尼埃尔叔叔?"

话题有点严肃了,伊索尔知道赵崇阳来找自己,不是来讨论宗教的。她便地把话题转到日常生活上来。她问赵崇阳过得怎样。赵崇阳说,不错,不过他希望有一天自己能去法国。

"我倒觉得你应该留在天津当教师。这个国家太需要一些明白人来启蒙了。"

"是个好主意,伊索尔小姐。可我实在怕别人叫我白脖①。我这个人接受教育惯了,却不知道如何去教育人。"赵崇阳怯生生看着伊索尔,一点不像一个家底丰盈的少爷。

　　"那你就办学校,请别人来做老师。"

　　"到时候,你愿意来吗？来做老师。"

　　伊索尔笑笑,并没有回答。后来伊索尔向赵崇阳打听米仓的下落,赵崇阳说他知道的情况并不多。谈到最后赵崇阳问伊索尔能否常来诊疗所看她。伊索尔拒绝了。不过看赵崇阳一副委屈样,伊索尔改口,说他可以到姨妈家那里找她。

　　这样,赵崇阳自然而然就和波丽娜、西蒙成朋友了,还成了苏姗家的常客。可他比较内向,从不炫耀自己,但赵崇阳的学识是有目共睹的,他能说一口流利的法语,可以颇有见解地讲东西方绘画的不同,在不受任何启发的情况下,看几分钟《自由领导人民前进》就能看出画中透射出的自由、激情与活泼,可那时,他对德拉克洛瓦和法国浪漫主义还一无所知,当看到新古典主义的画时,他就能八九不离十地总结出这种画派"均衡、对称、严肃、雄伟"的特征,他能精准地谈出欧洲绘画在色彩、透视、光影,以及追求细节与逼真上的优点,也能讲出中国画写意、浓淡、抽象、无中生有、静中生动、含蓄委婉的妙处。更为厉害的是,他能讲出中国水墨画与西洋油画之间的相通之处,能找出工笔画、细密画、唐卡与欧洲新古典主义绘画在用笔上的区别。他常常给西蒙、鲁本斯、波丽娜介绍中国传统文化,解读《民报》和《新民丛报》打十几年嘴仗两败俱伤的渊源。最后他说,自己的理想是巴黎、马赛、尼斯和科嘉西岛,他要用"行万里路"弥补自己"破万卷书"的不足。一听说赵崇阳要行万里路,波丽娜就心劲儿十足,她给赵崇阳冲茶,用赞赏的眼神看赵崇阳。赵崇阳刚走,她便向伊索尔打听赵崇阳的家境。伊索尔当然不会告诉她,只是用开玩笑的口吻问波丽娜,是不是喜欢上了这个中国人。

---

　　① 当时法国学堂的教员大多为圣母文学会修士,衣服颈项处系有一白色方巾,时称"白脖儿"。

波丽娜用手掐伊索尔的腮。她噘嘴,瞪眼,说:"是啊,是啊,只要这个人能带我周游世界。"

13 更好的风景

自从赵崇阳出现后,米仓就在伊索尔心中慢慢开始复活了,她像一名失忆症患者刚刚痊愈,突然发现面前的世界崭新了,亲切了,令人动心了,很多无聊的事物突然变得有意思起来, 就连久违的阳光也以一种莫名其妙的冲动,重新照进了她的生命之窗,以至于她常常站在诊疗所的窗口,看着那些飘动的床单遐想联翩。那一块块晾晒的床单随风飞舞,伊索尔想象在某块床单后面会站着一位气宇轩昂的青年,他翘着下巴,抿着充满力量的厚嘴唇,带着诡谲微笑,他还像军人一般把双手背在身后,他会藏一束花吗? 兴许是一条团花披肩。那人就是米仓。如今他是一名现役军人,他是利用休假时间专程来天津看她。白色的床单起起落落,一块接着一块,可每一块飞起后后面都空空没有一人。伊索尔发痴不死心,相信总会有那么一天。一天,所长嬷嬷在门外叫她,说一个中国病人刚被担架送来,需要她帮助。她跑去,看到是个烧伤病人,那人整个五官都烧得无法辨认了。她耐心服侍,看着病人强忍受疼痛用一双求助的眼睛看她。当时她居然希望,这个人就是米仓。

主啊,我怎么这般恶毒! 竟然想着与米仓这样见面。下班后,她独自到海河岸边,去梨栈大街闲逛,或到俱乐部门口逗留,有时还会坐在公园里的长椅上发呆,就是紫竹林北和侯家后①那种不该她去的地方她也去了。她希望从陌生人口中听到有关米仓的消息。为此,她开始主动参加波丽娜、西蒙、鲁本斯的活动。这让病怏怏的苏姗高兴,她仿佛看到弱不禁风的小鸟总算鼓起勇气离巢了。波丽娜却对此感到奇怪,她问伊索尔,是什么力量把她从约旦河边拉

---

① 曾是妓女滥觞的地方。

了回来，要她老实交代是不是遭遇了爱情。"那人是谁，伊索尔？"她一而再，再而三地逼问伊索尔。

"没有，没有谁。"伊索尔辩解说。

波丽娜当然不信。她夸张地在苏姗面前说伊索尔皮肤变光了，脸色红润了，眼神开始懂得流盼了。尽管无根无据，波丽娜却乱下结论，说赵崇阳到家里来就是为了伊索尔，甚至还说鲁本斯对伊索尔也动了春心，因为她发现鲁本斯看伊索尔的眼神和从前不一样了。苏姗觉得这倒没什么不好，如果鲁本斯能娶伊索尔，她的一桩心事也算了了。赵崇阳那里呢，人才、学识、财富都不成问题，只可惜他是中国人。

"妈妈，中国人怎么啦？只要他有钱，我就觉得可以。"波丽娜说。

"那你自己为什么没有看上他呢？"苏姗反问波丽娜。

"我？那个书呆子？快算吧……这样的男人只有和伊索尔表妹才能般配。"

女人们在谈论爱情。男人们谈论的却是另外一套。最近一段时间，鲁本斯喜欢谈论文化差别、经济对抗和世界格局。偶然谈到一些某某经理背着老婆上了妓女的床，哪个家境好的女子跑到清朝的寓公那里做起了家教，也只是边角料。他经常挂在嘴边的是盟友、殖民地、拉拢、挑唆、东边的俄罗斯、海峡那边的朋友、奥匈帝国、塞尔维亚、新仇旧怨、血洗、报复、德国佬、疯子、致命一击。他说自己就该是军机大臣，因为他早看出来了，德国佬私欲膨胀欲盖弥彰的野心，迟早会让世界陷入战争。他说高歌猛进的人类又到十字路口，在利益与选择面前，所有的国家都会头脑发热。他讲，一九〇七年签订的三国协定①根本就是废纸一张，一向崇拜"辉煌孤立"的英国人不可能真诚地与法国并肩作战。他想不通塞尔维亚那样的小国为什么因为两次小小的胜利就蠢蠢欲动。他坚持认为在这背后一定有德国佬在做后盾。一连几次，鲁本斯都在地图上大讲巴尔干，说这个小小的脚丫儿，将来对欧洲的影响不能小觑。

但是，自从天津一战后，西蒙就变了。他变得不关心身外之事。"巴尔干，巴尔干，巴尔干与你有什么关系呢，鲁本斯老兄？咱们能不能不谈这个该死的

---

① 即英法俄三国。

巴尔干。如果我是你,我就会带上几个妞儿去环游世界!"西蒙厌烦地说,"你关心政治,热爱祖国,信奉天主,你有财有势,哦,看来我忘了,你这家伙太喜欢战争,因为是战争让你光彩照人。行了,鲁本斯,为了你那可怕的理想,咱们就一起为你的巴尔干高呼万岁吧!"

"你可说对了,西蒙,"鲁本斯指着地图,"你来看看,巴尔干可不是一个普通的半岛。它是天主教和东正教的分界线,是穆斯林和基督教的交接处,沙皇盯着君士坦丁堡都快流泪了,贪婪的英国人可不想让一个粗腿大膀的老兄站在达达尼尔海峡。"

"那又怎样,鲁本斯,我敢保证你所担心的事一件都不会发生。"西蒙说。

"要是那样再好不过,我宁愿做一个失败的预言家。"

"预言家? 你是预言家?"西蒙问。

"等着瞧吧,战争会爆发的。"鲁本斯转头问赵崇阳,"你呢,中国少爷,你赞同我的看法吗?"

"我? 我没想过这些。而且……这些事离我们很远。"赵崇阳说。

"悲哀,悲哀啊! 怪不得你们的国家如此衰败!"鲁本斯用不屑的眼神看赵崇阳。

"如果真如鲁本斯先生预测的那样,爆发战争了,我想,我会做点事情的!"赵崇阳说。

"写慰问信吗,崇阳少爷?还是把中国姑娘寄到战场上去犒劳士兵。"西蒙轻蔑地笑笑。

接着鲁本斯就批评在座的人世俗,说他们缺乏历史使命。从这一点上,他倒佩服饶勒斯先生,只可惜他是个狂热的社会主义分子。西蒙不喜欢饶勒斯,说饶勒斯是个疯子,还胡言乱语到国外去宣扬①。有好几次,他们把赵崇阳将在那里,要他代表中国表态,赵崇阳却捧着杯子,只笑不答。

对于伊索尔来说,这样的谈论是毫无意义的,她毫感兴趣,祖国是一个缥

———————————

① 让·饶勒斯(1859-1914),法国社会党领导人之一,反对军国主义和帝国主义,反对战争。1914 年 7 月遭刺身亡。

缈虚幻的词,历史又庞大得叫人摸不着边际,别人的讨论越是激烈,伊索尔就越感觉自己孤单。细心的赵崇阳当然看在眼里,深秋里的一天,他来找伊索尔,说要和她一起去郊游,还带了少有的相机。他们骑车穿过繁华的大街离开租界还不到一公里,伊索尔便看到了与她当年刚到中国时看到的一样的景象:土房、草棚、破旧、低矮、颓圮,肮脏的污水,飞扬的黄尘,这就是天津的近郊啊!与租界巨大的反差让伊索尔心里难过,他们路过一户人家门口,伊索尔停车推开进去,她看到四个孩子正在院子里玩耍,孩子的父亲拎着一顶草帽正从黑洞洞的屋里出来,孩子的母亲怀抱一个吃奶的婴儿跟着站在门口。无论大人,还是小孩子,他们看上去一个个都腮塌脸陷,骨瘦如柴,孩子们蓬头垢面一丝不挂,当母亲的也衣不遮体,两只乳房像非洲原始部落的女人那样,毫无廉耻地耷拉在胸前。伊索尔怔怔地看着,觉得如此不真实。等赵崇阳进来,她要他给她和他们照相。赵崇阳支支吾吾。伊索尔知道赵崇阳是误会了,她可没有把这些照片放到床头当作炫耀资本的想法。

"还是照一张吧。"伊索尔心情依然沉重。

"其实……前面有更好的风景!"赵崇阳说,"好吧!我让他们站成一排,你站到中间。"

几个孩子羞涩地彼此靠拢。他们嬉笑着,腼腆的脸上挂着纯洁的笑容。伊索尔没有站到中间,但她拉住了一个小姑娘的手,小姑娘怯生生却很幸福地将头靠在她白色的裙子上,伊索尔感觉小姑娘的手是温热的柔滑的,尽管它沾满了灰尘。没想到,这张相片竟然成了伊索尔唯一一张在天津的留影。

接下来,伊索尔满心欢喜跟着赵崇阳去往风景更好的前面。赵崇阳所说的好风景却是海河岸边。这是一段远离租界的海河之岸。他们站在岸边,赵崇阳指着河对岸让伊索尔看。那景象,伊索尔心里越发沉重了,甚至想哭,那一处处一堆堆如狗窝鸡棚的东西就是中国人的家?她低声问赵崇阳那种地方会住什么人呢。赵崇阳说:"码头工人。"

"那你为什么要带我看这些东西呢?"伊索尔满心不悦地说,"还说是更好的风景。"

"我看你整日闷闷不乐,伊索尔小姐。"赵崇阳说,"我想让你看看我们中国人的生活，他们比咱们不知道要苦多少。我觉得伊索尔小姐应该高兴才对。"

"可我为何就高兴不起来呢？"

"难道是伊索尔小姐有心事？"

伊索尔摇摇头。她站在海河岸边望着对岸。一艘鸣着汽笛的货船从她面前驶过，她脑子里一下跳出了"码头工人"这个概念。可恶的赵崇阳，他把自己拉到这海河岸边，仅仅是为看风景吗？他一定是向自己提醒着什么。可他提醒的是什么呢？

几个月后，天气变冷玻璃上结出霜花的时候，最后一艘货船驶向直隶湾，海河上各国码头的繁盛景象就渐渐消退了，就连藏在里巷胡同中的花烟馆，因为少了码头工人和洋人大兵的光顾，也变得门庭冷落了。

大雪过后，天宇间茫茫一片，在生意人的眼里已经僵死的海河，在伊索尔看来，因为没有了腐臭与嘈杂，反倒更像是河了。伊索尔重新来到海河岸边。漫天飞舞的雪花落到她脸上。几个中国儿童在玩，他们把木棍绑在一起做成雪橇，用绳子拉着在河面上跑来跑去，童年的快乐让他们把贫穷与苦难早已忘得一干二净。是啊，如果没有世俗的提醒，兴许很多苦难并不存在。伊索尔走下台阶，来到冰面上，她走到他们中间，看着玩耍中的儿童嘻嘻哈哈，推推搡搡，圆墩墩的脸蛋被寒风吹得红扑扑的，就像中国年画上的娃娃。她几次弯腰和他们打招呼，希望做他们的大姐姐或好朋友都被他们拒绝了。站在河中心的伊索尔转身望去，左边是她生活的租界，那里的高楼、别墅、教堂、俱乐部在皑皑的白雪中显得壮美肃穆。可她的右边呢？是成片的中国人的土房，它们低矮、粗糙，没有一点生动和活气。十几年前达尼埃尔叔叔就说，我们来这里就要给这片土地带来福音。可十几年过去了，租界变成了"东方巴黎"，但居住在东方巴黎周围的中国人日子却一如往常。难道这就是天主的福音？伊索尔不知道，不知道自己是蒙受天主启发，产生了仁慈之心，还是天真的达尼埃尔叔叔没有预料到，他神圣的理想最终被世俗的阴谋利用了。蓦然间她为达尼埃尔的死感到伤感，她想象着倘若达尼埃尔活着，和她一起站在这海河中央，看着两岸的迥异会做何感想。

这时一个黑影突然出现在圣路易路的街口。那是一个中国男人，背上还背着一个女人。他们走下台阶来到河面，一路有说有笑，像对打情骂俏的情侣一样从伊索尔身边经过。男人是外地口音。女人说话时，却带着本地腔。

"哥哥，你可别装大尾巴鹰啊。累，就歇会儿。你要累蹿稀了，我可不管啊！"女人嗲嗲地笑。

"我就是蹿稀，也得把你背回家啊。"男人说。

"那就给老娘快点啊，哥哥，我家里可还有一口等着吃饭呢！"

"我的亲姑奶奶，这脚底下可全是冰。再说，我不也没吃嘛，我一大早就去等你，你在里面滋滋润润，倒舒服！我在外面，可受了一个时辰的冻，你也不说让俺进去暖和暖和。"

"我说哥哥，你介（这）人吧，可真哏儿。你说说，到底是你不进去呢，还是我不让你进去呢？"女人用手撒娇似的在男人脸上拧了一下。"介（这）进不进的事，还不是你说了算！"

"你不放话，你说俺敢进嘛！"

"哟，看把你老实的啊，我可早就把话放你那里了，你不记得了？我说往后，哥哥，你要什么时候想进，就吭个声儿。别人不让，我还能不让你进？你要进去了，我还保你暖暖和和舒舒服服个够。可你从来也没吭过声啊。"

"哦。这样说起来，我得谢谢你了！"

"谢嘛！不用谢，到时候，你记得带几包零嘴儿就行。"

"那咱可说定了啊。"

"说定了。哎哟……"女人说，你介（这）人能不能老实点，干嘛老摸（mao）我的屁股，怪痒痒的。"

"我没摸。"

"呵呵……摸就摸了嘛，你怕个啥？"

"我没摸。"

"那你告诉姐姐，你进过几个女人了啊？"

"你说啥？进啥女人？"

"哎哟……我问你睡过几个女人了？你介（这）人，木头！"

"你呀你……咋这浪！"

"你们男人不就喜欢女人浪嘛。"女人放声笑了，说着就用拳头捶男人。

男人故作生气，要把女人放下来。女人却用胳膊紧紧搂住男人脖子，双腿盘在男人腰间。一看这女人就是"野鸡"，而那男的不是她的伙友，也是跑合的①。伊索尔看到男人一身补了补丁的粗布黑袄，女人却穿着兔毛领枣红色缎面上衣，一双小脚套着崭新的绣花鞋。他们在雪地上留下一串脚印，朝河对岸陂陁的土路去了。尽管只是直觉，但伊索尔认定那个男人就是陈米仓，那声音，那神态，太像了。于是她跟着脚印一直尾随而去。

脚印在一户农家小院门口消失。那院子门楼低矮窗棂粗陋，到处堆着乱七八糟的杂物。伊索尔见到的确实是米仓。可米仓怎么会不认识伊索尔呢？实际上在这十几年里，米仓一直就在天津，外国人攻打天津城时他和姐姐跑散了，可他始终没有找到姐姐的尸体，他相信姐姐还活着。他之所以没有去见伊索尔，是因为他觉得伊索尔是法国人，又住在姨妈家，还有一份不错的工作，不需要他担心。再说了，就是担心，他只是一个卑微之人，又能给伊索尔提供什么保护呢？可万万没想到，在这大冷的天里竟然在海河上遇到了伊索尔。从伊索尔身边经过时，他就已经认出她了，只是他不能停下来，他不想让伊索尔记得他这个人。此时伊索尔就在院门外，她在向里张望，她一定把自己当作跑合的了，事实上自己刚刚还背着一个娼妓，他该怎么办？刚才在他背上的女人脱掉缎面外衣，换上粗布外套开始动手做饭了，她让他留下来吃饭，可他哼哼哈哈一会儿说可以，一会儿又说不。

可他哪里知道，伊索尔在外面急得都要哭了。她以为米仓和这种女人住在一起，她看着破败的院子，脏兮兮的门帘，屋顶上刚刚冒出的青烟。大概米仓也猜出伊索尔会产生这样的误会，他是不希望伊索尔记得自己，但也不忍伤伊索尔的心。于是他硬着头皮，大模大样地从屋里走了出去。他想好了，即便与伊索尔正面相遇，他也会坚持说自己不是陈米仓。

---

① 旧天津租界有不成文规定，妓女们不准坐轿、坐车。自己步行又不方便，于是一些年轻壮劳力借机干起背送妓女的营生。人们暗称他们"跑合的"或"伙友"。

这样,伊索尔就完全把米仓看了个清楚。他比自己想象的要高,要挺阔,他面色黑红,鼻梁宽挺,嘴唇还那么厚实,再加上一身黑色的棉袄棉裤,一双又厚又笨的棉鞋,活脱脱就是一个典型的中国农民。

可毕竟是这么多年了啊,他怎么……还是农民呢?主啊!宽恕我灵魂里的恶吧!伊索尔心想,我还指望他能变成什么样呢?变成阔绰的洋行老板吗?变成凶恶的帮派打手吗?我还是希望他成为那个瘸腿驼背满脸伤疤的撞钟人。他胳膊没有断,眼睛没有少,还健健康康活着,我应该高兴才对!可我为什么一点都开心不起来呢?难道我是那位吉普赛女郎①吗?我也不希望这个青年成为那个丑陋的卡西莫多②。可是,可是……十三年了,十三年了,看看人家赵崇阳,你,陈米仓又不呆不傻,怎么除了个子与年龄,一无所获呢?主啊主!

伊索尔躲到墙角,看着米仓走出院门向北走了。她拉起开司米围巾,蒙上半个脸,一直跟到米仓的住处,那间低矮、破旧、黑乎乎的旧草房。她看着米仓娴熟地拉开钉吊推开进去,屋里,墙皮脱落了,黑乎乎的砖石露在外面,土炕上堆着又脏又黑的被褥,就像城堡里关押黑奴的监牢。米仓却表现得毫无所谓,他哼着小曲,在灶火里点火烧水,这个空当还坐在门限上抽烟。伊索尔看着水开后,米仓如何往脸盆里舀水,如何踩着凳子从吊篮里取出一个馒头,他往碗里捏了点儿盐,就几段生葱,就是他的早饭。

伊索尔看不下去了,只能哭着离开。她觉得自己受到了侮辱,气愤米仓有木匠手艺为何不去找个正干,甚至她希望米仓接受《民意报》③的煽动,去当一个从事暗杀活动的革命党人。可眼前的米仓,邋里邋遢,龌龊寒酸,人不人鬼不鬼,令人伤心。

伊索尔一路跑着返回租界。她不想见任何人,不想回家。她身不由己地站到了法国俱乐部门口,她知道里面的男人正在怎样地纸醉金迷,女人们正

---

① 指雨果小说《巴黎圣母院》中的吉卜赛女郎艾斯米拉达。

② 同样指雨果小说《巴黎圣母院》中的人物,教堂的撞钟人。

③ 京津同盟会机关报,1911 年在法租界创刊,鼓吹中央革命,是京津一带从事暗杀活动革命党人的秘密联络点。1912 年被租界当局封禁。

在怎样地矫揉造作，她尝试说服自己进去，归于本该属于她的世界。可她还是逃了。很晚的时候，她回到姨妈家。苏姗看她脸色十分难看，问她怎么了。她慌称自己没事。唉！苏姗已经重病缠身了，伊索尔怎么还能让姨妈再为自己担心呢。

14 你得嫁给中国人

那个冬天，简直冷清凄凉透顶。大家都发现伊索尔越来越古怪孤僻了。很多活动，人家本来是出于好心，她却出言不逊。苏姗始终认为伊索尔有心事，担心她患上抑郁症，所以在圣诞节前几天，她特意让波丽娜把裁缝请到家里来为伊索尔定制衣服，以讨她欢心。可是，伊索尔，我们的伊索尔心想，女为悦己者容，自己就是打扮得再漂亮，是给谁看呢？她觉得自己就是那只没人关注的丑小鸭。也许是出于怜悯，或许是源于施舍，波丽娜逮住机会就给伊索尔介绍男友，鲁本斯怎么样？赵崇阳还算不错吧！要不干脆就喜欢西蒙得了，这可是肥水不流外人田。

"波丽娜……"伊索尔又气又恼。她告诉人家，他对所有男人都没有一点兴趣。

"所有男人吗？是真的吗？你对男人没有一点兴趣，这可不是好事。"说话时，波丽娜却没有留心伊索尔对她的态度。波丽娜实在太以自己为中心了，她说，"我可一点都不信，伊索尔，别傻了，来吧，你得好好做上几身衣服。这次你听我的，我会让裁缝把领口开大一些，你又不是修女，伊索尔，你是我波丽娜小姐的表妹，你不能再这样下去了，否则，人家真以为你一心要进修道院呢。"

裁缝知道波丽娜的喜好，也想让伊索尔穿上自己制作的衣服变得漂亮。他认真给两个表姐妹量尺寸，答应十天内把衣服做好。可就在那十天里，新衣服还没有完成，苏姗的病情突然加重。一个寒冷的下午，独自在家的苏姗觉得冷极了,她拖着重重的身体到客厅壁炉前取暖,壁炉奄奄一息,旁边的劈柴已经烧光了,她想去屋外抱一些回来,可她连抬胳膊的力气都没有,她转身到沙发上取了一条毛毯子披在身上,然后靠在壁炉旁,热烘烘的炉壁给了她些暖意,她慢慢舒展身体,多希望身边有个孩子啊。身边是几份废旧的《大公报》和《费加罗报》,茶几上还摆着喝剩的茶,可她懒得去收拾,她就那样靠在壁炉旁看着窗外飞舞的雪花,直到门被推开丈夫让·雅克轻轻进来,让还是十几年前的样子,还是那么精神抖擞开朗阳光,可她老了,她似乎听到让叫了她一声老太婆,让问她孩子们。他们?一提到孩子,苏姗的泪就禁不住流了下来,她觉得自己无颜向丈夫交代,让在的时候,西蒙是调皮,波丽娜是心高气盛,但他们都不是现在的样子,她想说是那场战争让两个孩子变了。在别人眼里,他们放荡不羁,可在自己这个做母亲的眼里,他们是在破罐破摔,他们从那场战争以后就再看不到人生的意义了。是那场战争啊,全都因为那场战争。让,让,苏姗满眼含着泪水,觉得对不起让,可她给了他们爱。让慢慢地向她走来,他张着双臂,而她却只能张着嘴,满心的委屈却一句话都说不出来。

晚上,伊索尔完成诊疗所的工作,冒雪返回姨妈家。她看到靠坐在壁炉旁的苏姗。苏姗已经死了,可她的一双儿女都还在各自的交际场上疯狂。

苏姗死了。伊索尔觉得这个家再不值得留下了。她提出自己搬走。西蒙却出面反对。

"这样不好吧,伊索尔,这就是你的家,你要搬到哪里去?"西蒙俨然已是一家之主。

"我去住宿舍。"

"不,伊索尔……你哪也不用去,就老老实实待在这里。"西蒙不耐烦地说,"你懂我的意思,伊索尔,在你最困难的时候,是这个家收留了你,现在,你不能拍拍屁股一走了之。"

"可这里不需要我了,西蒙。"

"恰恰相反,伊索尔,这里一天也离不开你。"西蒙狡黠地看一眼波丽娜,"波丽娜,难道你准备让我们劳累一天回到家,坐在空荡荡的餐桌前发呆吗?妈妈不管我们了,那我们该怎么办,波丽娜?你愿意负责我们的一日三餐吗?

还是请一个佣人来。不过,我可一个子儿都掏不出。"

波丽娜当然领会西蒙的意思。西蒙的决定百利而无一害,何乐而不为呢。伊索尔本想坚持,可又觉得在这个时候和表姐表哥闹翻不近人情。她忍了忍,决定先留下来,只要一有机会,她就搬走。

苏姗一死,西蒙和波丽娜就彻底自由了。他们毫无顾虑地按照自己喜欢的方式生活。没过多久,西蒙在租界的名声就开始变臭,曾经是女人们心中的情种、美男子的他,地位一落千丈,突然间他成了一个品德低下、贪婪、谎言的代名词。他的生意越来越差,不久就被马会炒了鱿鱼。波丽娜也不像以往那样受欢迎了,就连她以为一直青睐于她的鲁本斯,从种种迹象上看,似乎也有了自己的心上人。波丽娜为此伤心,背后说鲁本斯忘恩负义,当面却要鲁本斯交代是不是有了相好。可鲁本斯怎么会听她的指派呢,鲁本斯只是笑,觉得这个女人神经兮兮,还喜欢耍泼。鲁本斯向她摆出了"爱国"的理由,强调自己是一个有理想的人,为了理想,他可不愿意将自己囿于小小的儿女私情。

冬去春来,天气渐渐变暖和。苏姗姨妈家却越来越门庭冷落。西蒙整日待在家里无所事事,每当需要花钱时,他才突然意识到母亲死了,母亲的死不仅带走了家的温馨,还带走了钱财,水费、电费、房屋维修,这座原本充满欢乐的房子,仿佛一夜间变成了讨债鬼。它伸着手张着口,从早上一睁眼就向他要钱,可他哪里去弄钱呢?工作丢了,女人离他去了,他本想把问题甩给波丽娜,可波丽娜用手指着他问:"西蒙,你还是个男人吗?如果连这点自信都没有,那就娶一个有钱的寡妇好了。"西蒙灰溜溜地将头低下。然后把自己关在屋里喝闷酒,一个星期之后,他实在受不了了,他就去找鲁本斯倒尽苦水,又讲他们之间的兄弟情谊。鲁本斯却一反常态不像以前喜欢这个兄弟了,任由西蒙磨破嘴,鲁本斯依然表现得神情淡漠。西蒙伸手向他借钱,求他慷慨解囊,鲁本斯却劝他振作起来,投身于拯救祖国的伟大事业中去。

"拯救?"西蒙嘻嘻一笑,"伟大的法兰西需要我去拯救吗?"

"是的,西蒙老弟,法兰西固然伟大,但它岌岌可危。"

"行了,鲁本斯,别每次见你你就给我讲这些大道理。现在我们在中国,你是有钱人,而老弟我的日子过得艰难,这才是现实。我可不信你那惊世骇俗空洞难懂的政治比女人的屁股还令人心动。"

"西蒙,女人的屁股固然令人心动。可你有没有想过,要不是你背后有个强大的祖国,你能在这里安心去想女人的屁股吗?说不定你现在还在埃纳省的田地里,为今年的收成发愁呢!"

"不,是鲁昂,老兄。我是鲁昂人。"

"反正哪都一样,西蒙。你得上进,我希望你能去挣英国人、德国人、中国人的钱,然后再去要俄国女人、日本女人、美国女人、中国女人的屁股,这才像个男人。"

提到中国女人,西蒙就兴奋起来。他说:"中国女人!啊,鲁本斯老兄,凭我的直觉你这家伙一定把自己的爱献给了一个女人,可她是谁呢?你把她藏了哪里?"

"不用乱猜,西蒙,我有更重要的事要做,我哪里会顾得上什么女人。"

"我才不信,别以为我是傻子,老兄。你是男人,你得对老弟真诚点儿,嗯,真诚点,嘿嘿,你是不是每天晚上都抱着那一对有趣儿的小脚入睡?看在咱们兄弟一场的分上,你也让我享用享用吧,我可很久没有尝过女人的味道了。"

西蒙咬定鲁本斯金屋藏娇。鲁本斯矢口否认。他赶西蒙走,西蒙赖着不走,还要鲁本斯带他去找女人。鲁本斯一点办法没有,便带西蒙去了小白楼①,西蒙嫌那里的女人粗腿大膀浓妆艳抹,他说这种为了钱而将自己肉体横陈的女人不值一碰。鲁本斯又把他领到秋山街②,那里的妓院多,大部分是东洋女人和朝鲜女人。可西蒙还是摇头,说东洋女人柔声细语,朝鲜女人体贴入微,但这样的女人一旦成为妓女,就毫无味道可言了。

"那我就只好带你去花烟馆了。那里有你想要的小脚女人。"鲁本斯说。

西蒙依然摇头。鲁本斯搞不懂了。西蒙就最后摊派,问鲁本斯:"难道我堂堂的西蒙先生,真就落魄到只配找个妓女的地步?"

鲁本斯知道西蒙这般胡闹,其实是因为手头缺钱。于是,他把身上的钱掏

① 是英租界暗娼活动的地方。

② 是日租界的一条街,当时那里妓院繁盛。

了一些给西蒙。西蒙一边装钱，一边还是纠缠不休，鲁本斯只好带他到法国俱乐部喝上一杯。到了法国俱乐部，鲁本斯要了一杯勃艮第葡萄酒①，又为西蒙点了他平时喜欢的波尔多。西蒙却执意为自己点了一杯苏格兰威士忌。

"西蒙，你什么时候开始喜欢苏格兰威士忌了？想要烈的，就不如点一杯伏特加！"鲁本斯还好生奇怪。

"不，我就要苏格兰威士忌。"西蒙对侍者说。

"格兰威士忌……烂草泥味儿太重。"

"是的，那也比鲁本斯老兄带给他患难与共的兄弟感觉好。"

"西蒙，你是在生我的气。"

"不，没有，我该感谢你才对，毕竟我们曾经一起出生入死。"

"别那么说，老弟，我知道你生气了。可你得承认我很忙，我可没有太多的精力虚度光阴。"

"虚度光阴？快算了吧，鲁本斯，别觉得自己就那么崇高。谁都知道，热爱祖国并不影响你怀里搂着漂亮女人。"

"可我时刻在准备，西蒙……也许你不能理解。我相信一个满脑子是女人的人，是不会有精力干好其他事情的，比方去全身心去研究一下热闹的半岛局势？"

"半岛？"

"巴尔干。"

"哦，你又来了，鲁本斯，难道你是想告诉我，你的那个女人藏在巴尔干吗？"

"局势令人担忧，西蒙。蛮横的德意志表面上是在袒护奥匈，但真正的目标是我们。"

西蒙冷笑一声："可是我们是在中国。"他马上又嘿嘿一笑，央求鲁本斯，"那女人长什么样？皮肤白吗？模样俏吗？快告诉我吧，别害我茶饭不思。"

---

① 勃艮第葡萄酒是按葡萄园分级的，而波尔多葡萄酒则是按酒庄分类。

"你真是无药可救了,西蒙。"

那段时间,不论西蒙与波丽娜在不在家,赵崇阳会经常来看伊索尔。偌大的房子里,有时只有她和他。赵崇阳学识渊博,举止文雅,而伊索尔用来招待他的只是一杯茶。他说这样很好,只要和伊索尔待在一起,怎么都好。他们谈论一些无关紧要的事,伊索尔说他们的日子过得捉襟见肘。赵崇阳就说反正自己是单身,工资有些富余,可以拿来一些补贴伊索尔。伊索尔就笑了。毕竟这个家不是她的家啊,赵崇阳的补贴只会让一对姐弟变得更加好吃懒做。他们又谈到过去在山西的往事,很多东西伊索尔是第一次听到,譬如当地村民对达尼埃尔传教事业的怀疑,譬如有人说埃明纳修女是因为暗恋达尼埃尔,才到山西开办孤儿院,对于这两点他们有着一致的看法,觉得那些世俗的人用世俗的眼光错怪了神甫与修女。他们又谈到米香与米仓,可两人都表示没有他们的消息。在融洽的气氛里,赵崇阳偶尔也会试探着问伊索尔一些个人方面的问题,问她心仪什么类型的男人,问她对中国人的看法。伊索尔总是泛泛地从大概念上谈一些自己的看法。有一次,赵崇阳看伊索尔不开心,面带愠色,便突然拉起她的手(显然是壮了很的大胆),说要陪她去鼎章照相馆①照下伊索尔的尊容。见伊索尔还是不笑,他便气势汹汹地吓唬她,说要把她卖到花烟馆去看灯。

伊索尔说:"好啊,想卖你就卖吧,总比待在这里有点意思。"

"那我出钱买你可不可以? 我出高价,至少把你带回老家摆在院子里,是个稀罕物件。"

"物件? 你是要我做你家的丫头,像米香那样?"

"不,就是物件。我把你装在漂亮的笼子里供人观赏。"

"那不可能。我这个物件,那可值钱了。"

"我愿意为了你倾家荡产。"

"真的? 然后把我装在笼子,像只猴子养?"

---

① 当时天津租界里一个很有名的照相馆。

"是啊,是啊!"

"你舍得?"

说着,他们就都笑了。伊索尔隐隐察觉到这位中国少爷的心,可她只能用浅浅的微笑回报。事后,伊索尔也想力图说服自己试着对赵崇阳萌生爱情,她不可能给波丽娜和西蒙做一辈子保姆,可她又觉得无论如何都爱不起来,他们的关系仿佛从一开始就被定义在朋友的位置上一动不动了。

但表姐波丽娜却不这样看。波丽娜说伊索尔是在玩心计,耍手腕。一天晚上,大家一起用餐,当着西蒙的面,波丽娜突然问伊索尔,是用了什么高招把赵崇阳牢牢控制在了自己手里。"是和他上床吗,伊索尔?"波丽娜说,"你肯定给过他什么甜头!"

"没有,波丽娜。我们只是聊聊天。"伊索尔满脸通红。

"噢,只是聊聊天?"波丽娜说,"西蒙,你听到了,我们可爱的小表妹和一个中国青年在一起,只是聊聊天?你信吗,西蒙?"

西蒙嚼着嘴里的食物,晃动着手里的银叉,轻轻摇头。一段时间以来,西蒙的心情糟透了,工作没有着落,他去求鲁本斯,鲁本斯满口答应却不见行动。自从母亲死后,鲁本斯就突然变得不够朋友了。两人为此大吵,还翻了脸。他说,鲁本斯是一条沾满阴谋的蛇,他知道每当家里入不敷出的时候母亲会向鲁本斯借钱,但他万没想到鲁本斯每次都要母亲打下欠条。鲁本斯再三解释是他母亲苏姗每次自己要求留下欠条,可是,既然你鲁本斯不需要那些欠条,为什么还要把它们整整齐齐地装订在一起呢?鲁本斯把欠条拿给西蒙。西蒙却不屑一顾,他说,既然已有这么多欠条,那再多一张也无所谓。"无所谓?"鲁本斯对西蒙说,"现在就是把你的房子卖掉,你都不一定能还得上这些钱。"听听,你听听,西蒙呵呵笑,他笑人心叵测,笑这世态炎凉,他说自己原来把鲁本斯当亲兄弟看,可实际上,"利"字当头真是无情无义。所以当波丽娜提到伊索尔的事时,他并不关心,他正思谋着从哪里能搞点钱来。

"西蒙,要是你,每天和这么一个漂亮的姑娘待在一起,你只是想聊聊天吗?"波丽娜又问。

伊索尔向波丽娜再三声明自己的清白,说她和赵崇阳之间充其量只是朋

友。伊索尔这么一说,波丽娜咯咯笑了,她伸手拍伊索尔的肩,又回房间取来书,然后坐到座位上一本正经朗读:

他来到二楼,推开一扇门,阿尔努夫人一个人在屋里,有一边的头发披在右肩上,像一条黑波浪,她伸着她的两只胳膊,一只手挽着她的发髻,一只手往里面插进一根别针。她大叫一声,就不见了。过了片刻,她又出来,衣服穿得整整齐齐。她的身材,她的眼睛,她的连衣裙的声响,这一切都吸引着他。弗雷德利克恨不得抱着她,吻遍全身,但他克制住了[①]。

读到这里,波丽娜侧目来看表妹,她说:"伊索尔,亲爱的表妹,赵崇阳先生对你克制住了吗?你这个傻瓜,难道你看不出这个年轻人在喜欢你吗?多少个夜晚,他肯定在望月兴叹。你有没有问他为你写过诗啊,"哦,亲爱的伊索尔,我魂牵梦绕的爱人,我夜夜都梦到你,独独梦到你……看你一眼,就害得我肌沦髓浃。我为你发疯,我渴慕你,如同春草向往明媚的阳光。"说到这里,波丽娜又笑,不知道是出于何种心里,她开始教育伊索尔,说爱情这杯酒谁饮都会醉,你也醉一场吧,伊索尔,否则你会毁了那个中国人。"

"波丽娜……"伊索尔觉得表姐管得太多了。

"我的傻姑娘,你可别小觑爱情的力量,我不希望我的表妹变成那个令人同情的莱莉亚[②]。"

这时,西蒙仿佛明白了什么似的,突然勃然大怒:"你说什么,波丽娜,你是要伊索尔嫁给那个中国人?这怎么可以?如此重要的事我怎么一无所知。波丽娜,这个家我说了算,你不能随便乱做主张。"

"怎么了,西蒙,这不正是你希望的嘛?"波丽娜用奇怪的眼神着弟弟,"伊索尔是大姑娘了,她总得有自己的生活,她迟早会离开我们。"

"当然,当然,波丽娜,那也不能嫁给一个中国人!"西蒙摊开双手。

---

① 摘自法国作家左拉的小说《情感教育》。

② 乔治·桑同名小说中的主人公,因爱情进了修道院,最后死在狱中。

"为什么不能？只要那个中国人很有钱，可以让我们的伊索尔衣食无忧。"

"有钱，有钱，你眼里只有钱，波丽娜。"西蒙发怒了，"可她是我们的表妹，所有人都知道这一点。"

"那又怎样？西蒙表哥，有什么不可以吗？只要这个中国人爱我，而我又愿意嫁给他。"在一旁的伊索尔心里难受，无论西蒙和波丽娜是出于什么目的，但她不是他们的附庸物，他们不能对她指手画脚，更不应该摆布她的未来。伊索尔突然插话，语气里充满叛逆与挑衅。她就是要让这对姐弟摆正位置，他们的表妹是自由人，而不是要看他们脸色才能过活的奴隶。

"嫁给一个中国人？！"西蒙重新说，"只要他爱你！你真这么想吗，伊索尔？"

"是的，西蒙。"我说。

"闻所未闻，伊索尔。"西蒙把一块牛排送进嘴里，用餐布擦掉嘴角的肉汁，静静地看着伊索尔，"这是笑话，天大的笑话。"

伊索尔有意识地挺挺腰，她第一次感觉如此理直气壮。她不想，更不能对他们唯唯诺诺，他们只是亲戚关系，自己没有义务服从他们。西蒙却婉然一笑，眼睛里散发出了万年冰洞里才有的寒气。

"哦，很好……很好……伊索尔，很好！"西蒙说，"你说得对，简直就是真理。"

"很好？"波丽娜不明白西蒙的意思，"你是说，你觉得伊索尔嫁给赵崇阳很好？"

"那么新郎换成鲁本斯如何呢？"西蒙说，"要说有钱，那个中国人能比鲁本斯有钱吗？如果鲁本斯成为我的表妹夫，那所有的账务就可以一笔勾销，到那时，鲁本斯可就得乖乖听我的了。"

"不，西蒙。别做白日梦了。我不会嫁给鲁本斯。"伊索尔很冷静地说。

"为什么？伊索尔！因为鲁本斯不够俊美？还是因为他曾经是个修士。"波丽娜问。

"不是，什么都不是。"伊索尔说，"但这件事，我自己会做主，不劳你们操心。"

"啊,多善解人意的伊索尔啊!"西蒙说,"可这件事,由不得你。"

"我是自由的。"伊索尔生气地说。

"伊索尔,你是想在我面前造反吗?"西蒙压低声音气狠狠地说。接着,西蒙又笑了起来,他用平和的语气说,"你当然是自由的,只是……伊索尔,你想过吗?如果你稍微动上一下脑筋,你就会明白,你的决定将会让你付出多大的代价,一个中国人……你懂吗?哦,上帝,你为什么要这样糟践自己?你不觉得你在让我们蒙羞吗?"西蒙转脸对波丽娜说,"你看看我们的表妹,如此标致,她就要将自己送给一个中国人了,波丽娜,你觉得合理吗?我怎么就觉得……我们吃了大亏呢!"

波丽娜不赞同西蒙:"一个中国人怎么了,西蒙?你只看到那个中国人的皮肤,可你看到过他的家境吗?我聪明的弟弟,醒醒吧,难道你还想继续守着一棵摇钱树,却去看鲁本斯的脸色?再说了,怎么叫白送?白送不白送,怎么送,还不是咱们说了算啊。"

"摇钱树……摇钱树……白送,怎么送……"西蒙自言自语,一边琢磨波丽娜的话。

那天夜里,伊索尔早早回房。西蒙和波丽娜却在客厅里聊到很晚。伊索尔清楚自己一晚上其实都是在说气话,可西蒙和波丽娜完全当真了,仿佛她真会选择赵崇阳似的。后来,她听到西蒙和波丽娜离开客厅,才蒙蒙眬眬入睡。她在梦中看到了穿上军装的米仓,这次他骑一匹枣红色的军马,脚上的皮靴在阳光下闪着金光。他冲她微笑,弯腰向她伸手,她身不由己地走到他的马前……这时,房门开了,西蒙走了进来,他大大方方自然得想是来向她道声晚安,傻乎乎的伊索尔并没意识到将要发生什么。

"有事吗,西蒙?"她甚至还主动问了西蒙。

西蒙抿着嘴,边笑边摇头。当他的屁股落到伊索尔床边时,他那阴险、残暴、淫荡的火焰就从眼睛里喷射了出来。伊索尔本能地坐起来,用被子裹紧自己,大声喊:"波……丽……娜!"

"别叫了,伊索尔,波丽娜今晚会睡别的屋。再说了,熟睡的人是什么都听不到的。"西蒙老练地扑到床上,双手掐住伊索尔的胳膊,"你知道吗?男人最讨厌的就是女人的假正经,她心里渴望男人的滋润,嘴上却说'不要'。你在我面前装正经的时间太久了,伊索尔,难道这么长时间里,你就没有想过要做女人?你知道女人该是什么样子的吗?你说得好,伊索尔,你是自由的,你有权支配一切,你就要将自己送给中国人了,可那是明天的事。明天的事,你懂吗,伊索尔?今晚你得属于我。鲁本斯说得对,我是应该有点理想,如果我就这样把你交给一个中国人,我说是一个中国人,伊索尔,那我不成天下第一傻瓜了吗?不,伊索尔,我想不出自己曾经做过什么对不起你的事,你却用最恶劣的方式来侮辱你的表哥。"

"你说什么呢,西蒙?谁说我要嫁给中国人。"

"不,波丽娜说得对,伊索尔,你得嫁给中国人,你必须得嫁给赵崇阳,你不能辜负他对你的痴情。可你不能就这么傻呆呆的像个白痴一样嫁给人家。按照中国人的风俗,作为娘家人我得送点礼物给你,伊索尔,只可惜你的表哥现在手头有点紧,但我不会让你两手空空地离开这栋房子。你在这里生活了十几年,你会永远记住这栋房子,来吧,伊索尔,放松点儿,你得笑着接受西蒙表哥的礼物。"

"你要干什么,西蒙?你不能这样。"

"为什么不能?别装了,伊索尔,你们女人我太了解了,开始时总说'你不能这样''你不能这样',把自己的处女之身看得像宝贝一样,好像一旦失去它就失去了生命。可几次之后,当你享受到男人带给你的快乐,你就能意识到完美与缺憾对一个女人来说,其实并没有什么区别。好了,伊索尔,用不着大惊小怪,你应该知道这世上女人的存在就是供男人享受的。所以,这种事再正常不过了。每个女孩都要经历这么一次,你要学会接受,伊索尔,任何事情都有它的两面性,如果你要把它看作痛苦,那你就会痛不欲生,可你将它看成欢乐,那它就会快乐无穷。来吧!伊索尔,抛弃你那些荒唐的想法,让我带你进入人生的另一段美好。伊索尔,这只是一次小小的突破,突破,我在帮你冲出禁锢,这不是毁灭,伊索尔……是帮你开启了一扇门,你不能那么胆小,来吧,伊索尔,你得感谢上帝为我们安排了这一切!"

伊索尔瞪大眼盯着西蒙,她用力推他打他,求他:"我愿意像佣人那样为你洗衣做饭，西蒙。"

"好的，伊索尔，继续！"

"我每天为你打扫庭院，整理衣装，把家里收拾得有条有理。"

"好的，伊索尔，继续。"

"我是你的表妹啊，西蒙，我没有做过伤害你的事。"

"是的，伊索尔。"

"那你为什么要这样对我？"

"我是在帮你，伊索尔，你该谢我。"

伊索尔反抗，大叫，大哭，可西蒙在笑。他粗暴地掀开被子，却温柔地用手抚摸伊索尔的脸。伊索尔拳打脚踢，用嘴咬西蒙的胳膊，反倒令西蒙更加兴奋。伊索尔吼叫，挣扎。西蒙却像到了无人之地。无奈之下，伊索尔求西蒙，说他这样会触怒天主。

"行了，你这个贱货，放老实点儿吧，别以为你求我，假借天主，我就放过你。"

"我没有答应嫁给中国人，没有答应嫁给任何人。"伊索尔说。

"伊索尔，我说过你必须嫁给中国人。这样对大家都好，波丽娜说得对，你是一棵摇钱树，我实在受够了对人低三下四的生活。"

"波丽娜……"伊索尔再次喊叫，"难道你聋了吗？"

"别喊了，伊索尔，如果你觉得喊叫能让你舒爽，那你只管用力叫好了。"

"求你了，西蒙。你知道的，你这样，我会死的。"伊索尔哭着说。

"你会死？呵呵，怎么可能？哦，是的，是的，你会死，我也会死，我们都会死，有谁会永远留在这世上呢？我们都将腐烂变成泥土。那么，我们为什么不在死之前好好享受享受呢？来吧，伊索尔，让我带你飞向天堂。"

西蒙将伊索尔压在身下，用手捧住伊索尔的脸去吻她的额头。他毫不掩饰地对伊索尔说："随便你怎样看我吧，就是骂我禽兽也无所谓。可伊索尔，总有一天你会喜欢上这事！你会在嗷嗷的叫声中，发现自己原来那样淫荡，你会体会到疼痛和挤压其实只是假象，伊索尔，幸福……陶醉……恣意……酣畅，才是真实感受。叫吧，伊索尔，你叫啊，大点叫，你哑巴了吗？你为什么不叫啦？

如果你愿意做卢克瑞斯①,那我就让你在快乐中死去! 哦……真正的快乐,至死的快乐,你这个笨蛋,贱人,你,你不能死,伊索尔,你得慢慢地给我活着。"

伊索尔不再反抗了,她连祈祷都没做。因为她知道主已将她抛弃。她流泪,喃喃自语:"我会死的,我会死的……"

"不……伊索尔,不会,你不会死。你要明白,伊索尔,C'est la vie②! "西蒙说。

西蒙在伊索尔身上折腾半天,直到心满意足才穿衣离开。空荡荡的屋里,伊索尔趴在床上感觉身体被撕裂了,她羞愧、绝望,只想一死了之。因为她知道自己在乎的并不是贞操,只是不该以这样的方式失去。这是侮辱、欺凌、压迫,是强奸。波丽娜回来了,她坐到床头用手抚摸伊索尔的头:"伊索尔,别沮丧了,别那么在意好吗? 如果'你要去问羔羊为何豺狼要吃它,它肯定会说不理解,可你要去问豺狼羔羊有什么用,它定会告诉你羔羊是供它食用'③,伊索尔,世上的事本来就是这样,稀里糊涂,却有其道理。好了,别哭了,又不是什么大不了的事,反正你迟早得有这一次。你应该高兴。"

高兴,波丽娜? 可我如何高兴得起来嘛……伊索尔心想。伊索尔觉得自己真的要死了。只是她不明白,这个叫伊索尔的女人,身上到底有多少罪需要惩罚。更为糟糕的是,自从有了第一次,西蒙的恶行就更是肆无忌惮,只要他想,就把伊索尔拉进房间恣意一番。事后,他还要讲,人之所以不同于动物,就是因为人有可贵的自由意志。可他只知道遵从自己的自由意志,却不知道别人也有自己的自由意志。伊索尔百般无助,觉得自己就像一条混迹于阴暗角落里自生自灭的毛毛虫,日复一日苟且于生活,却搞不清生活的意义。于是在一个下午,她把自己关进苏姗的屋里,一口气喝下了整瓶烈酒。她躺在床上,看着窗上浑浊的夕阳,低声吟起波德莱尔的酒歌:

---

① 古罗马著名的节妇,被人奸污后,自杀身亡。

② 法国人爱说的一句俗语,意思为:这就是生活。

③ 摘自萨德的《贞洁的厄运》。

我像植物的精华落进你的胸膛。我是谷粒,将使痛苦之地掘开沟垄长满庄稼。我们密切的结合将创造出诗。我们两个将创造一个上帝,我们将朝着无限飞翔,像小鸟,像蝴蝶,像圣母的儿子,像香气,像一切有翅膀的东西。①

多么曼妙的诗啊!这是伊索尔送给自己的葬礼之歌。伊索尔迷迷糊糊中,抓起枕边的刀对准手腕狠狠割了下去。她准备好了,她要让这个无足轻重的生命结束。酒精在她的身体里开始发挥作用,绝望让她变得四肢无力。她平静地呼吸,然后慢慢将眼闭上,她能感觉到天花板的旋转,镜子、窗帘、衣柜的融化。她觉得屋子在塌陷,宇宙在毁灭,万物在向她的心脏冲来,然后凝聚成一片黑暗。她感觉到自己在黑暗中飞翔,在飞翔中看到了一点光,她知道那是天堂。她正在飞向天堂。

可一声清晰的开门声,又把她拉回了现实。她没死,她看到床单上大片的血渍,手腕也被包过了。没过一会儿,伊索尔看到波丽娜出现在门口,波丽娜依着门框,嘴里咬着一个苹果。为什么啊!为什么会这样?伊索尔看到波丽娜把手中的苹果递向自己,一边笑盈盈问她:"你想来一口吗,亲爱的伊索尔表妹?"

15 每隔几天会来一趟

伊索尔的情况陈米仓一无所知,他只知道苏姗死后,伊索尔还住在苏姗家里,可那有什么关系呢,除少了一个人的关心外,伊索尔的生活应该还是那样安适。可在和赵崇阳的一次茶馆儿小聚时,赵崇阳却说伊索尔过得并不开心,即便他努力去陪她,似乎也无济于事。陈米仓从内心里为有赵崇阳这个人

---

① 夏尔·波德莱尔,法国著名诗人,文中所引部分摘自他的《人造天堂》。

感到欣慰,毕竟他自觉不合适也不配出现在伊索尔面前,能够替自己兑现保护伊索尔承诺的人也只有赵崇阳了。只是他不明白,既然不为生济所困又无远大理想的伊索尔,为何会闷闷不乐呢!他问赵崇阳,赵崇阳也只是摇头,因为同样的问题也一样困扰着他。难道就没有令伊索尔开心的事了吗?两个男人把难点放到如何打开伊索尔的心扉上。这时,米仓忧心忡忡地发着哀叹,说如果能找到姐姐米香就好了,因为伊索尔最喜欢米香。

"那我们是不是该换个方法?"赵崇阳说,"那些有执照的地方我都打听过了,你拉洋车,干跑合的营生,该去的地方都去了,还是没有一点消息。改天我再去一趟巡捕房,让他们再想想办法。"

"他们才不会为咱们这种人上心呢,除非哪里有咱自己的人。"米仓说。

"毕竟十几年了。鲁本斯那里呢?"赵崇阳说,"你找过他吗?在租界,他可是没有干不成的事。"

"找过。"陈米仓说,"外国人攻下天津城后,洋人抓走了很多女人,不管是不是义和团的,都被他们说成是,大部分都被处死了,留下的被偷偷送到上海,由一个叫圣约瑟的教会看管。我去找过鲁本斯,他答应和上海那边的神甫联系。可他后来说,那里没有找到我姐的名字。"

"也许,"赵崇阳说,"我是说也许,当年兵荒马乱的,真的已经……,这么多年一点消息都没有,也许咱们该放弃了。"

"不会的,崇阳少爷,你知道我就我姐这么一个亲人。"

"那还有一种情况,就是兴许她不想见你。"

"怎么可能呢?这绝对不可能。"

"福源里一带的花烟馆有很多被卖去的女人,她们嫌自己丢人,就不见家人。"

"是啊,我也在担心这点。"

"这样吧,米仓,我再托托人找找关系,让你去巡捕房当个差,那样公私结合,说不定能找到米香的下落。"

"那真是太谢谢崇阳少爷了。"

"伊索尔那里呢?"赵崇阳问,"你打算让我一直瞒下去吗?她最近老是问

130

起你。"

"其实她见过我。今年开春在海河上。"陈米仓说,"我想她再也不想见到我了。本来嘛,我和她就不是一路人,不见反倒比见了好。"

"你的想法好奇怪,见不见面与是不是一路人有什么关系呢?我觉得伊索尔很念旧,对你,对米香,都有一种忘不掉的感情,可能与她缺少朋友有关系吧。最近,她好像总爱去教堂。"

"去做什么?告解?还是祈祷?"

"你这家伙,我怎么会知道。我但能感觉出她一点儿都不开心。"

"那可就是你崇阳少爷失职了!"

"我能有什么办法?我又没有天天和她在一起。"

"你可以和她天天在一起的啊,如果你想!"

"别玩笑了,我不是她表哥。"

"行了,崇阳少爷,你知道我说的不是这个意思。"

就是这次小聚,赵崇阳要米仓搬到他那里和他一起住。米仓很客气地谢绝了。他说自从上次伊索尔发现他的住处后他就搬家了,现在住在圣路易教堂旁的里巷里。如果他们要住在一起,那伊索尔很容易会发觉。赵崇阳问他为什么要躲伊索尔。他并没有回答,只是轻描淡写地向赵崇阳询问了伊索尔前往教堂的时间。赵崇阳知道米仓心里一直关心着伊索尔。米仓把这份关心称作责任,说是自己的承诺,也算是对达尼埃尔的报答。米仓心里确实是这么想的,他觉得自己与伊索尔之间存在着一种天然的与生俱来的不同。

讲到这里,我们就不得不交代了,其实米仓一直在找的姐姐米香就在天津,她被关在福源里北巷最顶头的一处小院。之所以说"关",是说她实际上没有人身自由。关她的人正是鲁本斯。十几年里,米香只知道自己是在租界之地,只要出门就得面对洋人和巡捕,而她又是义和团的余孽。鲁本斯骗她说,他冒着天大的风险把她藏起来,她要出去,不仅自己会丢性命,还会连累鲁本斯。那样,别说她了,恐怕她弟弟米仓也得一起陪葬。可弟弟在哪呢?鲁本斯说他一直在找,只要一有消息就把米仓带来见她。米香信了。她没有不信的理由,也没有不信的办法。

因此，一年四季，米香就待在这处二层小院里，春天里瞅着院里的梧桐树发芽，秋天里又看着树叶落下，为了安全，鲁本斯还给她取一个俄味十足的名字——阿廖莎。尽管她觉得活得毫无意义，但又觉得自己之所以还能活，完全是仰仗鲁本斯，自然对鲁本斯的感激之情也就不言而喻了。

鲁本斯不在这里住。不过，每隔几天会来一趟，给米香送些食物，讲一些外面的事情，偶尔还带一盒巧克力豆。在短暂的相聚中，他教会了她煮咖啡，让她学会了一些拉丁文和法文，这样，在他不在的时候，她就可以翻着他的书排遣寂寞了。但她不知道，鲁本斯这样做都是精心安排的，他离不开这个女人，他要这个女人永远留在自己身边。有一次，鲁本斯问米香想不想和他一起去法国。鲁本斯说："你在这个国家是无法待下去了，我打听到你弟弟早在联军攻打中国城时就死了，现在你是无牵无挂的人。可你不能永远像只鸟一样被关在这笼子里，你得出去呼吸呼吸新鲜空气，你得像个人一样自由生活，但你要自由，就必须得去法国。我想和你在一起，我的阿廖莎，你和我在一起觉得幸福吗？"

"很幸福。"可实际上，米香并不知道什么是幸福。

但毕竟十几年里鲁本斯的言传身教，在这个女人身上潜移默化地发生了作用，米香开始崇奉上帝，相信有个超常的力量，一个造物主。在鲁本斯没来只有她一个人在家的时候，她做点刺绣，有时翻书，遇到不懂的地方就等下次鲁本斯来时向他询问，时间长了，她发现以前那些高不可攀的书，她也能独自看个七七八八了。慢慢地慢慢地，她就觉得自己依赖上这个外国人，她说不清这是不是爱，但一定是喜欢。

这天中午，强烈的阳光正穿过树叶照到墙上，周围闷热的空气密不透风，米香只穿着一件薄薄的家居服待在院里乘凉。鲁本斯开门进来，二话不说抱起她，便是一番热吻。这种突如其来和狂热米香早已习以为常，她从来都不会令鲁本斯扫兴失望。差不多每次，鲁本斯都是心急火燎地把她抱上二楼，夸她丰满、白嫩、柔软、流蜜溢香。鲁本斯每次都对她的一对三寸金莲赞不绝口，似乎一双被扭曲的脚才是真正令他情不自禁的地方。奇怪的是，这次鲁本斯与她风雨之后，却突然哭了。他不顾旁边的米香，只是眼泪汪汪地祈祷："我为何每次总是这样啊！主，是我尚未看出垢污的深渊吗？"唉！他长叹着，责问自己："你为何要脱离了正路，追随肉体的欲望呢？你应该改变方向，让身体跟随你①。难道我……也和西蒙一样，陷入 carpediem② 的泥潭不能自拔吗？不，我怎么能把自己和一个花花公子放在一起，我是鲁本斯，我是充满朝气，富有理想的人。"

米香不知道发生了什么事情，觉得鲁本斯反常。过一会儿，鲁本斯才问米香是否记得伊索尔。米香说当然。鲁本斯就告诉米香说，伊索尔一直和表姐表哥住在一起，而西蒙把伊索尔占有了。米香一点儿也不吃惊。她还笑鲁本斯多虑，因为在中国，这种表兄妹亲上加亲的事并不鲜见。可她听鲁本斯接下来说西蒙根本不娶伊索尔，而是把伊索尔嫁给赵崇阳时，就觉得想不通了。更可气的是，白天西蒙又来找他借钱，他没借给他。这些年，鲁本斯在日租界开了几家烟馆经营印度大麻与鸦片，利润是很可观，可他挣钱并不是要养西蒙和波丽娜那种败家子弟的。说到这里，鲁本斯坐起来，让米香枕到自己怀里。他说他得到消息，在塞尔维亚人哀悼圣维特日③那天，奥匈帝国皇位合法继承人斐迪南大公在萨拉热窝遇刺身亡了。表面上看，这似乎没什么大不了，美国、墨西哥、乌拉圭、危地马拉的总统，都曾遭遇了类似事件，可鲁本斯敏感地意识到这次不同，真正令鲁本斯气愤的是法国的同胞们，却还在为一个女人发狂④。于是，他想到西蒙，想到奥古斯丁，想到卢梭，想到唐璜，难道男人真就离不开女人吗？在来的路上，他还和自己打赌，决定只来和她坐一坐，绝不碰

---

① 均摘自奥古斯汀的《忏悔录》。

② 拉丁语，及时行乐。

③ 1389 年 6 月 28 日，塞尔维亚王国被奥斯曼打败，塞尔维亚人成为土耳其人的奴隶。1912 年，尽管土耳其人被赶出巴尔干半岛，但是许多塞尔维亚人仍处于异族的统治之下。刺杀斐迪南大公的人祖籍都是塞尔维亚，是波斯尼亚青年会的成员，他们受一个塞尔维亚民族主义组织资助，最终目标是建立大塞尔维亚王国，而波斯尼亚是新王国的一部分。这里指1914 年的 6 月 28 日。

④ 即法国前总理约瑟夫·卡约的第二任妻子汉瑞雅获·卡约，她因担心与卡约的私人信件曝光，枪杀了费加罗报的编辑。

她,可当他推开院门时,他就知道自己失败了,他过不了米香这一关。

"那就不用过了。"米香说。

"可这样下去,会影响我的决定。"鲁本斯说。

"决定?"

"是的!"鲁本斯说。他并没有说出自己的决定。他只是更加用力地搂紧怀里的中国女人,他用手抚摸她光滑的身体,如果不是心中的理想,他愿意和这个女人永远腻在一起。这时,他发现米香轻轻咬着双唇,眼含泪水。他问她怎么了。米香说自己刚刚又想起弟弟。说她似乎看到他了。

"这怎么可能呢,米香?"鲁本斯问。

"是真的,先生。"

"他死了,人死不能复活。"鲁本斯猜到米香是因为过度伤感产生了幻觉。

"可我每次喝过咖啡,就会看到他。"米香软软地说。

"咖啡?"鲁本斯问米香,他突然意识到什么,便问米香:"你是不是往里面放了巧克力豆?"

"是啊。"米香转过身来,不解地看鲁本斯,"这次巧克力豆奶香味很浓,还有果味,我就多放了几粒。"

"我告过你的,那东西不能多吃。"鲁本斯说。但他不能说那该死的巧克力豆里含有印度大麻和鸦片。他之所以让米香吃,是想控制她,并没想要害死她,"你把它泡在热咖啡里?"

"是啊,那样,咖啡的味道也会变得好喝很多!"

"然后呢?你有没有呕吐?"

"没有。只不过多吃了几粒巧克力豆嘛。"米香以为鲁本斯是心疼钱,"你看你!"

在恬静的环境里,米香下地给鲁本斯取本书来。她一丝不挂,又因为一双小脚,从后面看她的身体更加迷人,尤其走起路来,那条深深的股沟,会令人情欲勃发。米香刚刚下地,鲁本斯就又将她拉上床来。他知道米香在取书的时候,顺便会往自己嘴里放几粒巧克力豆,可那东西会让女人发胖,还会让女人发疯。

鲁本斯走了,整个小院又留下米香一人。她独自在屋里发呆,然后懒散地推开窗让微风进来。其实她也知道吃上巧克力豆会产生幻觉,可她喜欢那种幻觉,因为在幻觉中她能见到米仓。鲁本斯前脚走,后脚她就又取巧克力豆放入咖啡里煮着喝。她用勺子搅匀大口大口地喝下,然后静静地躺到床上,没一会儿她便看到蚊帐立杆像苏醒的蛇一样,开始弯曲变软,接着是墙壁和自己开始漂浮,觉得床和自己在一起旋转,旋转,纱幔在飞舞。她看到一个火苗将墙烧着了,墙的中央被烧出一个洞,那个洞越来越大,最终变成一个拱型的门,米仓,哦,自己的弟弟就再次出现了。他还是小时候的样子,厚厚的唇,黑黑的脸,又长又粗的辫子垂在脑后,他缓缓地走到她的面前,咧着嘴冲她笑却不说话。她也不说话,也看他。最后,还是她服软了。她装出生气的样子问他,为何不叫她姐,为何不来找她。米仓却百般委屈地说,他一直在找啊,可是总也找不到。

"那你现在不是找到了嘛!"米香无不怪怨地说。

"可是姐,你为啥要藏在这么隐蔽的地方啊?"

"要不是隐蔽,你姐早死了!"

两人有问有答。她骂弟弟没良心,为何不到大街上喊她的名字。

"我喊了,姐。我喊'陈……米……香',见人就问,谁见到米香了。"

"我现在叫阿廖莎。"

"阿廖莎?阿廖莎是谁?"

"你姐,我啊!"

"不,我姐叫米香。"

米香马上泪水横流。她伏到枕头上哭,当她再次抬起头时,米仓已消失了。她对着那个洞大喊,米仓,米仓,你这个坏蛋,你在哪里啊……在米香的泪眼中,屋顶,墙壁,家具,屋外的树木都在塌陷,她听到了成堆的砖块砸碎自己的头骨,听到了心脏被挤破血液喷洒的声音,然后她看到无数个自己像老鼠一样在四处逃窜。她拼命想抓住它们。可是一只都没能逮得住。

16 蚌病成珠

　　我们的伊索尔依然过着炼狱般的生活。她常常去教堂告解,乞求宽恕,她恭恭敬敬坐在告解亭,当神甫要她讲述自己的罪过时,她却哑然失声。她期望主的宽恕,却不知道自己错在哪里。难道是自己祈祷还不够勤奋吗?可那些更加罪恶的人(比如西蒙),却为何依然逸享生活。神甫出于仁慈,没有进一步追问。他体贴这个文静的姑娘,便安慰她无论经历了什么,他都以主的名义赦她无罪。

　　这日,伊索尔刚刚走出教堂。街上,少爷、小姐、太太们坐着人力车穿堂过巷,肉铺、包子铺、布庄生意兴隆,几个穷苦人抱着包裹在当铺门前徘徊,一个光脊背的后生在大门敞开的醋店里面挪着醋缸,两个姑娘正低声聊着买粉盒的事,大家各自忙着要忙的事,只有伊索尔不知道自己该干点什么。她那么羡慕诗人和画家有着自己的理想,羡慕波丽娜无论顺境逆境都能如鱼得水,她觉得自己什么都不是,面对眼前这个世界,她想对自己说,不是我不想付出,而是我根本不知道为谁,或为什么去付出。

　　西蒙和波丽娜却目标明确地要把伊索尔嫁给赵崇阳。令人奇怪的是,赵崇阳却不见了踪影。有人说,他所在的公司要派他到法国,他需要准备一下,也有人说他是请了一个月的探亲假回了山西老家。但无论哪个理由都不能令伊索尔信服,依她对赵崇阳的了解,他要离开天津,定然会和来她告别,即使事情紧急也会留下口信。伊索尔就觉得这其中一定出了什么问题。

　　晚上回到家,早早等在客厅里的西蒙问她,是不是对赵崇阳说了不该说的话。伊索尔莫名其妙,不明白西蒙的意思。伊索尔不接西蒙的话,只是走进厨房,系起围裙,在案板上切起火煺,剁起蘑菇。西蒙跟在后面,问她白天去了哪里。伊索尔冷冷地回答,说自己去了教堂。

　　"是去见鲁本斯,对吧?"西蒙用重重的鼻音哼了一声,"伊索尔,你是个聪明姑娘,最好给我老实点儿,我绝不能让你坏了这桩好事。"

"什么好事,西蒙?"伊索尔说。

"赵崇阳先生受过法式教育,家里有钱。而你伊索尔呢,有着西方女性的直率,又不失东方女人的温柔,这珠联璧合的婚姻上哪里去找!"西蒙似乎心情很糟,他把嘴挨到伊索尔耳朵说,"可是我不明白,你为什么要去找鲁本斯,你觉得这个不念旧情的势利小人是你的救星吗,伊索尔?"

"我没去找他。"

"你尽管去找他好了。可你知道鲁本斯是怎样的人吗?"西蒙诡异地笑,"他喜欢对什么事都要指手画脚,他总是讲他的大道理,想当教皇。可我们每个人都有权选择自己的生活。"

"说得好,西蒙。那我呢?我的生活呢?"

"你也一样,伊索尔,你本可以选择过上养尊处优的生活,只要你忘记自己高贵的法国人,心甘情愿做一个中国人的妻子。当然,当然了,你还可以有另外一种选择……"西蒙突然露出淫荡的笑,"你可以听从我的安排,照我意思去做,我保证你同样过得衣食无忧,比谁都风光。"

"你是要我做你的夏洛特、艾玛、丽莎、克拉拉吗?没门儿,西蒙,除非是我死。"

"你当然还是我的伊索尔表妹,你只是去做银行家的夏洛特、艾玛、丽莎、克拉拉!"

"真恶心!"伊索尔不再理西蒙。

"对极了!对极了!"西蒙却呵呵大笑。他淫性大发,不顾伊索尔手里还抓着铁铲,一盘蘑菇刚刚倒进锅里,便把伊索尔强行拖进卧室。他用气势汹汹严厉的眼神看伊索尔,就像发怒的阿波罗逼视犯了错的女祭司。伊索尔不再畏畏缩缩,因为无论她示好,还是服软,都换不来西蒙的同情。西蒙把伊索尔推到床上,理直气壮地撩起伊索尔的裙子。伊索尔咬紧牙关,听着厨房里被煸干的蘑菇丁噼噼啪啪乱响。伊索尔已经学会了忍耐,学会了坚强,即使那条浑身罪恶的蛇,贪婪又粗鲁地在自己的身体里乱钻乱撞。伊索尔逼迫自己勇敢地去看西蒙,用字迹清晰的声音骂他:"恶心!"

"你说什么呢,婊子?你说我恶心?死丫头,你认为自己是圣女吗?我只是你经验丰富的老师。"西蒙把双手插入伊索尔头发里,用力掰她的头。伊索尔能体会到西蒙在她身上想得到的并不是快感,不是愉悦,而是一种报复,是一种惩罚,是一种毁灭。他在为自己死去的身体寻找一处安放的坟墓。他把自己想象成阿波罗,把伊索尔当作祭台上的祭品,他赞美她是流着蜜汁的鲜花,转瞬就又骂她是散发着臭气的死猫烂狗。他毫不掩饰地说着淫言秽语,似乎只有那样,他才能找到自己。伊索尔一直忍受着,她希望天主能赐予这个男人更多的力量,让他变得更加恶毒残暴,因为她希望自己在他的冲撞和挤压中直接毙命。

第二天,伊索尔专门去找鲁本斯。在暗无天日的日子里,兴许鲁本斯还能给自己一丝亮光。尽管出门前她打扮一番,拭了粉,还涂了唇,但见到她的人都会感觉这个姑娘情况一定糟透了。她勇敢地出门,走到一半却后悔了,她担心鲁本斯会问她那些尴尬、叫人脸热的事。于是,便独自来到河边。她看到码头上忙碌的工人,他们一个个衣衫褴褛,肩上压着重物,可与自己比起来,她觉得他们是那样的幸运。她百无聊赖地在维多利亚大街走来走去,又在大法国路上毫无目的地胡乱散步,这期间,她却没有发觉米仓一直就在后面悄悄跟着。那天米仓没穿制服,而是穿了一件长衫,他戴着圆沿儿礼帽,手里还捏了一把折扇。他本是来打听姐姐下落的,不想在街上遇上了伊索尔。伊索尔的样子把他吓到了,远远看去,她就像一个重病缠身自己流落街头又无依无靠的人。伊索尔怎么会变得这样子呢?他是听说伊索尔过得不好,但没想到会差到如此地步。于是,他一路跟着,想看看伊索尔到底遇到了什么事情。可几条街走下来,他发现伊索尔只是毫无目的地闲逛,在丰领事路口处,趁着行人稀少,他便快走几步,把伊索尔拦了下来。

"伊索尔,伊索尔小姐!"陈米仓用偶遇的语气,站在伊索尔前面,面露惊喜。

伊索尔当然认出了米仓,她却态度冷漠。自从那次见过米仓之后,她就一直陷在矛盾之中,尤其是被西蒙欺负之后,她渴望见到米仓,却又害怕见到他。如果之前她是嫌米仓邋里邋遢龌龊丢人,那么现在,她倒觉得是自己没资格站到米仓面前了。因此,伊索尔不知所措,甚至想找个理由敷衍过去。这一切,陈米仓都看到眼里。他坚持说好不容易两人相遇,一定得到旁边的茶馆小坐。

想想吧，伊索尔心里是什么感受。伊索尔只能委屈自己。两人进到茶馆，米仓自然不提在海河上曾经见面的事。他简单介绍了这十几年里自己的经历。他说自从土墙子分手后，他就一直在颠沛流离中艰难度日，他拉过洋车，扛过码头，抬过新娘，埋过死人，回教堂干过杂役，最近是崇阳少爷帮衬才在巡捕房当了个差。

"哦……"伊索尔无精打采，也无心地听着。

米仓给伊索尔讲巡捕房的事，说自己穿上制服也挺精神的，如果伊索尔有心情，哪天他就穿上制服特意去看她。他说她住的地方他知道，他永远也不会忘记那里，因为他冒死去送信，被西蒙抓到牵回家，伊索尔却不认他。米仓自始至终用着开玩笑的语调，他知道伊索尔并不稀罕讲这些，但他必须得讲，他想驱赶她的烦恼，让她心情好起来。开始，伊索尔只是听，渐渐的也有一句没一句对答一句。当她把注意力由昨夜的忧伤，转到米仓身上后，就稍稍感到一些轻松。是啊，想想米仓的日子，他没有大富大贵，没有出人头地，住的地方破旧不堪，干那种"跑合"的营生，他还活得这么乐呵，可自己刚刚还羡慕那些码头工人，相比于面前的这个人，自己最起码没有挨饿受冻，受人冷眼，自己为何还要从内心里觉得不公呢？慢慢地，他们把话题转到米香身上。米仓说毫无线索，姐姐在天津一无亲戚二无朋友，要活着也不会有什么好去处，可他跑遍了大小妓院和暗娼出没的地方都没结果。伊索尔就问他有没有去那些前朝的寓公家里。米仓说去过了，也一无所获。

外面天气炎热，窗台上的几盆花开得正艳。两人陷入了不知道该说点什么的尴尬之中。街上，行人熙攘，几个外国夫人打着洋伞正从窗前走过。米仓攥着手里的杯子。伊索尔望着窗外。

"米，仓！"过了一会儿，伊索尔慢吞吞地说。

"嗯。"

"这些年，你除了一心要找米香，就没有想过别的？"她问道。

"想过！我想着有一天会和小姐你见面。"他答道，"但那一天是我觉得能见你了，觉得自己不那么粗俗了的一天。"

"你粗俗？你一直这么看自己吗？"

"我有自知之明，伊索尔，所有的外国人不都这么看我们吗。这不是你们的错。毕竟我没上过学，没有见识。可我一直记得神甫对我说的话。我前几年待过的教堂神甫认识达尼埃尔神甫，他对我很好，教了我很多东西。"

"那你准备什么时候才去见我呢？成了银行家，或贸易行的老板吗？"

"我不想让你看不起我，伊索尔。"

"没有谁看不起你。一切都是你的内心在作怪。"

"我一事无成，一无所有。我什么也不是。"

"我向赵崇阳打听过你……"

"别怪他，伊索尔小姐，是我不让他说。"

"为什么？就因为你那可怜的自尊？你为什么不去找我？你明明知道我在哪儿。"说到这里，伊索尔无由地生起气了，似乎这些年她的委屈，她的不开心全都是因为这个人。

"我不知道为什么。可我知道你一直恨我。我曾经向天主唾过唾沫，没能救下埃明纳，我……"

"说下去。"

米仓双手紧握，不停地揉着手指。他不敢看伊索尔的眼睛："总之，这些年你过得还不错！"

"是的！当然不错。"但伊索尔是在说反话，气话。

"而且，你的婚事，"陈米仓说，"我也听说了。"

"我的婚事？"伊索尔说。

"全租界的人都知道。他们还奇怪。那是因为他们不知道崇阳少爷有多优秀。"

"陈，米，仓！"

"你的选择是对的，崇阳少爷，可以说，百里挑一。"

一团无名火在伊索尔心中顿时燃烧。她觉得米仓是存心不良，是在笑她。她难受极了。

"怎么了，我说错什么了吗？"米仓突然停下来，继而又感慨地说，"也许你是有些不如意。可这世上的事，伊索尔，哪能件件让你如意呢？老话说得好，人生来本就是来受罪的！"

"受罪也该有很多种吧，可为什么我偏偏遇上的是自己不喜欢的呢？"

"你要喜欢，那还叫受罪吗？"米仓无奈地一笑，"很多道理我说不清，可我知道这世上的事，有的得接受，有的就得去反抗。但无论是接受，还是反抗，咱千万别和自己过不去。"

"你是说，我是在和自己过不去，我在自讨苦吃？"

"总之，你得想开些，伊索尔，自己尽了心尽了力就好。"

伊索尔长叹一声。后来，米仓就给她讲愚公的故事，说那位行将寿终的耄耋老人，苦于门前两座大山阻隔出入，便召集家人凿石挖土，用铁铲、簸箕、筐子要搬掉大山。事情传出后，遭到智叟老人的嘲笑，他说老人是愚公，太傻了，因为那把年纪要拔掉山上的一根树都不容易，怎能搬掉两座方圆七百里数万尺高的大山呢？愚公长叹一声说，我死了，还有我儿子！儿子又生孙子，孙子又生儿子，这样子子孙孙不会断绝！而两座山不会增高，还怕它挖不完啊？

伊索尔不明白米仓为什么要讲这个故事。米仓就说："我是说，人活在这世上，谁面前都会有大山。遇上大山，咱们就得想法绕过去。如果绕不过去，那咱就一揪一铲地去挖它！"

"我觉得毫无希望。"伊索尔说。

米仓就说，其实以前他和她一样，似乎没有一件开心事，没有一天舒心日子。可现在想明白了，反正愁也是一天，乐也是一天，那为什么不开开心心过每一天呢。

"你不觉得这是自欺欺人吗？"伊索尔说。

"总比整日愁眉苦脸好吧！"米仓说，"达尼埃尔神甫曾给我讲过一个你们的故事。"

"什么故事？"

"一个科什么国国王的故事。"

"科林斯。"

"对，说那个国王受到惩罚，成天把一块巨石推上山顶，可巨石在山顶停不住，会滚到山下，他又不得不重新把巨石推到山顶。这样日复一日，年复一年,他要想不开,那不早就气死了!"

"西绪福斯①。"伊索尔说,"要是天主那样惩罚我,我倒情愿接受。"

"反正都是受罚。可是,我们不能因为受罚就不开心。别人和我们过不去,我们不能和自己过不去。我想那个国王每次把巨石推到山顶时,心里是开心的,因为他又一次把巨石推上了山顶。伊索尔,我们中国人讲蚌病成珠总是要有一个疼的过程。"

"可惜,我这个蚌病了,却不可能成珠。"

"谁说的,谁说的……"

他们就那样看似没有固定话题地聊着,可实际上他们都从对方那里捕获到了重要的东西,即使是伊索尔带有严肃、甚至有几分生气的责问,即使是米仓摆出那些牵强的理由,他们都从中获得了软绵绵充满温情的感觉,他们所有的言语其实都只是掩饰与表象,而那些深刻的、融融的、直抵灵魂的东西,都以一种更为准确的方式准确无误地传递到了对方的心上。这种意外的感觉让他们感到惊讶,因为他们发现,十几年的分离并没有让他们产生一丁点儿的陌生感。

从茶馆出来,米仓送伊索尔回家。伊索尔没有拒绝。他们走出繁华的市区,看到茂密的绿树与庄稼,阳光已不再强烈,他们路过芦苇荡,在潺缓的水流声中,米仓站在路边,竖起食指让伊索尔别出声。他们一起慢慢靠近,看到芦苇丛中几只在嬉戏玩耍的鸭崽,它们黄黄的小嘴发出稚嫩的叫声。这片芦苇荡伊索尔曾经无数次经过,可她一次都没心情停下来。米仓还让伊索尔和他一起坐到路边的草坡上,沐浴斜阳,感受微风,享用宁静。伊索尔没想到生活窘困的米仓,居然还有如此心境。难道是米仓在故意讨自己欢心吗?可米仓从头到尾没有和她说过一句甜言蜜语的话。

等到了院门口,两人不得不分手。伊索尔推门进去,整个身心还陶醉在愉悦之中。她一幕幕地回忆着和米仓在一起的情形,烦恼也就被遗忘到九霄云外了,哦——

---

① 西绪福斯是风华之王艾奥罗斯的儿子,科林斯城的创建者。

在我精神贯注的地方,我的血仍在奔流,

有如波浪在平静了的风前翻滚;

我的心是柔弱的,也不善于忘却——

除了一个影像,对一切都是痴情地盲目;

我的愚蠢的心向那固定的灵魂颤动……①

伊索尔想起这些诗句,便满脸涨红。她心想,米仓只不过是个中国人,还一无所有,我却为何要这样欢心啊?

17 你了解我吗

那段时间,赵崇阳没去看伊索尔确实是因为工作上有事,他所在的公司在业务上出现了问题,公司派他去了上海。本来说好就一个星期的,却一拖再拖。在这期间,他想过给伊索尔写信,但他又担心信还没到自己就回天津了。再者,他也不知道在信上该说些什么。在他看来,他对伊索尔的爱慕之情伊索尔不会体察不到,可伊索尔迟迟不做回应,如果他万一把握不住分寸,贸然说出了过头话,落个适得其反,那倒不如不说。

一回到天津,赵崇阳就迫不及待地带着礼物去看伊索尔,可在半路他被西蒙拦住了。一见赵崇阳,西蒙就高兴得差点跳起来。他们在街道的拐角处说话。西蒙向赵崇阳描述了见不到赵崇阳时伊索尔的魂不守舍,劝赵崇阳不要被女人的表象所迷惑,过去伊索尔可能由于怀有少女的矜持不接受他的表白,可现在他要登门造访,伊索尔一定会给他一个满意的答复。赵崇阳认真听

---

① 摘自拜伦的长诗《唐璜》。

着,他注意到西蒙讲每一句话,都要不停地观察自己的表情。西蒙的热情让他感觉怪异,以他的判断即便能娶伊索尔,西蒙与波丽娜这一关也会相当难过,事情怎么突然间变得轻而易举了呢?赵崇阳克制住自己的疑惑,坚持要去看伊索尔,西蒙却出面阻拦,说,带这么点小礼物实在不够诚心,他希望赵崇阳好好准备一番,然后再去登门提亲。

西蒙的急迫倒让赵崇阳起了疑心。为慎重其见,他先去拜访了鲁本斯。鲁本斯却说话吞吞吐吐、含糊其辞、避重就轻。最后,他觉得赵崇阳是个受过良好教养的人,加上他自己又摆脱不了宗教要他做人诚实的影响,犹豫再三,还是将实情告诉了赵崇阳。当然,鲁本斯把话说得尽量委婉,还给赵崇阳讲了一通"一个人心灵贞洁才是真正的贞洁""要爱一个人,就要爱她一切"的道理。他希望赵崇阳千万别把别人的恶行无辜加到一个不幸之人身上,要他相信那个不幸之人的清白与无罪,要他相信受苦之人不应该永远要忍受悲苦。然后,他才说西蒙主动提出将伊索尔许配给赵崇阳,是有条件的,西蒙想从赵崇阳那里得到一笔数额不小的补偿金,在此基础上,还想每月再要一份固定的钱好供他日常开销。

"其实这不是一桩婚事。是一桩生意,鲁本斯先生!"赵崇阳说。

"你说得没错。"鲁本斯说,"当然,你可以拒绝。没有你的同意,这桩生意也就做不成了。"

"西蒙为什么要这样呢?"赵崇阳不解。

"也许,罪过在我身上。"鲁本斯长叹一声,"过去,我念兄弟情义,总接济他。可时间久了,他不仅不为这种接济感到羞愧,反而变得习以为常。我不能供养一个白痴,也不培养一个废物。我必须得逼他自食其力。没想,他就在伊索尔身上动起了脑筋。"

"伊索尔就那么心甘情愿吗?"

"她有什么办法呢?"鲁本斯说,"据我所知,她完全被西蒙控制了。"

"因此,西蒙就拿她敲竹杠。这样的事情,我当然不答应!"

"事情似乎不像你想象的那样简单,赵先生,如果你该站在伊索尔的角度想一想,事情可能就是另外一个样子了。"

"哦,看来伊索尔的日子真的是不好过。"

"是的,伊索尔很苦。"

于是,鲁本斯就把伊索尔受波丽娜和西蒙欺压的事讲给赵崇阳。但他没有把最要紧的一件讲出来。他不知道赵崇阳怎么想,他不想把事情往坏的方向推,可他又为自己隐瞒了真相而心里难受。晚上鲁本斯把西蒙约出来。西蒙在鲁本斯面前骂赵崇阳和所有中国人都是缩头乌龟,因为他认为赵崇阳暗恋伊索尔多年,一枚甜果就要到嘴了,却没想赵崇阳犯起了犹豫,打起了退堂鼓。鲁本斯毫不掩饰指责西蒙,说所有的罪都该由西蒙来承担,因为他不该做那件违背天理的事。

"你是说让那个中国佬儿出钱吗,鲁本斯? 你在中国待这么久,你知道男人讨老婆是要出钱的。连愚蠢的中国人都知道不能将自己养活多年的宠物拱手送人。"西蒙说。

"既然是宠物,那你为什么不留给自己呢?"鲁本斯问。

"不不不,宠物应该送给更需要她的人。"

"可你毁了她! 她本来是件宝贝,你却在上面捣了一个洞。她身上留下了明显的缺憾,缺憾让她不再值钱了,西蒙。"鲁本斯说,"你是个笨蛋,西蒙,你想拿她挣钱,就应该像爱护眼睛一样爱护她。可你犯了中国人的大忌,一件精美的玉器,哪怕上面有绿豆大一点瑕疵就会一文不值。你睡了她,西蒙,你破坏了她的完美。"

"别这么说,老兄,我可指她发财呢! 再说了……绿豆大的瑕疵算得了什么呢? 一点儿都不影响它的使用,也不影响她的美,如果那个中国佬真心喜欢它的话。就是美丽的塞基①也不可能等到风流倜傥的唐璜先生出现才去享受男女之乐吧? 你这样的要求太过苛刻了。话又说回来,一件再精美的玉器,谁敢保证在自己手上就万无一失呢,重要的是,接受者怎么会知道自己拿到的东西存在着这个缺憾呢?兴许,他认为那点儿缺憾原本就是先天的。"西蒙说。

---

① 塞基是传说中一位美丽的少妇,甚至受到维纳斯的嫉妒。见拜伦著的《唐璜》。

"你不该这样,西蒙,你应该有起码的真诚!你要替伊索尔考虑,想想她的感受。"

"鲁本斯,你是要我亲口告诉那个傻瓜,'来吧,娶走这个我睡过的女人吧,你还得给我一大笔钱。'是这样吗,老兄?至于伊索尔那里,哦,她是有那么点姿色,可自从她进我们家,就没给我们带来一点好运。这些年,我们家跟着她简直倒霉透顶。"

"这不能怪伊索尔。"

"她就是一位恶煞神。我早看出来了,凡是与她有关系的人都会被她害死。她就是罪恶之源。"

"你不能这么认为。这些事与她没关系。"

"没关系吗,老兄?为什么她一出现一切都变了,都变了,我们越来越晦气,越来越倒霉。"

"可你应该知道这桩婚事,对于伊索尔,对于赵崇阳意味着什么。西蒙,是他们一辈子的事,一辈子,你不能这么残忍!"

"这不正好吗?"西蒙笑笑,"我愿他们白头到老!"

"事实上……西蒙,我会把这些告诉赵崇阳。"鲁本斯停顿了一下。

"上帝啊,"西蒙发怒了,"你疯了?你以为你是谁,这可真是太可笑了,鲁本斯,你无权这样做。你总是指手画脚。你会毁了我的一切。"

"你至少应该给赵崇阳一个公平决定的机会。"

"公平?这世上有公平吗?如果有公平,我就不是这个样子。让公平去见鬼吧,鲁本斯,我才不信。"

"至少,要真诚。"

"又来了,鲁本斯,多美妙的一个词。可是,你呢,亲爱的老兄,你的真诚呢?靠真诚,你能活得下去吗?倒是你,鲁本斯,不知道出于什么目的宁愿去出卖兄弟。鲁本斯。你别忘了,我们才是兄弟!"

西蒙认为鲁本斯在釜底抽薪,坏他好事。鲁本斯因此更加看不起西蒙。他觉得这个花花公子浑身力气充满征服欲,他的理想是像奥斯曼帝国的苏莱曼大帝那样与三百个女人同居,但这个笨蛋,他哪里知道苏莱曼大帝最终娶了

146

洛克塞拉娜①。鲁本斯摇摇头,觉得西蒙无药可救了。

三天后的一个上午,伊索尔从菜市场回来,一进屋便发现赵崇阳在家里。赵崇阳双手交叉,两膝紧并,端端正正地坐在沙发上。西蒙坐旁边,正满心欢喜地和他有说有笑。波丽娜穿了新做的绿色长裙,坚挺的上身被鼓起的裙摆支撑着,像一朵绽放在宽大荷叶上的莲花。

"亲爱的伊索尔,你总算回来了! 你不知道我们在这里等了你多久。"

波丽娜跑过来迎接表妹。她牵伊索尔的手,在她身上又拧又掐,不容伊索尔开口,便把她拉进房间。波丽娜打开衣柜,把伊索尔身上的衣服剥个精光。她取出色泽艳丽的长裙,往伊索尔身上一比,觉得太诺曼底了②,马上换上另外一条,可她又嫌太亮,不够端庄。她忙前忙后给伊索尔打理头发抹膏施粉,最后选定一条质地很好的白色半袖长裙,还不忘到阳台掐一枝紫罗兰插在伊索尔头上。她把伊索尔拉到镜子前,左照右照,确认妥当后,才伴伊索尔下楼。伊索尔当然明白接下来自己要面对什么。她一点喜悦都没有,反倒感觉自己是被押往刑场。她低着头,浓烈的香水味让她眯眼。毕竟身上的裙子是波丽娜的,多少有点长,下楼时,她不得不小心,以防被绊倒,这倒让楼下的男士觉得伊索尔更加风韵优雅了。

伊索尔一露面,候在客厅里的赵崇阳赶紧站了起来。西蒙夸大其词赞美表妹像公主。走到楼梯口处时,伊索尔主动停下来。她看着赵崇阳,很正式地宣布:"我想和赵崇阳先生私下里先谈一谈。"

"不! 不! 不!"西蒙马上打断伊索尔,"我可不希望在这个高兴的时候你冒傻气。"

"有些事我必须得和赵崇阳先生单独谈。"伊索尔说。

"哦,伊索尔,你也不看看这是什么时候。"波丽娜说,"再说了,有关你的事情我已经和赵先生聊过了。我把一切都告诉了他。"

---

① 苏莱曼大帝(1494–1566),传言他曾与 300 个女人同居,一次征战中有人送他一位俄罗斯姑娘洛克塞拉娜,从此,他不再与其他女人睡觉了。

②当时的法国上层人认为诺曼底人很粗俗。

"一切吗？"伊索尔问波丽娜，"你确定是一切吗？"

"是的，伊索尔，这个你放心！"波丽娜说。

"真是这样吗？赵崇阳先生，你确定了解我的一切吗？"

"我想是的，伊索尔小姐。"赵崇阳低声说，"我们相处这么久……"

"可有些事，我想咱们还是事先说明的好。"

"不，伊索尔。"西蒙急了，"我相信赵先生今天来，是有充分心理准备的，赵先生可不是一个靠冲动办事的人。"

"是的，伊索尔，我不是一时冲动。"

"你真的这么肯定吗，赵先生？"

"我肯定。"

接下来，赵崇阳彬彬有礼，单膝下跪，向伊索尔求婚。慌乱中伊索尔都记不得自己有没有亲口答应过，反正婚事就在波丽娜和西蒙夸张的欢呼声中定了下来。

他们的婚礼是在七月底的一天举行的。因为时间仓促，程序和场面一切从简。西蒙和波丽娜当然也没心思为伊索尔办什么单身辞别宴会①。婚礼现场，亲人、朋友还没有报社记者多，鲁本斯到了，陈米仓到了。那天，米仓理了发，穿上了西装。伊索尔却莫名其妙地恨他。仪式举行得简简单单，现场既乱又吵，当然不是真的吵，而是各种细微的声音一进入伊索尔耳朵就被放大几百倍。主持仪式的神甫，照本宣科讲述亚当与夏娃的故事，告诉在场的人天主不责怪不同种族的婚姻，他一字一句地讲解教会对婚约的要求。可那时伊索尔知道自己的心是不洁的，因为她根本不喜欢与她步入婚姻殿堂的人。她觉得自己不但有罪，而且还是个罪恶的制造者。

在场的记者都是西蒙请来的，记者们提出许多奇里古怪的问题，早有准备的西蒙总能回答得妙趣横生。他侃侃而谈，讲新郎如何从小就对新娘暗自

---

① 按法国传统，新郎和新娘在婚前要举行告别单身晚会，新郎是以一个象征性的棺材举行"葬礼"以告别单身；新娘则在"辞别宴会"上接受女友献来的花束、花篮，同唱辞行歌，共跳送别舞。

仰慕,介绍新娘如何接受良好的教育打破传统观念勇敢地接受真爱,而他作为新娘的表哥,在家境极不宽裕的情况下,怎样把表妹抚养成人。他就是要让所有人知道赵崇阳娶了他的表妹伊索尔,而他为这个表妹做出了常人难以想象的牺牲。

18 她依着他,想给他力量

他们的新房在一处小院里。小院是租来的,靠近海河,虽然地势偏僻,风景倒还不错。尽管赵崇阳事先在屋里贴了画,挂了帷幔,添置了家具,但看上去依然还是寒酸简陋,不像是新婚宴尔的居所。

赵崇阳为此心里难过,觉得对不起伊索尔。可是,这桩婚姻他没想到没能得到家人的同意,人一老许多想法就会发生变化,在埃明纳修女为小儿子补习法语时,赵老太爷只嫌自己的儿子走不远,那时,他常常拿"好男儿就要走四方"的话教育孩子,可随着年龄增长,他就巴不得希望自己像只抱窝鸡一样,将所有的孩子都收拢在自己的羽翅之下。小儿子在天津法国公司上班,已经令他满意了,他希望小儿子抽空回来多见一见他托媒婆介绍的未来儿媳,那些姑娘不是来自平遥,就是来自省城,个个都家境盈实,妇德高尚。赵崇阳却拍电报给父亲说,自己要和伊索尔结婚。自己的儿子怎么能娶一个外国女人呢?赵老太爷开始和小儿子谈判,如果小儿子听话那就要什么有什么,如果非娶伊索尔,那就别怪他这个当老子的狠心。儿子大了翅膀硬了,当老子管不了,但当老子的总能管住自己的钱吧!违背父命的结果,就是一切都得白手起家。但赵崇阳必须娶伊索尔。于是他按着事先约定,把自己所有的积蓄都交给了西蒙,他要救伊索尔逃出了魔窟,当然自己就得背上一身的债。

对伊索尔来说,环境好不好并不重要。她只需要一个安身之处,只要能和赵崇阳和和睦睦过日子就好。可是,没过多久,她就发现现实并没有朝她(包括赵崇阳)所希望的方向发展。她的新郎官在这场赌博中,既没能赢得自己,更没赚取他人。当赵崇阳头脑里发热的东西慢慢冷却,生活以真实的模样出现之后,他就彻底发现自己当初的决定有多草率了。他自以为无私、高尚、强大、超然的东西开始一点一点脱落,他不得不承认自己有着与常人一样柔软脆弱的心。他本来话语就不多,在觉得没有得到与之付出相对称的东西后,他就更加自虐,自闭,得过且过,沉闷不语了。他觉得聪明的上帝,有意设下一个圈套把他骗了。

当然,他知道这一切都是自己的选择。即使错,他也为得这个错负责。因此,他把所有的火都发到自己身上。当伊索尔问他怎么了时,他只能说,没事。作为伊索尔,她能理解赵崇阳心里所受的煎熬。她常常希望他能男人一些,粗暴地把矛头对准自己,哪怕歇斯底里,哪怕泄泄怨愤,她都不怪他。可是他却不,从来不。他们在同一个屋檐下,却彼此谦让,相敬如宾。他们谁都没想故意去折磨对方,可实际上,却都在用折磨自己的方式不停地折磨着对方。以至于伊索尔怀疑,她与这个中国男人的关系到底还算不算夫妻。

晚上,夜深人静的时候,她上床后会主动靠近赵崇阳,然后把腿压到他身上。赵崇阳却佯装熟睡,伊索尔又把脸贴在他胸脯上,想尽妻子之责,他却不理不睬。伊索尔不明白,本是夫妻间理所当然的事,到他那里为什么就变得那般艰难。无论当初出于何种原因,毕竟事实既然如此了,那就该做些既然如此的事。他却不行。伊索尔想,两人之间可能存在着一些莫名其妙的障碍,他们俩需要共同去面对共同去克服。于是,她以一个女性的温柔去抚摸丈夫的面颊、耳朵、下巴,去吻他的身体。赵崇阳是男人,是新郎官,又在蜜月,他应该情不自禁应该亢奋冲动才对,可他却被理智控制得像一只羔羊。他的莽撞,雄性动物的霸气去了哪里了呢?兴许,他能莽撞一些,来个不假思索的进攻,复杂的问题反倒变简单了。可他……伊索尔不知道如何是好,她用妻子的柔指和恬湿的吻去撩拨丈夫。丈夫却只是将全身赤裸的妻子搂在怀里。他爱她,伊索尔毫不怀疑,可她不知道为什么激不起他。难道之前他对她表达的并不是爱情?伊索尔有时会这么怀疑。

慢慢地,这种感觉就演变成了恨。伊索尔恨鲁本斯,她恨鲁本斯不该过早地把一切告诉赵崇阳。如果不是鲁本斯多嘴,兴许赵崇阳认为他心中的伊索尔还像圣女一样完美。可现在倒好,正是因为这种对完美的追求,使赵崇阳无法接受了。赵崇阳为自己与伊索尔之间垒起了一道墙,当他盯着自己的妻子的唇时,他总能看到上面印着另一个男人的印,当他想进入妻子的身体时,身体还没有行动,他就看到另一个男人躲在妻子的身体里冲他窃笑。这样的心里,让他无法专心致志去搂妻子,他知道一个真正的男人不该拿身体去衡量女人的贞洁,可他还是拿这个去衡量了。于是他嘲笑自己,愤懑自己,觉得自己无耻,却又毫无办法!

窗外月朗星稀,本是多好的时候啊。伊索尔赤裸着身体,本是一只雌兽,赵崇阳本该雄心勃勃的,伊索尔希望丈夫如豹子一般把她玩于股掌中,希望他在她身上用尽柔情蜜意,可赵崇阳却纹丝不动。

"伊索尔⋯⋯"赵崇阳艰难地叫出妻子的名字。

"嗯。"

"我是爱你的,你应该知道。"

"我当然知道!"她依着他,想给他力量。

"我希望你相信这点。"

"我相信。"

"可现在你在怪我。伊索尔,没有人摊上这事会不怪。"

"别这么说。我能理解你,知道你在努力!"

"是的,我在努力。"

赵崇阳爬起身子,拉好窗帘,他连窗帘缝隙透进的月光都怕。然后,他跪在妻子身边,试着去吻伊索尔。伊索尔的心咚咚直跳,血液像开栅的马群在身体里乱撞,但她绝不是产生了新娘初夜时常会出现的心潮澎湃。恰恰相反,她陷入了另一种恐惧之中,她逼迫自己忍受,担心自己哪里做得不到位,一不小心就会将面前的这个男人击垮。伊索尔觉得自己是罪恶的,可她又必须佯装着幸福鼓励他。她警告自己不能妄动,即使万箭穿心,她也必须和赵崇阳共同熬过这一关。就那样,她将自己肉身横陈,等着丈夫的慢慢靠近。

"我说不清这是因为什么。"赵崇阳说,"我恨我自己。"

"没关系。"伊索尔伸出双手,轻轻捧住丈夫的脸。

"伊索尔！"

"嗯……"

"我喜欢你，真的，我爱你。"

"我知道。"

可是，刚刚要拉开的序幕，又一次戛然停止了。赵崇阳伏到伊索尔怀里呜呜哭，伤心得像个孩子。好了，好了，好了。他总算哭出来了。这是一个好开头！那一刻，伊索尔觉得自己和赵崇阳就像一对患难与共的可怜虫，有一种微妙的东西在他们的身体里发酵。当然，同时她也越发清楚地意识到这不是爱，因为当她一遍遍问自己这到底是为什么，厄运为何总是降到自己头上时，她觉得自己是委屈的，而有爱的人是不会感觉委屈的。

自打那天起，他们就默契地把话题转到日常琐事和他的工作上了。他们偶尔也谈毫无相干的大事，譬如赵崇阳会跟伊索尔讲，中国政府里有人在为欧战的爆发出谋划策，有人上书国务院建议中国对德宣战，这样一来，就有理由收回青岛了。这样的建议，有人赞称，也有人反对。反对者给出的理由是国家积弱太重，最好不要妄动，因为谁也不敢保证德国将来一定会战败。

"那么，你们的总统呢？他什么意见？"伊索尔问。

"总统先生当然赞同出兵。他还想和英国军队联合起来参战。可是，人家英国人根本不接茬儿。当然有人说，很可能是英国人私下里怕得罪日本。"赵崇阳说，

"那么你呢？你怎么看？"

"我觉得中国应该参战。听说，政府已经向各交战国发出通知，不让他们在中国领土上打仗。可是伊索尔，你想想，这可能吗？那些强国什么时候把中国当回事过？所以啊，我觉得中国应该借机参战，好去扬长补短。孙先生①说得好，如今的中国应该向西方好好学习学习了。"

"是啊，现在很多地方在建新式学堂。"

"可我觉得作用不大，毕竟能上得起的人少。唉！有时候，真气这个国家的

---

① 指孙中山。

人,一个个都粗枝大叶,愁眉苦脸,唯唯诺诺,总也不想着找出路。不像你们法国人,率真、细致、乐观。"

"我觉得中国人憨厚、宽容、善良。"

伊索尔说的并不全是真心话,她更多的目的是为了缓和与丈夫的气氛。她希望他们能彼此理解,日子往好的方向转。为此她专门请工人在院里装上漂亮的篱笆,种了各种各样的花,有空闲的时间,就去兼职做家教挣点小钱贴补家用。从嫁给赵崇阳那天起,伊索尔就提醒自己,她是一个中国人的妻子,就要尽可能去穿中式衣服,尽可能习惯中国人的生活。于是,她尽心做好家务,用心揣摩赵崇阳的饮食喜好,去山西面馆向那里的师傅学习酸菜臊子面的做法,特意去点心店为丈夫购买太谷饼,这些努力赵崇阳没有明说,但都看在眼里。可对他来说,这是一个太过艰难的修复过程。理智、情感、精神、身体都需要做出妥协,他试着要把那个曾经在他心中支离破碎的伊索尔,像碎瓷片那样重新粘起来,而不让黏合处留下痕迹,所以,他们每天都过得小心翼翼如履薄冰,至于爱和不爱,何时能接受对方,他们之间,谁都没敢去奢望。

中秋节之夜,赵崇阳没经伊索尔同意,自己把米仓带回家来。伊索尔感到意外。赵崇阳说他是在香烛店碰到米仓的,大过节的看米仓一人,便把他带到家来,一来热闹,二来叙旧。米仓冷不丁出现叫伊索尔手足无措,她硬生生地称米仓"先生",尽可能用热情掩饰不安。米仓倒还自然,只是一会儿称伊索尔小姐,一会儿又叫赵太太,让伊索尔感到不适。其实,这种尴尬陈米仓早该料到的,可他又为什么还要来呢?

赵崇阳和米仓把院子打扫干净,抬一张桌子放到院中央,还用盘子装了干果、葡萄、月饼。在伊索尔煮饺子时,赵崇阳才意识到这样的做法不合教规。伊索尔却没有责怪他,反倒主动帮他找到理由,说毕竟陈米仓没有皈依,大不了这些奉供月神的东西,是为陈米仓按中国人的习俗而张罗的好了。事情也只好如此了事。

然后,三个人坐在院里赏月。这样,伊索尔的目光就免不了与米仓的相遇了,只是每次,每次……她都发现陈米仓在有意躲闪,她自己也像做了亏心事一样心虚,生怕丈夫发现。兴许是因为那轮明月,或是因了那种惬意的氛围,伊索尔居然清醒地意识到，这么多年，这么多事，所有的怪怨、仇视和隔阂，其实根本就没有将自己与这个叫米仓的中国人分开。难道他……就是那个自己一直在等的人？伊索尔心里问自己，但怎么可能呢？自己的丈夫就坐在旁边。她转头去看赵崇阳，发现自己的丈夫是那样的陌生。哦，我总是疯了，我已经祸害过一个无辜的人了，我还要再祸害一个吗？尽管伊索尔这么想，可她还是不能自已，时不时地想找个机会多看米仓一眼。原来我是如此一个污浊不堪的女人啊！伊索尔惊恐、自责、满脸通红、尴尬，可这一切同时又令她兴奋。因为她真真切切地体会到了一份自己从不曾有过的狂喜与心动。

奇怪的是那晚的月亮也异常得迷人。它的热烈、欢快、惊恐、暧昧、躲闪、甜蜜、沉湎，它悄然传递出的全部信息，伊索尔都清晰地感受到了。同时，因为家里来了客人，赵崇阳也表现出了平时少有的开心。他和米仓你一言我一语地给伊索尔讲吴刚受罚广寒宫伐桂和嫦娥奔月的故事。两个男人一左一右，伊索尔坐在中间。他们讨论东西方文化，比较各国政治优劣，谈论巴黎女人的大裙摆，中国人过节时的鞭炮。月光如银，把院子照得清亮，轻松的气氛让赵崇阳话匣大开，伊索尔却为此担心，她害怕米仓会因为插不上嘴而尴尬，于是，她常常打断丈夫，要他听一听米仓怎么说。

"他？陈米仓？"赵崇阳得意忘形了，"我这么跟你说吧，"伊索尔赶紧剥了一枚葡萄喂进丈夫嘴里，赵崇阳却边嚼边说，"对米仓先生来说，大概能活着就是万幸了。如果他再能混个肚饱身暖，那就是上天的保佑，至于其他东西嘛，你问问他，他会心吗？"赵崇阳拿米仓开涮，"老兄，你知道伊索尔是法国人，可你知道法国在哪吗？"

"在欧洲。"米仓说。

"一点儿没错。可欧洲在哪呢？"赵崇阳继续问。

"西边儿。"

"那欧洲和咱们中间隔着哪些国家？"

"这我还真不知道。"米仓实话实说。

"那我告诉你，其实就一个国家。"

"一个国家？"

"外国嘛！"

说完，赵崇阳呵呵笑了起来。当然赵崇阳是开玩笑，并无恶意。可伊索尔为丈夫在她面前这样调侃米仓，以及高傲的口气感到不快。她提醒米仓喝茶，借机用眼神替丈夫表达歉意。米仓当然不会往心里去。

"这个你当然不知道嘛。毕竟你……"伊索尔赶紧去拽赵崇阳的袖口，赵崇阳却不听，还是把那句"毕竟你没上过学"说了出来。

坐久了，多少感觉会凉，伊索尔回屋去取薄毯。赵崇阳和米仓又在这团圆日谈到米香。赵崇阳劝米仓接受现实，讨个老婆成个家。他说，一个男人只有有了女人成了家，才算真正成为男人。说到这里，他满脸洋溢着幸福，看着走过来的伊索尔说："我说的没错吧，亲爱的？"

伊索尔莫名地脸红。她没有回答。因为她知道自己只要一回答就在说谎。她不知道赵崇阳为什么要这样，她觉得丈夫是在说反话。后来，赵崇阳起身去厕所。伊索尔腿上的毯子滑到了地上，她弯腰去捡，米仓低头帮忙。米仓的脸，哦，也许是耳朵，轻轻贴在伊索尔腿上，一种由肌肤相触引起的身体战栗，叫伊索尔惊心动魄。她顿时陷入一种可怕和迷乱，觉得一种不知从何而来的力量正把自己推进万丈深渊，可同时她又感觉自己意外地站在了难以言表的幸福巅峰。她装腔作势地对米仓说一声"谢谢"，腿却身不由己地向米仓靠近。她想再一次感觉到他。那么……我……我……当"勾引"两个字蓦然从脑海中冒出来时，伊索尔觉得自己是那样的下流，淫猥，无耻，犯贱，是那样的不可救药。

"看来，你过得很不错。"米仓主动开口打破僵局。

"是的，还……不错。"伊索尔慌里慌张地回答。

"我就说嘛，崇阳少爷人那么好，谁嫁给他都会幸福。"

"借你吉言。"伊索尔拼命抑制自己那颗怦怦乱跳的心。

那天，他们聊到很晚才结束。告别时米仓没说一句客套话，只是走到门口时，借着月光回头把整个院子重新看了一遍。

可那一夜伊索尔却失眠了。她兴奋，自责，幸福，痛苦，一念恨自己堕落下流，一念又觉得自己冤枉委屈心有不甘。如此强烈、真切的感情必须要错过吗？仔细盘算起来，这么年，自己看似平静，可十之八九不正是受着这个无关紧要毫不相干的中国男人的影响吗？他像能量巨大的地心一样隔着时空对自己发挥作用。我该怎么办？纵容这种膨胀的东西继续再膨胀下去吗？那样，自己还有什么贞洁可言。那个卑鄙却又令人同情的于连不是说了嘛：我自认为在生活，其实我仅仅是在为生活做着准备 [①]。难道一直以来，自己是活在错觉之中？一种准备之中？自己是被这次相遇点燃了吗？可是，我本该与这个人隔着一条鸿沟的啊！伊索尔静静地躺在黑暗中，心绪却翻江倒海。她多么希望自己是个中国女人，曾经与米仓青梅竹马。她后悔整个晚上没有大胆地抓上一下米仓的手，自己有什么高傲可言，自己只不过是一个女人，而他也只不过是个男人，这还不够吗？既然……爱情，爱情？伊索尔的脸顿时发起烫来，它为什么就不能造就平等 [②] 啊？伊索尔在内心和自己做着激烈斗争。她不停地向自己发问，一个法国女人怎么了，一个中国农民怎么了，大家都是人，普通人，那就该勇敢地去面对普通人需要面对的问题，贫穷、富有、野蛮，都是从他人的意义上定义的，而我，伊索尔心想，我从来就没想过要过他人的生活。

多蠢的想法啊！我是在给自己寻找理由吗？不，亲爱的主啊，我不承认。其实伊索尔知道自己心中早有答案。

19 是我太过放任吗

十月下旬的一个星期天，阴霾笼罩，天气清冷，空气中弥漫着雨的味道。鲁本斯专程到赵崇阳家来和伊索尔道别。一进门，他顾不得对简陋的屋舍和寒酸的生活发表看法，也不为这个他从小看大，还有几分娴雅的新婚少妇叫屈，而是直奔主题给伊索尔讲国际形势。

[①] 摘自司汤达的小说《红与黑》。

[②] 法国剧作家罗特鲁(1862-1923)，曾在剧本中写过："爱情造就平等，并不追求平等"的诗句。

鲁本斯说自开战以来,那个鹰钩鼻子胡须上翘心浮气躁的德皇终于凶相毕露了,被军国主义煽动起来的德国士兵,已经以借道为名入侵比利时,通过那慕尔,横扫弗兰德斯,正虎狼般扑向巴黎。善良的阿尔贝国王①下令打开闸门,把海水引进陆地,只可惜没能挡住被欲望膨胀了的德国人。那些德国士兵所到之处,建筑被毁,古迹被炸,他们烧杀淫掠,无恶不作。而法国士兵号称训练有素、英勇善战,但在战场上的表现却让勇气过头的高级蠢货们高估了,由于他们的错误决定,差点儿就让德国人再次在巴黎广场上阅兵。在这危难当口,还是老加列尼②将军临危受命扭转了乾坤。可是,可是德国佬儿把法国北部的铁矿、糖厂、煤、羊毛全都占为己有了。

　　鲁本斯情绪激动地问伊索尔:"我们该怎么办,伊索尔?要忍气吞声吗?不,我们得让德国佬儿离开里尔、敦刻尔克,滚回他们的老家去!"

　　"唉!"伊索尔哀叹,"不知道又要有多少人为此送命。我恨死了战争。"

　　"是啊,伊索尔,可是牺牲又是必须的。这些天,我总能听到有个声音在召唤我。我知道那是祖国的声音,伊索尔,一想到德国佬儿在我们的土地上胡作非为,我就夜不能眠。我决定了,伊索尔,我还不至于老,我要回法国去,要去战场上挖堑壕,抬伤员,拉辎重。只是……伊索尔,我来向你告别是有一件我想了半天,还是决定得告诉你。"

　　"你请说,鲁本斯。"

　　"伊索尔,你们夫妻的生活是不是出了点小毛病。"

　　伊索尔冲鲁本斯微笑,没有作答。

　　"我是说你丈夫,赵崇阳,我见他去那种地方,你知道吗?——妓院。伊索尔,我以为他受过良好的教育,不该这样。可没想,他还是脱不了中国人骨子里的那股子俗气。"

　　"哦——"

　　"怎么,伊索尔,你好像一点也不感到惊讶。"鲁本斯说。

---

① 指比利时国王。
② 时为巴黎军区司令。

"我不知道该怎么说,鲁本斯。"

"那就不用说,伊索尔。"鲁本斯说,"我只是说,他曾经说那么爱你,还顶着那么大的压力娶你。可是他……为什么要那样,我真是难以理解。"

伊索尔并没有责怪鲁本斯,因为她知道他是出于善意。鲁本斯提到这事,本来就小心翼翼,还担心伊索尔会发脾气。可是,她没有。她只是静静地坐在鲁本斯对面,仿佛在听别人的故事。鲁本斯便以长者的口吻安慰她,叫她原谅赵崇阳,说中国男人历来就喜欢妻妾成群。

"兴许怪不得他,鲁本斯,毕竟是我对不起他在先。"

"你无须自责,伊索尔,你的一切赵崇阳事先都知道的,每个人都应该为自己的选择负责。只是你现在的情况,让人有点令人担心。"

伊索尔依然笑笑,依然没有回答。

"不过,我还是祝福你们,希望你们幸福。当然这需要你们一起努力。"鲁本斯说。

"放心吧,鲁本斯,我们会的。"

至于其他的事情,鲁本斯并没做更多嘱咐。他只是告诉伊索尔,他会把自己所有财产变卖,然后回国后直奔前线。他甚至劝伊索尔也要回法国去,毕竟那是她的家乡。鲁本斯并没有说自己何时启程。只是那天,鲁本斯刚刚告辞离开,米仓就急慌慌跑来了,他来找鲁本斯,因为他刚从同事那里听到消息,说西蒙把鲁本斯告了,说鲁本斯私贩毒品,本来工部局不想染指此事,可西蒙扬言要不把鲁本斯缉拿归案,他就将鲁本斯与巡捕串通起来偷漏税的事公之于众。尽管米仓不喜欢鲁本斯,但与那些欺压中国人的洋人比起来,鲁本斯还不至于可恨,再说当他得知西蒙背后捅刀的消息,不给鲁本斯传个话良心上过不去。伊索尔马上和米仓一起去追鲁本斯。他们在巴黎路上追到鲁本斯,并把消息告诉了他。鲁本斯心里也吃惊,他没想到西蒙会对自己下此毒手。不过,他倒不担心,毕竟以西蒙的力量要与他斗,还是显得稚嫩单薄了一些。

在准备返回的时候,天空突然下起雨来。米仓要伊索尔到旁边的屋檐下躲一躲,或者叫一辆车。伊索尔却神情发怔,心不在焉。米仓问怎么了。伊索尔却说自己没事。这时,米仓就一本正经地站在伊索尔旁边,和她讲:"伊索尔,其实我知道你过得并不好! 但是伊索尔,总比我的日子好过吧。尽管很多事我说不清,但我知道这世上的事很多不由人,人人都想改变,到头来其实什么都改变不了,人人都想按自己的想法去活,可实际上呢? 你想想,伊索尔,我是说,我们别总往坏处想,要是硬钻牛角尖,肯定会越钻越难受,越钻没奔头儿。伊索尔,既然上天这么安排,我们就当是命好了,愁眉苦脸顶什么用……我们还得往开处想,伊索尔。"

话虽这么说,可事情哪像说的那样简单。米仓拦了一辆人力车送伊索尔回家。一路上,米仓就坐在伊索尔身旁。他轻言细语,努力逗她开心。他指着路边的月季问她是什么花,她看一眼,哪里有心回答,可他自己呵呵先笑,说:"你这个笨笨,看来是不认识吧,那我告诉你,那是……鲜……花!"伊索尔笑不出来,也不觉得可笑。冷冷的雨珠打到她脸上,和她的泪混到一起。她一点儿都不想开口说话,同时却不希望米仓把话停下。车夫把车拉得飞快,他们在雨中穿行。由于路面不平,他们左摇右晃,有几次米仓不得不搂住伊索尔的腰,或抓住她的手,有时出于本能伊索尔也去拉米仓的手,或去搂他的胳膊。那时,伊索尔觉得自己是幸福的,似乎只有这样的速度和颠簸,才能将囚禁在身体里的自己唤出来。天气阴霾着,有助于伊索尔把旁边的人模糊掉,她把他想象成了身穿燕尾服、脚蹬软皮鞋、头戴高顶礼帽、手配白手套的绅士,他们就像一对刚刚赏完歌剧,乘车驶在回家路上的恩爱夫妻。

半个小时后,车停了下来,湿漉漉的院墙把伊索尔拉回到现实。他们下车,米仓付钱打发人力车走了。伊索尔站在门口犯起了犹豫,赵崇阳去北京出差,最快也要两天后才回来,她不知道该不该请米仓进屋。她的心是那样的不平衡,心想自己的丈夫可以背着自己去妓院,自己凭什么就不能光明正大地和米仓在家单独待上一会儿。伊索尔是这么想,可自己不是刚刚向鲁本斯承诺要和丈夫一起努力的嘛。伊索尔的脑海乱极了,一方面觉得自己如一位热恋中的少女,因为见到心仪的青年而满心喜悦,一方面又发觉自己如一位心事烦冗的老妇,不敢对任何事情抱有半点希望。这时,伊索尔由不得转头去看着自己的家——一个所谓的家,可它看上去,就像一家店铺般与自己扯不上关系。而这家店铺的店主赵崇阳,每天总有忙不完的事,他常常很晚才回来,进门后除了问伊索尔吃些什么,白天有什么人来访,便再无他话可言了。给她的感觉是,要是外面能有个容他睡觉的地方,他就完全可以不再回来。即使是在家,他更多的时候也只是独自坐在灯下看书,偶尔发发对西蒙的牢骚,然后倒床睡觉。伊索尔知道这决然不是他希望的,更不是自己想要的。伊索尔相信这不是真正的赵崇阳,否则他也不会关心家里的零用钱是否够用,柴米油盐快见底时他总是能及时买回来,他关心她的气色,留心她的心情,劝她不要为他而改变自己。每月在伊索尔例假的那几天,他就会主动帮她洗衣服,不让她去碰冷水。一次,他听伊索尔说想做正宗的意大利面却苦于买不到罗勒,他就骑车跑到十几里外的郊区农户家里去找,尽管他带回来的是薄荷而不是罗勒,伊索尔支支吾吾说味道不对,他又重新查阅资料,又带上米仓往郊区跑了一趟。这样的丈夫,你能说不称职吗?能说不用心吗?有理由说他不爱你吗?可是,除了中秋节的那个晚上,她从来就没有见他笑过。他不开心,却又要承担全部责任,如果要他就此罢手,他又心有不甘。伊索尔觉得他一方面无法摆脱折磨,一方面又相信能克服困难战胜自己。因为他在期待一份完美的爱情到来。

毕竟是在下雨啊,出于礼貌,伊索尔也该邀请米仓进屋。米仓却推辞了。似乎是因为听伊索尔说自己的丈夫不在家。孤男寡女成了他的顾虑。伊索尔没有强求米仓。但她敏感地意识到,如果米仓心里坦荡,还怕什么孤男寡女呢?伊索尔就不好再说什么了,她自己转身穿过院子,自行进屋了。院门就那么开着,屋门就那么开着,被雨水冲刷过的石板路就那样干净地连接在她与他之间。雨还在下,而且越来越大。进屋后的伊索尔心绪复杂,她动手开水沏茶,故意不去向屋外看,更不去看米仓。可她的心却不能平静,她希望他装模作样以赵崇阳好友进来,同时又希望他能看到她被矛盾撕拽的痛苦上赶紧离开。可米仓,无论雨水怎么把他从头浇到脚,却还站在那里。

最终米仓还是进来了。这充分说明他也没能靠理智控制住自己。他站在门口,手扶门框,把头伸进屋里,神情极不自然。伊索尔坐在椅上喝茶,当然,为米仓冲好的另一杯就放到桌子的另一边。外面雨唰唰地下着,伊索尔能感觉到米仓神情里的凝重和目光里的战栗。这个可怜的家伙,难道不想和这个西方女人说话吗？不想尝尝她的厨艺吗？这可是绝好的机会啊。只要他给她一次机会，她就会让他知道其实西方女人也是女人，不会因为她的发髻抹了蜡、衣服上有香水、皮肤白皙就比中国女人高不可攀。米仓站在门口，磨磨蹭蹭，还一个劲儿小心翼翼地搓着鞋底的泥。

"既然想好了，那就进来吧！我这又不是金銮殿。"伊索尔依然没有抬头看米仓一眼。

"那我，可，就……真进来了啊？"米仓第一次露出憨憨的表情。

"哦，那你原来打算……是怎样，是要脱掉鞋的吗？"

"我的鞋上全是泥。"

"只要你心上没泥就好！"伊索尔强烈地想让他进来，却不知道为什么口气却那般刻薄。

米仓缩手缩脚进来后坐下。他们开始前言不搭后语的说话。过了好一阵，几杯热茶下肚，米仓才慢慢放松。他们聊过去，谈将来，偶尔扯到鲁本斯或西蒙，而对彼此的生活却避而不谈。他们享受着那种融融的温情，却完全隐藏了私情。伊索尔看似关心劝米仓找个女人成家。米仓却苦笑说，自己一个人的日子都过不好，还怎么好把别人拖进火坑。伊索尔让他喝茶时慢慢来，要用心去品。米仓就说自己是粗人，永远变不成绅士，更登不上大雅之堂。可最后，伊索尔却把鲁本斯到家里来说赵崇阳逛妓院的事说给米仓。米仓错以为伊索尔是想在自己这里得到求证，她相信这种事作为朋友的米仓一定知道，甚至还是帮凶。米仓确实是知道，可他不能承认，他能想象当一个女人得知自己丈夫在外面乱找女人时的心情。米仓只能装作不知，劝伊索尔别去相信谣言。他一本正经严肃认真的样子，反倒让伊索尔觉得好笑。她直言不讳地表示自己对这种事一点儿都不在乎，她甚至以开玩笑的口气说，作为男人，在外面找个女人换换口味总是难免的，这世上哪有什么不偷腥的猫。米仓不好意思地低头，满脸窘态，似乎在外面找女人的不是赵崇阳而是他自己。不过，米仓还是为赵崇阳开脱了几句，说那些东西只是表象，有时候是身不由己，看一个人，重要的是看他的心。

"那么你的心呢？"伊索尔突然插话问他，"你在想什么？如果你和一个女人结婚,你也会去找别的女人吗?"

"不,不会! 伊索尔。"米仓慌张地说,"所以,我说崇阳少爷也许是有别的原因。"

"那个原因就是他根本不爱我! "

"这我可不信,伊索尔。我敢保证,崇阳少爷爱你,否则他也不会顶着那么大的压力……"

"娶我,对吧?"伊索尔说,"但你不觉得他是在怜悯我? "

"我不知道。"米仓不敢看伊索尔,低声说,"我也不相信是。"

"可事实证明了这点。"

米仓不知道该说什么。他突然想起有一次和赵崇阳喝酒,赵崇阳喝醉,搂着他拍着自己的胸脯痛哭,他和米仓说自己是窝囊废,在人前人模人样,可实际上龌龊得很,他看不起自己,因为自己给不了伊索尔幸福。他甚至额头顶着额头鼻尖对着鼻尖地对米仓说,也许伊索尔嫁给米仓反倒会好。米仓完全把他的话当胡话了,他怎么可能与赵崇阳比呢,不说长相、学识,就是给西蒙的那笔钱到轮到他这里砍上一半,他也掏不出。经伊索尔这么一说,看起来赵崇阳与伊索尔之间不是钱财上的问题,即使赵崇阳去逛妓院,他也不认为是造成他们夫妻间出现问题的真正原因。话说到这里,米仓不好贸然说什么。他坐在伊索尔旁边,一杯接一杯地喝茶。伊索尔看着看着就笑了,她知道自己为难陈米仓了。于是,把话题引开。她希望米仓常来坐坐,毕竟赵崇阳在天津没有朋友,一个人在家待着也闷,另外她希望他来帮她照看院里的菜园。米仓满口答应。他看菜园里的番茄,说不能让它由着性子长,枝不掐顶不打的黄瓜也结不出好瓜。

"所以,需要你这个老师来教一教我嘛。"伊索尔说的是真心话。

"这个……"米仓却想多了。

"这方面,崇阳是个外行! "

"那好吧,以后我会估摸着时间来看看。今天时候不早了,我得走了。"

"哦! 好的。"伊索尔脑子里想的是,在夏日的阳光里,米仓和她在菜园里服侍秧苗的场面,所以她想也没想就胡乱应承着。可她猜不透米仓的意思是说他要起身告别了，还是提醒她不要浪费时间。当时她脑子里乱哄哄的，极力想让面前这个男人明白，如果他敢留下，她就敢不顾一切。她热恋恋地看米仓，说着一些无头无绪的话。可米仓受着某种意念的禁锢，始终不敢越出雷池半步。

真是荒唐！他是在保全自己吗？还是顾忌什么。自己都不顾一切了，他却还要当那个傻瓜。上帝啊！原来，幸福就如此简单：只要和自己喜欢的人待在一起，就是幸福。伊索尔一心想把米仓留下，难好的机会啊，哪怕他们什么也不做，只是多坐一会儿。可当她抬起头主动要说些什么的时候，米仓早已经离开，没了身影。对啊，在他提出离开时，自己稀里糊涂对他"哦"，还说了"好的"啊，他还有什么理由再留下呢？其实，也许，说不定，他就是在等女主人一声真诚的挽留。自己却用一句不明不白地"哦！好的"将他拒绝，把他撵走了。

窗外雨声淅沥，每一滴都落到伤心人的心上。那一夜，伊索尔打开抽屉，盯着珍藏在里面的小木人，足足发了一个小时的呆。她心想，难道是我太过放任吗？可我一点儿也不后悔如果要发生私情我就会违背道德。不，我没想那么多，我的欲望是自然而然的，我只是一个正常人，一个大活人，一个有血有肉有感觉的人。我需要的只是米仓的大胆。可他太老实了，太胆小了，活脱脱像个大傻瓜，大笨蛋。但她相信米仓自始至终的镇静纯粹是一种伪装。一想到这里，伊索尔不由得脸烧耳热，心绪也跟着烦躁起来。

贪婪与欲望永远从来就是一对孪生兄弟。本来才刚刚过去两天，伊索尔就感觉与米仓恍如隔世。她怪他，怨他，恨他，心想如果他要是有心就总能找到理由。她开始像小说里那个心不在焉的爱玛，不停地为自己的负心人生闷气。可她转念又想，人家米仓并没有对自己有过承诺，自己是成熟女人，不该如此天真如此多情。要是米仓真的一日三趟往自己家跑，那才是真正的麻烦。米仓这样做自有他的道理，也许正是因为他爱自己，才做得不那么自私。

阳光不错的日子里，伊索尔便将屋门打开，她坐在门口的椅子上看书喝茶，空旷静谧的院子里全是她的孤单与寂寞。不知道从什么时候起，她已经很少到教堂去望弥撒了，当然她还像爱玛一样虔心地爱主，只是她越来越觉得天主可能太忙，没时间垂怜于自己了。她无法再让自己生活在一种由信仰产生的超然与逃避之中。她变得期期艾艾，感叹人生就像一场无休止的战争。欲望、恐惧、嫉妒、怪怨伴随着大家，每个人都不停地去战胜别人，还要战胜自己。

敏感的赵崇阳当然看出了妻子的恍惚不安。不过他认为那是鲁本斯回国勾起了伊索尔的思乡之情。战争爆发了，家乡深遭涂炭，每个人心里总不是滋味。于是，他像关心小动物那样关心妻子。可伊索尔一点儿都不喜欢。她不想让自己成为他的负担。为此，她总想别出心裁地动手做点小装小饰的东西点缀家什，烧几道口感独特的菜来加以回报。赵崇阳倒是落了一个开心，可伊索尔发现自己却完全是被逼的，她是那样的心不甘，情不愿，更无一点幸福可言。

20 我哪里有钱

欧战还在继续，傲慢的德意志人本想速战速决占领法国，却没得逞。英法联军也没有成功地组织起一次反败为胜的反攻。在天津租界，侨民们担心自己捐赠的物资能不能被装上车安全运到前线，他们无法目睹那些写有"胜利属于我们！""敌人残暴如兽！""我们的战士英勇无敌！"的宣传传单，他们只能从报纸上得知一批又一批的年轻人穿上军装被送往前线，机器在后方加班加点夜以继日制造枪炮子弹，即使如此，岌岌可危的法国还能支撑多久呢？鲁本斯每天都要到各个俱乐部演说，鼓动更多的人以实行行动投身于伟大的卫国战争中去。他的兄弟西蒙，却在暗里发动各种力量，搜集鲁本斯贩卖印度大麻的罪证。

可在一天，因为担心出事，伊索尔和赵崇阳专程去看望鲁本斯，才得知鲁本斯已经在三天前乘船离开天津了。鲁本斯的离开最受打击的是西蒙。因为在这之前，他每天早晨睁开眼，关心的第一件事就是到工部局打听何时逮捕鲁本斯的消息。他要亲眼看到鲁本斯被关进牢里，既然有人不仁，也别怪他不义。他没料到鲁本斯偷偷地溜了,害自己白白忙活不说,还掏了那么多打点的费用。西蒙就觉得事情蹊跷,断定是走漏了风声。赵崇阳回家也觉得此事奇怪。伊索尔就直言不讳告诉他,是她和米仓给鲁本斯报的信。

"哦……"赵崇阳意味深长地"哦"一声,然后酸溜溜地说,"米仓常常来家里啊!不过,你一个人在家挺孤单,米仓来坐坐,也好!"

伊索尔摇头,说米仓只是来过一次。她说自己不懂中国的人情世事,待客不周,米仓就不来了!

"那倒不会,伊索尔,我猜是他的自卑在作怪。"

"自卑!"

"那是肯定,我是少爷,在银行工作,而他呢……"他马上语气大变,"不过,米仓这个人心地善良,也聪明,所以嘛……伊索尔!"

赵崇阳的话说得含糊其辞,难道他是在怀疑米仓趁他不在的时候到家里来吗?伊索尔承认自己内心不洁,但也不至于淫荡到赵崇阳想象的地步。伊索尔觉得起码的自尊受到了侮辱。可赵崇阳还在绕来绕去,百般牵强、含沙射影地想探知点什么,尽管表面上,他说自己真心欣赏和喜欢米仓,要是米仓能常来家里打看打看是好事,毕竟米仓一人在巡捕房当差挺可怜,二来家里能有人来,还能帮伊索尔干点力气活儿。

"他那样壮实,要干起力气活儿一定在行!"赵崇阳一语双关地说。

"那可不见得,有些人就是中看不中用。"伊索尔也一语双关地回敬赵崇阳。

"可米仓行,我相信。"赵崇阳笑了笑。

兴许是自己多心,这样的话让一个有心人听起来总不是滋味。就在白天如此糟糕的对话情况下,晚上赵崇阳还要尝试自己那坚持不懈的努力。他把门窗关好,关掉灯,整个屋子黑到伸手不见五指。他脱去伊索尔的衣服,再次希望这是一次转折,一个新的起点。他将手放在伊索尔的身上滑动,抚摸,像温一壶酒一样一点点加温,然后满怀欣喜地爬到妻子身上,还没开始就又如剪断吊绳的沙袋一样摔了下来。他又一次受到沉重的打击,哭,委屈,沮丧,自责,愤恨,他不说话,痛苦的样子就像面临死亡。他越不过那道坎儿,摆脱不了那个噩梦。可伊索尔想不通的是，即便这个女人受过欺辱，不再完美，但也不至于沉沦到比不过一个青楼女子吧？她用妻子的温情去抱他，像母亲那样给他安慰，但他的样子，实在是既令人同情，又令人感到厌恶。毕竟，他不是孩子啊，自己又没有做错什么，既然不是他脑中的坏女人，可他为何总是不行，既然是这样，那么……伊索尔心想，那你就把我当成是万人骑过的婊子好了。伊索尔觉得自己真的无所谓自尊了。好在，她坚持忍了，受了。她逼着自己，不要把他摧毁。

从那以后，赵崇阳在伊索尔面前变得更加唯唯诺诺、低三下四。他压抑、郁闷，有时无端端冲伊索尔发火，似乎西蒙犯的罪行责任在她。他曾经说过，除非一个女人是被灌了药或被打晕，否则男人不可能得逞。伊索尔不知道他哪来的这种理论，可他却作为一个课题与她探讨。他说，很多女人只是开始时做做样子，象征性反抗，当她身体的欲望被唤起时，就变得半推半就默默接受了。从这个意义上讲，女人被玷污的一半原因在自己身上。那么……那么……伊索尔还需要做解释吗？在这样的想法下，赵崇阳没办法不痛苦，没办法不猥琐，没办法不郁闷。

赵崇阳开始借口加班推迟回家，要不就主动争取出差的机会去往外地。有时他还会主动带米仓回来喝酒。他们看上去很能聊得来，举酒碰杯的样子宛若兄弟。他们回忆童年的饥饿与恐惧，讨论米香要是活着的可能，谈到伊索尔时，他们总有一种心照不宣的默契，但谁都不把话挑明。

"我真没想到，伊索尔竟成了你崇阳少爷的女人啊！"米仓醉眼蒙眬。

"是啊，我也没想到伊索尔会成我的女人，可是当她第一次和达尼埃尔神甫到我家时，我就看上她了！"赵崇阳抹着嘴角。

两人伏到桌上，一起看伊索尔，然后嘻嘻笑。见伊索尔不理他们，两人就去讨论欧战局势，赵崇阳特别推崇一位梁姓的官员 ①，他讲这位祖籍广东出身书香门第的重臣，不仅精通商道，而且眼界开阔，对国际关系形势有着独到

---

① 指梁士诒，当时积极主张中国政府应当参战，他认为中国可借机走向国际舞台。

见解,可惜这样的名臣未能遇到英主,施展不了才华。他还气愤另一位梁姓名士①在欧战问题上的保守思想。米仓不喜欢听这些,他给赵崇阳泼凉水:"你管尿他们的闲事干吗?人人都要像鲁本斯那样,活得多累!咱老百姓就管咱老百姓那点儿事,眼下啊……"米仓伸手拍赵崇阳的胳膊,"要紧的是,你得让你的漂亮老婆给你生几个娃儿。你难道不觉得这院子里空啊,你得让孩子们在院里跑起来,你懂的嘛,崇阳少爷,这才是你的头等大事。"

忧伤马上涌上赵崇阳的心头,但他不会承认自己婚姻不幸。他反过来笑话米仓:"我院子空怎么,起码床上不空。而你呢,米仓,你可是床上也空啊!"

两个人一起呵呵笑,不羞不恼,却似乎都知道对方在讲什么。

那段时间,伊索尔的身体不太好,总是手脚冰冷,动不动就感觉腰酸腿困,尤其是两条腿,稍稍遇风就感觉像没在冰水里一样刺骨寒冷。天气晴朗的时候,她就搬条凳子坐在院里晒太阳。菜地里的蔬菜败了,只有几棵白菜和萝卜还勉强待在那里,没有鸡鸭兔鹅,没有男人的院子,安静得令人窒息。可在优越家境下长大的赵崇阳,在生活方面笨得简直像一个白痴。气温越来越低了,有几次都降到零下好几度,他却没有将火炉移进屋里的意思,看别人家打煤糕,他说到时候拉几车烧炭就行。毕竟天津不比山西,碳块的价格高得要命,再说花钱也未必就能买到。临近十一月份,屋里温度低得伸不出手,赵崇阳却去上海出差,临行前他只是给妻子留话,说他不在的这段时间,家里要有什么事就去找米仓,他跟米仓交代过了,一定会来。赵崇阳说得倒轻巧,似乎他们的兄弟情已经到了不分你我的地步。可伊索尔凭什么要去找人家陈米仓啊?

没过几天,令人担心的大雪纷纷扬扬下了起来。陈米仓风风火火跑来,看到伊索尔正裹着一条毛毯坐在椅子喝茶。她双手捧着热杯,靠杯子的那点热度来阻止身体发抖。米仓生气了,奇怪伊索尔怎么那样愿意虐待自己。他问伊索尔这样的天气怎么不生火炉。

---

① 指梁启超,开始一直反对参战,他认为德国会胜利。但后来在 1916 年就改变了看法,主张对德宣战。

"我倒是想生,可火炉在哪里啊?"伊索尔苦笑着。

"起码可以把炕烧暖和点儿啊。"

"是啊,可是柴火呢?"伊索尔特别喜欢看到米仓为她着急的样子,"哦,也是我笨,院子里不是还有栅栏嘛!我怎么就这么傻呢,还有这家具,他们也是木柴啊。"

米仓没空和她斗嘴,他还真就出去劈了一捆栅栏回来,先给灶火里点上火,让伊索尔搬着板凳坐到旁边取暖。他自己脱掉外衣,捋起袖子,去厨房找来铁锹、火柱,又到院里撬起路砖,铲土和泥,自制线锥,把菜刀当瓦刀,用手抹泥,三下五除二把火炉垒好后,又赤着胳膊去套火,泥巴蹭在脸上、衣服上,他也不管,没一会儿工夫就把火给噼噼啪啪生起来了。这时,他才继续怪怨伊索尔:"你这个人啊,怎么说你好呢?你找不到巡捕房吗?还是不认识我陈米仓?"

伊索尔能说什么呢?屋外的天灰蒙蒙的,地上的雪却泛着阴郁的光。伊索尔给米仓煮咖啡,又拿来巧克力。屋里慢慢暖和了。米仓耐心地教伊索尔如何使用中国火炉,又动手在勺里打了面糊把门窗上所有走风漏气的地方糊上麻纸。他让伊索尔晚上睡觉不要关严窗户,罅出一条小缝,千叮咛万嘱咐要伊索尔睡觉前在炕头前放盆清水。当陈米仓看到伊索尔的手关节冻起硬块儿,就猜想到她的脚也不会好到哪里。他说既然成了中国媳妇,就别那么多讲究,有条件的话熬点荆芥、茄秆、花椒、辣椒水泡脚。伊索尔不停地说:"会的,我会的!"可米仓还不放心,他自己专门跑一趟药店买了荆芥,又找来茄秆。米仓要伊索尔快快把身体养好,说等到第二年开春,他会教她如何育苗种菜,还要带她去咸水沽堂口①,他说那里的建筑中西兼取,青砖灰瓦,白灰勾缝,很有特色,而且种了很多的丁香、玫瑰、葡萄,是个散心的好地方。伊索尔答应了,全都答应了,他说什么他都答应。那时,她心中涌动着无限的幸福,恨不得扑过紧紧地将他抱住。

---

① 圣母得胜堂(望海楼教堂)于1907年在津南地区设立的一个分堂。

也正是在那天稍晚些时候,米仓离开不久,西蒙来了,他从口袋里掏出一封信,说是鲁本斯写给他的,很长,有八页之多。鲁本斯在信中回忆与他的真挚情义,再三强调自己不是忘恩负义之人。鲁本斯希望西蒙能痛改前非返回法国和他一起效忠祖国,那样他们就能修复之前的兄弟情谊,鲁本斯在信中劝西蒙:

亲爱的西蒙,我的好兄弟,该醒醒了,你不能把自己的大好青春浪费在女人的温柔乡里。你是男人,我们的祖国需要你。来吧,兄弟,踏着老哥的脚印回法国来吧!我会在鲁昂等你,我们还会一起并肩战斗,我们还是最好的兄弟!

西蒙重复读着这段话,却一个劲儿摇头。他说鲁本斯在冲他要滑头,在骗他。因为他眼下连吃饭的钱都没有,哪里有钱回法国。西蒙这么说,当然是向表妹哭穷,是来向伊索尔要钱的。伊索尔万般气愤,没想西蒙厚颜无耻到如此地步,他的克拉拉小姐、卡米尔小姐呢?他的莫嘉娜夫人、阿奈夫人呢?他的夏洛特、艾玛、丽莎呢?他蜜饯一样的话她们都不爱听了吗?西蒙长叹一声说:"那些女人哪个会有真心呢?再说,这种事本来就是两情相悦彼此寻欢作乐罢了,谁会当真?伊索尔,也许你已经听说了,我和阿奈夫人的事败露了,阿奈先生很生气,他可是在官场、权贵、商道、警界都有人的人。我怎么能斗得过他?"

"最后呢,你去求阿奈先生吗?还是求阿奈夫人出面帮你说情?"

"她,那个老女人?怎么可能,她自以为自己还是一朵鲜花,她生我的气,说我败坏了她的名声。"西蒙气愤地说,"那我呢?我就不要名声了吗,到这个时候,她竟然和她老公合起伙儿来找我麻烦,他们要我赔偿,可我哪里有钱啊!伊索尔,你觉得我是有钱人吗?"

"哦,听起来真是不幸!"

"是啊,我现在是人财两空,我现在是走投无路,伊索尔,看在亲戚的情分上,你不能不管。"

"波丽娜呢?"哦,伊索尔想起来了,"波丽娜说过,那个阿奈先生可是一直钟情于她。"

"你以为波丽娜就那么愿意帮我？好了，伊索尔，我现在需要钱，你得帮我渡过难关。"

"你也看到了，西蒙，我的日子并不比你好过。我哪里有钱给你。"

"你的中国丈夫没有薪金吗？还有你的私房钱，拿出来吧，伊索尔表妹，你不能这么绝情。"

"我一个子儿都没有。"

"看来需要我自己动手了。"西蒙就开始在屋里到处乱翻，一边数落伊索尔吃里爬外，他讲赵崇阳是怎样一个花花公子，说鲁本斯是怎样一个衣冠禽兽，他说他曾经有一次秘密跟踪鲁本斯，发现鲁本斯暗自私藏女人。"如果我没猜错的话，那个女人就是你们要找的米香！"

"你胡说，西蒙，你不要以为你说这些，我就会给你钱。"

"你终于承认了，伊索尔，你有钱，你只是不想给我，对吗？"西蒙马上一副凶残的表情，"我就知道你有钱，伊索尔，这年头，女人怎么会没钱呢。我本来可以不这样，可是没办法，你坏了我的好事，是你给鲁本斯通了风报了信，这个损失得由你来补，伊索尔，每个人都得为自己的行为负责，你明白这个道理。你不能总向着外人，我才是你的亲人，最亲的亲人，伊索尔！"

"我说过了，我没有钱。"伊索尔说。

西蒙才不管。他打开柜门，拉开抽屉，把花瓶倒了个底朝天。伊索尔上前拉扯，他却借机亲伊索尔的脸。他不在乎伊索尔骂他，反倒是他一遍又一遍地强调说伊索尔傻，那个米仓傻，因为他们给鲁本斯通风报信，而把米香带走的人恰恰是鲁本斯。伊索尔不知道西蒙的话哪句是真，哪句是假。西蒙一直没有停手，她不能让西蒙想怎样就怎样，于是他们撕拽着，打闹着，正好让来看伊索尔的米仓撞上。米仓才不会管西蒙是谁，他上前一把把西蒙揪出来，将他打走了。

伊索尔没有受伤，也顾不得自己磕碰到哪里，就着着急急把西蒙说的话告诉米仓。米仓先是一愣，冲动之下就决定买张船票去法国。伊索尔劝他，事已至此，需要慎重行事。

后来,米仓去找西蒙,希望西蒙能给自己提供更多的线索。这倒让西蒙逮住了一条谋财的好路。米仓哪里有那么多钱给他。西蒙给不了米仓任何更有价值的线索,说来说去还是对伊索尔讲的那些话,还只是猜测。米仓自然要逼他还钱。西蒙说,行。两人约好在圣路易教堂门前见面。米仓去了,等他的却是一场牢狱之灾。西蒙指控米仓隐匿和包庇鲁本斯贩毒,还接受别人的贿赂,他自己还当厅作证。这当然是诬陷。但毕竟西蒙是法国人,而米仓只不过是一个中国人,巡捕房的人怎么可能把一个中国人当个人看呢。

听说米仓被抓,伊索尔的心情糟透了。她茶不思、饭不想,渐渐的脾胃出了问题,睡眠也跟着不好起来。丈夫赵崇阳带她去看中医,医生讲是气血两虚。赵崇阳便开始学着动手炖三七枸杞乌鸡汤,时不长还去英租界买犹太人的菜根汤,或带一些哈拉①回来给妻子换花样儿。可她怎么也没有食欲。欧战开始以来,租界里类似田径、舞会、话剧的活动都不搞了,侨民们天天都像在过安息日②。不明事理的赵崇阳就觉得自己的妻子大概和他们一样,是憋闷的,他建议妻子在家里搞个家庭舞会,伊索尔当然不同意。终于在一天中午,他摔了碗筷,抓起伊索尔的胳膊气势汹汹地问:"你到底是怎么了? 实病能医,心病无药啊! 你到底还想怎样?"他把妻子拉到镜子前说:"你看看,你看看,伊索尔,如果你要是一个男人,整天看着这样一位忧心忡忡却不是为他的妻子,该做何感想?"伊索尔眼泪汪汪,只好找借口说:"法兰西在受战争之苦,我哪里还能有什么好心情嘛。"

"我的妻子也开始忧国忧民了。"赵崇阳阴阳怪气地说,"既然这样,那咱们也去法国好了。"

好吧! 好吧! 好吧! 兴许这也是一个明智之举。

一九一六年的夏天,赵崇阳和伊索尔的婚姻依然还那样不冷不淡名存实亡地继续着。"我的妻子应该是完美的女人"始终占据着赵崇阳的头脑。可是,

---

① 犹太人对一种白面包的称呼。

② 从周五下午日落到第二天下午天空出现第一颗星之间的时间,是犹太教的安息日,这段时间教民必须待在家里,禁止出去工作。

不管他怎样努力,到头来他发现,无论是身体,还是内心,自己的妻子终究还是存在着他无法接受的缺陷。他觉得所有的罪过很可能都来源于那些书本,是书中的浪漫让他变得脆弱,是书里的描述欺骗了他。于是,他开始粗暴地吃饭,趁妻子不在,开始对着镜子刮去胸上的汗毛,他想让自己长出欧洲男人那样的胸毛,他还学着街上的小流氓说话,"婊子""骚货""贱尸"常挂在嘴边。伊索尔不爱听,但只能忍着。

一天,赵崇阳兴冲冲跑回来,他抱起伊索尔,亲吻妻子的脸。他说,法国和惠民公司签订招工合同了,他已面见过陶履德少校①。少校给了他诱人的待遇,只要他到法国,每月至少能拿到一百五十法郎,还能享有法国国民的自由权。他说他想去。

"那里在打仗。"伊索尔说。

"我知道。"他说,"我打听过了,我们不用上前线,只是在工厂里做工。"

"可是……"

"可是什么?"赵崇阳的脸突然沉下来,"你是在担心陈米仓。"

"不不不,我不是这个意思。"

"那好吧,伊索尔,那你就多替我们想想,我和你,我们,伊索尔,我们才是最最重要的,我们,包括我们的未来,你不想再努力一次吗?"

于是,伊索尔决定为了这个"我们"听从赵崇阳的安排。可她哪里知道,自从圣米耶勒、伊普尔、卢斯、凡尔登、索姆河大战之后,法国士兵成批成批地走上前线,又像理发师手下的头发一样一茬儿又一茬儿地倒在碎片、瓦砾遍地的战场上,后方生产力大减,英法俄三国不得不想起中国劳工在南非德兰士瓦②不辞劳苦的表现,他们这才决定从中国招收华工为自己的战事服务。这样的消息一出,当然有人跳出来反对。他们上街游行,拒绝以任何形势参战。但诱人的待遇还是把第一批中国劳工在一九一六年八月二十四日那天,送到了法兰西的土地上。

---

① 是一位退役少校,时为法国国防部代表,负责在华招募华工。
② 时为英属南非殖民地一个省。1904年起英方曾招华工到那里为其开采金矿。

第三部　全民公审

21 起码一开始不是

　　"嘭嘭嘭"的敲门声后,推门进来的是镇长先生。他没有坐下来和陈米仓说话,而是示意米仓跟他走。他们穿过残枝败叶、死气沉沉的街道,来到镇政府议事大厅。在那里,大部分居民都已经到齐了,他们一个个用严肃又复杂的眼神,看着陈米仓被带到最为抢眼的地方。

　　陈米仓看上去精神抖擞毫无畏惧。战争结束了,战争留下的灾难却在蔓延。村庄里,到处是坍塌的房屋,被毁的农田,伸手摸到哪里,哪里都需要修葺。可是他们,眼前的这些人,难道是要召开公审大会,共同来对付自己吗?米仓慢慢转头看看周围,他看到那些熟悉的面孔,心里却觉得情况不妙。前几天他就听到消息,说有人在背后撺掇要设法将他赶走。

　　看来这是真的了。

　　可这毕竟不是法庭,这些人里也没有一个是法官,或曾经做过法官。他们如此信誓旦旦看着自己,就像在看一个罪恶滔天的囚犯。他们不能这样,因为全法国的人都知道,政府未曾下过驱赶中国人的命令,即使合同期满。相反,政府方面并不拒绝中国人留下,毕竟他们身强力壮,干起活儿来比自己的国民要强一百倍。可与此同时,米仓清楚地意识到,毕竟这是圣马耳小镇啊,它属于法国,但与法国有着根本性的区别。米仓心知肚明,用中国话讲,他们这是要卸磨杀驴。

"陈米仓,我希望你能理解,这是大伙儿的意思!"镇长的开场白简洁明了。

"为什么赶我?就因为我是中国人吗?"米仓站在大厅中央,俨然像是被告。

不是赶,米仓先生,我们只是提醒你当初你来到这里,并不是想要留在这里的,对吧?"

"是的。"米仓不得不承认。

时间推到两年多前的威海卫,米仓和新招来的华工①刚刚被运到那里。他和所有人一样,经过体检、种痘、穿上所谓的制服,正接受着出操、队列、训练。晚上,他们上千人挤在一个大棚里,米仓躺在床上,为自己能够顺利通过那些严格的体检而暗自高兴。他摩挲着腕上刻有编号的铜镯,从此无论什么时候听到"1013号",他都得喊出一声铿锵有力的"到"。他从内心里表现出的喜悦,让人觉得他不是远赴重洋去往炮火连天的地方,倒像是去见朝思暮想的亲人。那时,米仓确实对法国充满向往,那种强烈的感觉就像达尼埃尔神甫对他形容的接受圣召的慕道者对主的渴慕。

一个月后,米仓和其他华工被编班入营,在高丽码头排队登船。跟在他身后的小伙儿长得眉清目秀,说话细声细气,名叫夏小棵。他问米仓欧洲在哪里,法国在哪,是不是比唐僧取经的西天还要远。米仓呵呵笑,说自己也没去过,但应该没那么远。他还逗人家夏小棵,当年唐僧取经那得走多少年啊,如果咱们坐船去也要那么长时间,那敢情好了,等到那里上岸一看,哟,人家的仗打完了,咱们到饭馆里吃顿饭,补充一下淡水,就又可以调头返程了,多好啊。是啊,坐着船在海上逛上几年,每月还给发法郎,多划算啊。小兄弟夏小棵就冲米仓笑,样子既单纯又可爱。米仓嘴上没说,心里却想这样的孩子到法国可怎么行啊!他们随着人流往前走,米仓告诉小伙子,说自己这趟去法国可不单纯是冲法郎去的,他嘻嘻笑,说这人活一世没穷尽,守家在地多好,干嘛要

① 很多文稿中对中国劳工的另一种叫法。在不同的场合,常常与中国劳工混称,本文多作华工。

跑那么老远受那么大的罪,就为挣人家几个外国钱啊。他说自己去法国是为了找姐姐,他姐姐在法国。听到这里,小伙子特别羡慕米仓,然后想想米仓刚才的话就暗自伤神。他说,大哥说得对,人怎么都能活,不用大老远跑到外国去挣钱。可是,日子但凡能凑合下去,谁愿意冒这么大的风险啊!米仓想想也是,虽然他不知道夏小棵的家境,但大概也不会好到哪里,于是,夏小棵和他套近乎,他就把这个孩子当弟弟看了。

大船起锚一路向南,却没开向开普敦方向。听几个穿马裤皮鞋的翻译聊天,说那条经开普敦绕过印度洋,进入苏伊士运河,然后再过地中海在马赛登陆的航线不能走了,就在一个月前,一艘法国邮轮刚在地中海被击沉,上面五百多名华工全都葬身海里①。为躲避德国潜艇,他们只能向东行驶,过太平洋,到加拿大,在温哥华乘坐火车穿越荒无人烟的大草原,再由哈利法克斯登船去往法国。不过这些国名地名对船上的大部分中国人来说,他们也许听说过,但就像传说里的名词,无法在脑子里聚像出它的方位。

轮船在大海上行驶遭遇巨浪,很多人是第一次坐船,头晕恶心,吐得死去活来,尤其是那个夏小棵,几次都像死去一般。他软沓沓地摊在米仓的怀里痛哭流涕,说自己后悔了,他要回家。他让米仓去求船长把船停下来。可这怎么可能呢?可怜的小家伙竟然忘记自己是在合同上签过字画过押的,从那一刻起他就不是他了,他的性命与生死都只能属于那份合同。几天后,有人在甲板上哭笑不止,有人发疯似的冲英国人大喊大叫。他们双膝跪地,向英国军官磕头捣蒜。一个年龄偏大的人靠着栏杆一声不吭,掉了几滴眼泪后突然冲着大海大笑,他咧着嘴,就像看到了自己的家乡。这一切,米仓都看到了,他鼓励怀里的夏小棵坚强,等他准备让夏小棵以那个人为榜样时,却发现那人不在了,接着听到"有人跳海"的声音。接下来的日子,英国人加强了巡逻,因为一不留神就会有人跳海。轮船在日本靠岸休整,军官要华工们下船,华工们却不下,他们心里难受,想到被这个国家的人糟践过的家乡。到加拿大,乘上火车在一

---

① 指 1914 年 2 月 24 日"亚瑟"号事件。

望无际的大草原穿行时,他们的心情才稍稍好转,离故乡越来越远了,他们开始试着寻找新的生活。同行的同胞渐渐都成了兄弟,无论将来被分到哪里,他们永远都不会忘记,他们都来自一个国家。

经历了漫长的航行,轮船最终在勒阿弗尔港靠岸。那时,天气已经暖和了,华工们脱去出发时穿在身上的棉袄,摘掉头上的葫芦帽,他们在努瓦耶勒的华工总部按下了上岸后的第一个指模,然后经过八天的训练,便进行重新分组。一组派往敦刻尔克钢厂,一组送到东北部地区的前线,米仓和夏小棵被编在第三组,去加莱转运站搬运物资。

"不瞒大家说,我来法国确实没想过要久待。我在中国找我姐找了十三年,我想我来法国只要找到她,我们就立马回去。"米仓说。

"说得好,中国人,如今你的愿望实现了,那你该兑现自己的承诺。"有人说,"据我所知,你和英国人签的合同也已经到期了。"

"可我现在是站在法国的土地上。"米仓说。

"没错,陈米仓,但你没有和法国签合同,一个字也没有!"

说话的人声音很熟,米仓回头看,是西蒙。他也正看着米仓,俊朗的脸上一副幸灾乐祸的样子。

"镇长大人,如果我没猜错,这是在对我搞公审,是这样吗?而且你们事先一定商量过,你们觉得我这个腿上缠过绑带,头上戴过小圆帽,破衣褴褛的中国人,不配留在这里。是这样吧,镇长?哦,镇长大人,你笑了。我知道你总是喜欢笑!我在中国的时候,就从伊索尔那里听说过你的笑。那时我就知道你的笑有多可怕,镇长大人。但我不会怪你,因为你是镇长,镇长就得有些权力,譬如撺掇一些心里阴暗的人把我赶走。那么,我倒要问问大家,难道是我为圣马耳出的力不够多吗?还是我对大家没有做到真心实意呢?"

"事情不是你说的这样!"镇长大人还在笑,"我必须得听大伙儿的意见。"

"可大伙儿是谁呢?"米仓严肃地一笑,"这里面也应该包括你吧,镇长大人。"

坐在人群中的妇女和孩子面面相觑。他们对这个名叫陈米仓的中国人既爱又恨,他们心绪复杂,似乎所有的往事都开始在眼前一一展现。

"那就给我们理由,中国人,你为什么非要留下来。"一个女人插话道。

"还用说吗,为一个女人。"有人这么说。

人群中传出几声窃笑。

"是的。这我承认。"米仓说,"我来法国确实与其他人不同,我不是为法郎来的。在努瓦耶勒时,工友们嘴里嚼着面包,乐滋滋地谈论洋葱牛肉烧山芋有怪味时,你们知道我在想什么吗?我在想我如何尽快逃走。因为我必须尽快找到那个女人,她就是我失散多年的姐姐,陈米香。"

"别骗人了,中国人,谁都知道你是为了伊索尔。"

"不!"米仓说,"起码一开始不是。"米仓说。

自从到了法国,每天上班下班华工们都必须排队,他们虽然是来做工的,但英国人对待他们比对自己的士兵还要严格十倍。华工们受不了,就让翻译去交涉。翻译带回来的结果是英国人认为中国人是一群不守规矩的人,对这样的人他们必须严格管教。因此军官们总是对他们吆五喝六,稍有不从,不是咒骂,便是体罚。而他们对自己的专横跋扈、趾高气扬却丝毫不知。负责管理米仓他们营的英国军官名叫哈利,是个种族主义情结严重的家伙,在他眼里,华工们既没知识,又没头脑,除了认钱,似乎就会瞪着一双呆滞的眼睛咧嘴傻笑。与英国军官态度相反的,却是当地人对华工的热情,哈利用蹩脚的法语提醒附近村民,不要和中国人说话,因为他们是野蛮人。可村民才不会听他的,他们依旧给了华工们善意的笑容。他们像看朋友一样看着华工排着整齐的队伍从门前走过,有几个妇女还偷偷向他们发出邀请,"来吧,中国人,你们不能一天二十四小时像台机器一样干活,抽空儿来家里喝杯咖啡吧!""来吧,中国朋友,难道你就只在乎那二十五生丁①的加班工资?来吧,我的小兄弟,我会为你备上好茶。"米仓为当地人的热情而感动,但他却不知道这些女人是另有所

---

① 当时在法华工,每加一个小时班可以得到25生丁的报酬。

图。哈利恨透了法国人，法国人让他丢了面子，又扰乱了军心。但他又不能把法国人的嘴全都封上。于是，他便制定更为严格的制度，加大惩罚力度，好让这群廉价劳动力服服帖帖地听从自己。

"那么后来呢？你喜欢上了这里，因为你再也无法接受你们国家的愚落后了，对吧，中国人？"

"我承认这里确实比我们国家看起来要先进。你们早早就有了电车，屋里用上了暖气，飞机和大炮的威力我也领教了！这兴许就是让你们引以自豪的地方。可是，我相信在一些地方，说不定还是大部分的地方，肯定还有人还住在草棚里，还过着捕野猪、吃生鱼，把贝壳当宝贝，用树叶当衣裳的生活。我们中国人讲，一个巴掌伸开五指还不一般长，任何事情总会有差别，但你们不能因此就说，中指是指头，食指就不是指头？你们不能说穿西装的人是人，用树叶遮体的人就不是人吧！亲爱的朋友，你们住的房子，吃的食物，可能要比我们好，但不能说，你们放的屁就和我们放的屁，有高低贵贱之分吧！"米仓说。

人群中，一片哄堂大笑。

"大家还别笑，其实这问题很严肃。说到这，我得感谢西蒙先生，因为是他的诬陷让我坐了一年的牢，我才在牢里有幸遇到一位很有学问的人，他给我讲了很多我不知道的东西，还教我如何用自然与规律的眼光去看事物。"

人们用怀疑的眼神看米仓。

"你们也不用那样怀疑，我没必要说出这位智者的名字，真正的智者才不在乎世俗对他的看法。你们要不信，那就认为我是在胡编乱造好了。不过要没有他的苦心教导，我今天肯定也没勇气站在这里，因为我觉得我现在说出的每一句话都好像是出自他口，他一直就在我旁边为我撑腰，你们能体会到吗？是不是感觉我与平时的那个陈米仓一点儿都不一样。"米仓发现镇长又在那里微笑，就说，"镇长大人，你又笑了，我就那么可笑吗？其实，你们一直把我看作一个想在这里捞好处的人，用你们的眼光来看，现在我捞到了，还是捞了大好处，我该心满意足地离开了。"

"是的，中国人，你在这里得到的够多了。难道你没有意识到在这里你永远是一个外人吗？"

"是啊，过去我也这样认为，我觉得任何一个人只要他是外国人，那他就永远是外人，他的心，他的爱，会永远只属于他的国家。当年伊索尔出现在我面前时……"

"行了，你干吗总是要说伊索尔！"有人说。

"请别打断我。伊索尔当年出现在我面前时，我也是这么认为的，她高鼻梁，深眼窝，讲一口我听不懂的话，她到我们那里会安心吗？我猜她无非是想走走逛逛，看个稀罕，体验个新鲜。可现在我不这样认为了。女士们，先生们，朋友们，我相信在座的，比我看过的书要多，可你们有没有就这个问题好好去思考过呢？这世上，哪个人属于哪里有规定吗？在监狱里，那位智者让我千万不要用常人的眼光去看问题。我心里最佩服的达尼埃尔神甫做到了，他把所有人都视为自己的兄弟姐妹。有一次，我问神甫，人与人还是有很大不同的吧？神甫笑笑，问我：'米仓，你说除了那些迷惑我们眼睛的肤色、语言和出生地之外，我们每个人不都是一个鼻子两只眼睛吗？我们伸出双手，难道有哪只不都是五个手指，会是蹼吗？我们用手吃饭，用脚走路，我们白天劳作，晚上睡觉，我们是人，我们是同类，而那些用国家、肤色、文化、种族，将我们区分、归类、界定，你们不觉得那是一种世俗的刻意吗？'是啊，之后我就总在想，老天爷可从来没有让谁去用栅栏把土地圈起来，然后变成自己独有，是我们自己受了贪欲和利益的蛊惑，在潜意识里禁锢了自己。我们生活在同一片天下，本来就是一家人。可是，就因为我们人为地强制与割裂，使我们无端地陷入了无止境的麻烦与纠结之中。就说你们吧，朋友们，你们口口声声强调'国家''祖国'，说我们中国人没有民族意识，没有国家观念。但我看来，那倒是因为我们更看重'人'这个本身，在我们国家，我总感觉人与人之间靠的是情感，而非'国家'与'民族'。可能我真的搞不清国家的定义，但我想，它怎么也是一个组织吧，是一股号召民众相互帮助、关爱、共同奋进的力量吧，但如果它要变成被某些人用来鱼肉老百姓，发动战争，满足私欲的话，那我觉得不爱它倒也罢了。"

"中国人，别再胡说八道了。你以为自己是谁，你凭什么讲大道理？"一个男人指责米仓。

"我谁也不是,朋友,我是陈米仓,一个普普通通的中国农民。尽管你不爱听,但我还是要讲,我们这些人为国家家破人亡,为国家妻离子散,我们付出的代价还不够大吗?一场战争,哦,四年啊,法国人夺回了阿尔萨斯和洛林,却要了一百五十万人的命,一百五十万人啊,可不是一百五十个人。如果现在大伙儿要去那些曾经炮火连天的地方看看,我相信大家每一脚都会踩到带有自己亲人之血的土地。你们一定会说,这样的代价是必须的,因为我们的疆界、领土、尊严、名誉受到了侵犯,可是我们在赞美英雄的勋章时,为什么还要那般地心痛?我只是一个俗人,我看不到战争的至高无上。可是,如果要我选择,我宁愿没有那些狗屁东西,宁愿和自己的亲人在一起过平常的日子。那种血淋淋的场景我见得太多了,我想大家也不再陌生。可我们为什么总是在赎罪的同时,又在犯罪呢?难道我们活着,就是为了这些吗?"

"天真的中国人,照你这么说,我们就不用赎罪了?"有人说。

"我不知道。我们中国人讲,人之初性本善,人是在渐渐长大的过程中受到各种诱惑才变恶的。说白了,是那些诱惑造就了各种的罪孽。其实人活一辈就是一个向死的过程,在这个过程中,大家煞费苦心、千方百计、苦思冥想,争的抢的夺的不就是要比别人多那么一点点吗?我们生不带来,死不带去,人生一世最终会化为泥土,那我们为什么不能放弃嫉妒、仇恨、害怕,活得超然一些,简单一些呢?"

"呵呵,中国人,我是越来越喜欢你了。你真是一个天真的理想主义者。"有人笑话米仓。

"我是天真,但我不在乎主义,我也不知道'主义'是什么,我不知道它能吃,还是能穿?反正我这样想就这样说,不像你们,扛着满口的律条与美德,却活得没那么坦然。我说话是口无遮拦,但我句句说的是掏心窝的话。"

22 欢迎来到法兰西

在议事大厅的人群里,有一个年轻的女人总是盯着米仓看。这个女人叫卢西亚,当大家众口一词对米仓发难时,她一直在认真听着。与其他人比起来,她的内心更为复杂,毕竟这个中国人与她有过非同寻常的关系。因此,她不知道自己该向着自己的同胞,还是同情这个中国人。此时,米仓回头看到了她,他们做了简短的眼神交流,却没有说话。但米仓相信卢西亚是理解他的,而他对她也充满了感激之情,毫不夸张地说,如果没有卢西亚这个女人,也就没有今天的陈米仓。再说了,毕竟卢西亚是陈米仓到法国后的第一个女人啊!他们的种种过去,都还在米仓的心中记忆犹新。

"你,1013 号,蠢货!我说的就是你,听到了吗?"

"我一猜就又是你。你这个混蛋。"

"快起来,给我跑起来,否则我打断你的腿。"

类似的骂声时常挂在米仓耳边。甚至有时候,米仓都怀疑自己神经过敏,或患了耳幻。可当他自以为只是一种错觉不必去管时,一根皮鞭已经狠狠抽到背上了。米仓回头,发现哈利正气势汹汹地站在身后,他手中的皮鞭还那样洋洋得意地晃着。哈利在上海待过三年,他应该了解中国人的,可他对华工的傲慢与偏见、苛刻与无理却有增无减。他总是恶语相向,大声发号施令,只要有人稍稍怠慢,便会拳棒相加。在他粗暴甚至罪恶的心里,这些华工就是贱民,谁对他们好善待他们,他们就会越不买账。而在这些华工中,陈米仓是那个最不服管教最有想法的刺头儿。

米仓当然发现哈利总在找自己的茬儿。对于管理者来说,把刺头制服是再正确不过了,哪怕那个所谓的刺头并不算什么真正的刺头,他只不过表现的不服管教一些,作为管理者也必须要杀一儆百,整肃纪律,树立威信。但哈利没有意识到,第一次出远门的华工在法国列队登岸的当天,就发现眼前的东西自己连做梦都不会梦到,他们在心里产生了落差。为生存,为法郎,他们努力去忍气吞声，他们对哈利言听计从、点头哈腰，但从内心里并不是心甘情愿。一段时间以后，哈利敏锐地发现编号为1013号的陈米仓目光里总有一种游移与不老实，通过打听，他得知米仓曾经两度在天主教堂当过杂役，还有过法租界当巡捕的经历，那他就认定这个1013号对他所有的不敬，都是自以为自己和那些土包子出身的同胞不一样的缘故。哈利下决心要把米仓的气焰打下去。在一次列队报名时，哈利故意找茬儿，嫌米仓报数的声音有气无力，他用马鞭虱点米仓的脑门，敲米仓下巴。米仓的眼神里表现出了本能的愤怒，哈利便抿着嘴露出阴冷的笑，他希望米仓发火，跳出来反抗。站在米仓旁边的工头，用手使劲拉米仓的手，还替米仓给哈利赔上道歉的笑。可哈利还是把鞭子抽在了米仓的身上。

晚上，工头来找米仓。劝他要忍，要学会笑，他说大伙儿要不是为挣那几个钱，谁吃饱了撑的跑到这欧洲来。他劝米仓不要惹怒哈利。米仓连连点头。他能体谅工头，尽管这个工头是个大个子，有些拳脚功夫，但他绝对能做到凡事要忍。工头说小不忍必乱大谋，可他哪里知道无论他怎么忍都不会有用，因为哈利从心底里就看不起华工，而且把修理服帖米仓视作树立权威的手段。

有几天，华工们无缘由地出现腹泻、食欲不振、失眠乏力，种种症状表明是水土不服。可哈利却认为华工们是在找借口偷懒。他逼华工出工，列队时有几个实在忍不住，揪着裤带跑出去上厕所，慌乱中进错了厕所，哈利就认为，这是华工们的阴谋，是挑衅，专门破坏他的规矩羞辱他。他出言不逊粗暴地训斥他们，罚他们在太阳下晒太阳，还要逼他们向基督祈祷，承认自己偷懒，叫他们大声高唱那首他自己作词谱曲的营歌：

> 我们出生在贫苦的中国，
> 一直过着艰辛凄凉的生活。
> 是上帝派来了救世主，
> 为我们无望的人生指明了方向。
> 我们来到这美丽的欧洲，
> 从此获得了新生与辉煌的未来。

华工们闹腹泻,哪有力气唱歌。哈利就把枪抵在他们腮帮子上,叫他们把双手从腰部拿开。华工们满脸痛苦,尽可能胳肘向内弯曲好顶住肚子,他们勉勉强强张开一点嘴,可一使劲儿音儿还没出来,稀拉拉的大便就拉在裤子里了。即使这样,哈利也不准他们离队,不准蹲下,继续逼他们唱歌,还要让他们表情阳光,脸上要露出笑容。

晚上,米仓叫大伙儿用自己的洗袜水和刷鞋水煮茶喝,又趁着夜色悄悄到营地旁边垒起土灶熬一锅燕麦粥,结果被哈利发现。哈利夺走华工手里的碗,把热乎乎的米粥倒在地上,还用脚踢翻了锅灶。米仓站起来和哈利评理,说大伙儿几个月没吃一顿热饭了,中国人的肚子每天吃那些生冷的西餐受不了。哈利却冷冰冰地说,知道受不了,就不要来啊。他把米仓拖到一边,拳打脚踢,用木棍杵米仓的胸脯,说米仓聚众闹事,扰乱军心。米仓只能忍,他不想给工头惹麻烦。

在一个周日,在米仓的鼓动下,工头好不容易向哈利请假外出,本来按规定,一次可以带八个人的,但工头胆小(兴许是不想惹事),就只带了四个,其中包括米仓。那天,天阴沉沉的,军营外的农田大部分都荒着。泥泞的道路上铺满了湿漉漉的草叶,当地人的房子不是破损,就是坍塌,勉强完整一些的,看上去也摇摇晃晃岌岌可危。倒塌的院墙没人修,枯死的橡树上长满了苔藓,几个蓬头垢面瘦骨嶙峋的孩子,在废弃的牛车上玩耍,但脸上却毫无朝气可言。在工友们路过村庄时,一位老妇人肩上搭着围巾站在门口,她手扶门框,双目黯然,一个中年妇女正从屋里出来,先是一声哀叹,然后走到老妇人身边,欲将老妇人挽扶回家:"好了,妈妈,这样的天气兰蒂亚是不会回来的,你不能总是等在外面!"

看到门前的几个中国人,中年妇女向他们微微点头,以示善意。

"那女人在说什么啊?"工头问米仓,"听说你懂法语。她是和我们说话吗?"

"她在说,你们好,朋友,欢迎你们来到法国。"米仓说着,一边礼貌地向妇女点头示善。

"哦,那你替我们谢谢人家,告诉她,我们就住在附近的军营。往后我们就成邻居了。"

"你好夫人,我们住在附近军营,咱们现在是邻居啊。"米仓用法语对中年夫人说。

妇女惊讶一个中国人竟然会说法语。她温婉地向米仓露出明亮的一笑。米仓则借机向妇人询问附近是否有其他中国人,当然不是被编入军营里的那种,他希望见到像她一样在村庄里生活着的中国人。妇女遗憾地摇头。他又向妇人打听附近是否有商店和热闹一些的地方,他要和工友们去那里买些日用品。妇人便告诉他顺着脚下的路往前走,朝右一拐,见到一个大房子便是。

按照那位妇女所指,米仓他们找到大房子,推开门后发现里面很空旷,而且很多东西像是刚从别处搬来,墙上被各种颜料涂得乱七八糟,地面只做了简单平整,铺的砖新旧不一大小不同,形状各异的吧台和酒架泛着油光。米仓和工友们站在门口,看到几个老男人在前方的吧台喝酒,三四个年龄不等的女人嬉笑,嘴里还叼着抽烟。在场的人没有一个人对突然出现的中国人感到惊奇,似乎突然在他们面前冒出一个怪物,都打扰不了他们看似平静的生活。他们继续聊自己的天,大谈能干的威尔士工兵怎么像鼹鼠挖出几英里的横坑,把一百万磅的阿芒拿①埋在德国佬的脚下。

"只听到'轰'的一声巨响,哦,哦,两万德国佬儿,两万啊,顿时就灰飞烟灭。你听说了吗?事情就是这样。据说炸出的坑有一百英尺,宽得就像火山口。"一个老男人夸张地说。

"是啊,简直难以置信。那次爆炸简直就像地震。当时,我正趴在……"另一个老男人说。

"正趴在你的小情人伊莲的肚皮上对不对?你这个老色鬼,总是离不开女人。这场该死的战争,却没少给你创造条件。"

"你说什么呀?伊莲是头犟驴,她可不是你想上就能上的女人。"

---

① 一种高能量炸药。

186

"哦,可你是情场老手,老色鬼,你的手腕多着呢,以我看,只要你看上的女人,那一准儿就逃不掉。"

"那是年轻时候的事。现在可不行了。我连自己的肚子都喂不饱,哪有力气去干那事。"

"是吗?别骗人了,老色鬼,昨天我还看见你和伊莲在一起!"

"伊莲让我打听兰蒂亚的下落。"

"她丈夫?"

"那还有另一个兰蒂亚不成?我答应了。可我是骗她的,我现在除了等死,什么事也干不了。"

"不过我听说,那次哗变①有他。说不定早被枪毙了,哦,也说不定正在军事法庭。"

"你可别瞎说,这事不能乱讲。"

"成天忍受那些笨蛋的指挥,要是我,我也会造反。"

"行了,二位,我这里有你们更感兴趣的东西。"这时,一位瞎着右眼的瘸子进来,挤到两个老男人中间。

"是吗?快拿出来看看。美国货吗?呵呵……"其中一位笑着说,"听说美国人来了。"

"你这个笨蛋,就是来了,也不会是美国女人来了。"

瞎眼瘸子从内衣里拿出一本画报放到桌上。米仓侧眼看到封面是一张身体全裸的女人相片。

"又是该死的《巴黎生活》。以后别拿这种东西来烦我!"嘴上这么说,老男人还是打开了画报,"你来看看,老色鬼,你看看,有你的小情人伊莲漂亮吗?呵呵,看看这乳房,这大腿……"

"这东西在前线可是缺货!你们应该知道。"瘸子说。

"少来这一套,笨蛋。那你就拿着去前线好了,你看看那些士兵会不会多

---

① 指发生在 1917 年 4 月底的那次法国军队因为厌战而发生的哗变。

你一个子儿。不过，我现在需要面包，你这东西能吃吗？哦，它只能让我更加精疲力竭。所以啊，小子，它一文不值。"

旁边的女人们，倒为进门的中国人有点兴趣。她们看着这群古铜色脸庞，眼睛里充满好奇的年轻男人。米仓的工友们也感到好奇，在中国，他们见过男人不正经，听过男人下赌场逛妓院，可没有见过两个头发花白的老头，竟然在大庭广众之下谈论女人。他们还注意到这里的人，不论男女，喝酒都不摆桌，不划拳，不用温酒壶，他们举着高脚杯，晃着半杯红酒，抿上一口就能拉上半天家常。在靠近吧台的地方，一个大眉大眼大鼻大嘴巴大胡子大肚子的男人，头戴一顶破沿毡帽，自我陶醉地坐在高腿凳上吹着一种说笛子不像笛子，说唢呐又不像唢呐的东西。那东西发出的声音沉闷、嘶哑，就像草驴的乱叫。女人们则依在咖色木台上，身穿连衣裙，细嫩的双臂就那样不知廉耻地露着，尤其是领口，那胸，哦……更要命的是，当华工们从她们身边走过时，她们还有意识地翘了翘下巴，挺了挺胸，看到华工因为看到自己的半只乳房而满脸涨红时，竟然还洋洋得意地自顾自笑。

米仓注意到一个二十来岁的姑娘，从头到尾躲在一旁盯着他们看。那姑娘大胆地冲工头挤眉弄眼，故意抽一口烟含在嘴里，然后朝工头这边慢慢吐来。她用眼神示意工头去看她露在裙子下面的两条嫩腿，见工头面无表情，便举杯摆着夸张的屁股走了过来。她请工头和喝一杯。可她把工头吓到了。工头突然伸开双臂用身体挡住工友们，低声要大家转身向门口退出去。可他哪里知道，对姑娘来说，这不正中下怀嘛！姑娘要的就是这个效果。米仓知道工头没有看出其中的奥妙，自己就往前欠了一下身子叫大家放松。他说，这只不过是外国朋友开的一个玩笑。米仓绕过工头走到姑娘旁边。姑娘没想到这个中国人为什么没被自己吓到。这叫她不知道是把游戏继续下去，还是装得若无其事到此为止。当然米仓内心也很紧张，毕竟他对这里对这个姑娘一无所知。米仓大方地为自己点一杯茶。姑娘在旁边侧目打量他，一边用法语对米仓说："听说在你们那里，人们从早到晚就喝这种东西。"

"你指什么？"

"当然是你杯中的茶。不过，到这里来可不行。来我们这里就得喝酒。我要请你喝酒。"

"谢谢,小姐。那我是接受呢,还是拒绝呢?"米仓回头看了看同伴,冲姑娘笑笑。

"啊!哦!你!"姑娘想不到这个中国人会说法语。惊叹之余,也就对米仓产生了天然的亲切感。她半张着嘴,做出一副惊讶的表情说:"那要看你有没有胆量喽。"

"胆量?"米仓轻声问姑娘。

姑娘似乎对这话题不感兴趣了。她开始正儿八经看米仓,然后摇着头问米仓:"中国男人不是头上都有一根长辫子的嘛,而且骨瘦如柴。你的辫子呢?难道你不是中国人?"

"你看到了,小姐,我是中国人,而且是男人。"米仓用调侃的口气说。

"哦,还很健壮。我叫卢西亚。"姑娘笑了,很好看,刚才故意装出的轻佻也不见了踪影。

"我叫陈,米,仓。"

于是,俩人真的喝起酒来。只是那酒倒进米仓的嘴里,他尝不出醇香,又不觉得干烈,反正难喝得要死。姑娘有些兴奋,显然,之前她从别人那里听到过有关华工的事,而且印象深刻。她突然站起来,举起酒杯,叫所有人安静。她走到大胡子大肚子身边,在大胡子脸上亲了一口,叫他把嘴里吹的东西停下。她提议要所有人为这些千里之外来的中国朋友干杯。在场的人自然面面相觑,不明白她的意思。当然,那些工友们听不懂姑娘的话。米仓只好要工友们照他的样子举起酒杯。

"必须吗……卢西亚,必须听你的话吗?"这时,刚才卖色情画报的瞎眼瘸子站直了身子。

"是的!你这个瞎鬼,瘸子,难道你连杯子都举不起来,还是听不懂我的话,我说的是所有人。"

"可他们是中国人,卢西亚,怎么会是我们的朋友。"瘸子显得不高兴。

"他们是来帮我们赶走德国佬儿的,朋友!"卢西亚说。

"帮我们赶走德国佬儿,卢西亚?我看你是想男人想疯了,你这个小骚货,你要是喜欢他们，就去和他们睡觉好了，我才不听你的鬼话！"癞子说。

卢西亚故意气癞子，将自己身体向米仓靠了靠说："我会的，瞎眼癞子，等干了这杯，我们就回家，可你呢，你就抱着画报上的女人去死吧。蠢货！"

"好样儿的，卢西亚，让那臭癞子抱着画上的女人去死吧。前天，他还嚷嚷要站到你家门前为你唱歌，希望你能心软，看他可怜的分儿上将门打开！呵呵，卢西亚，要是我，我就打开门放他进去，我倒要看看这家伙能不能爬到床上，还要看看他那两条该死的腿能不能伸展。现在看起来，卢西亚，你是彻底把他的心伤了，你让这癞子变得更加可怜。"一个年龄稍大的女人高声说。

"好的，劳拉，那我就把这个好机会让给你，你让这家伙到你床上给你唱歌。"卢西亚说。

"床上唱……癞子之歌？"癞子旁边的老头儿，用手拍拍癞子的肚子说，"哦，原来你这家伙喜欢在女人床上唱歌，是这样吗？难怪你总是眼圈发黑，萎靡不振，原来是因为在为女人唱歌。"

大家哄堂大笑。癞子知道自己留在这里只能成为大家的笑柄，便冲卢西亚龇龇牙，走了。

卢西亚的再次提议，大家为华工们举酒干杯。气氛非常热烈。可令米仓迷惑不解，这可是战争期间啊，多少亲人在前线流血牺牲，这些村民怎么居然能有这份心情。

"难道我们必须得愁眉苦脸吗？"卢西亚对米仓说，"我们也曾愁眉苦脸过，也曾天天为那些堑壕里的亲人祈祷。可到头来一点儿用都没有。"卢西亚端起杯子碰一下米仓的杯子，暧昧地对米仓说，"还是今朝有酒今朝醉吧。不过，你要是上战场，我会为你祈祷，祈祷仁慈的上帝格外宽佑你们这些外国人。"

"卢西亚小姐，我会的。"米仓说。

"你会什么？"

"会去战场，就是为了漂亮的卢西亚小姐，也会去。"

"你可真会说话，中国小子，如果你要去，就去阿拉斯，哦，渡过默兹河，去梅斯、凡尔登，哦，随便哪里，我只要你一见到德国佬儿，就把他们的脑袋剁下来。"

"我会的。"米仓说。

"为漂亮的卢西亚？"卢西亚说。

"是的，为漂亮的卢西亚。"

两人很正式很严肃地握了一下手。当然，只是玩笑，谁也不会把这事当真。

营里规定的时间到了。华工们必须返回军营。卢西亚提出和他们一道回家，在路过卢西亚门口时，卢西亚单独把米仓拉到一边说了几句悄悄话。工友们当然对此好奇。他们一路上追问米仓漂亮的卢西亚对他说了什么。米仓却卖关子，就是不说。卢西亚是个大美人，工友们又急又恨，当然也有人跟他套近乎，嚷嚷着要学法语。他们嘻嘻哈哈、有说有笑返回军营，等待他们的却是责骂与惩罚。那个瞎眼瘸子把他们告了，说他们在酒吧调戏女人。

哈利罚他们去清理厕所。清理就清理！几个工友抢着来替米仓干活。他们讨好米仓，希望有机会，米仓也能给自己介绍个法国姑娘。因为他们相信米仓已经和那个卢西亚好上了。

23 好差事

米仓一直在伺机逃走，可军营里纪律严格，每次外出都必须由工头带队，如果自己中途逃匿就会连累工友。后来，米仓发现哈利很喜欢夏小棵，哈利还让夏小棵做自己的勤务员。米仓就从这位小兄弟身上做打算，他可以以给夏小棵当翻译的名义，和夏小棵一起出军营给哈利办事，等他熟悉地形后，再找机会出逃。夏小棵视他为大哥，当然答应了，还果真带着他出去了几趟。

但令米仓没有想到的是，在一个深夜，哈利突然来宿舍找他，哈利用手敲米仓的头示意跟他走。米仓照办了，下床时他还专门多了一个心眼儿，狠狠将自己的被子盖到旁边工友身上，好让工友知道自己是被哈利叫走的。

哈利把米仓带到自己的住处。这是米仓第一次见到军官的宿舍。那宿舍尽管不大，但足可以说是"奢华"，实木衣柜和写字台，铁制的烛台做工十分精细，一张宽宽大大的木床上铺着干净的鹅绒被，脸盆架上搭着像雪一样白的毛巾，墙上挂着镶有木框的镜子。可华工们呢，几十人挤在一个通铺上，毛巾没处放，每次用完只能放进脸盆里。米仓站在门口，不明白哈利找他有什么事。一向声色俱厉的哈利，那夜却一反常态，面带笑容请米仓进屋。

"知道叫你来有什么事吗，1013 号？"哈利习惯性地坐在写字台的一角。

"不知道，长官。"

"但你应该知道的你会法语，脑子还很机灵，所以……"哈利诡秘地笑着，"我很喜欢你。"

"是的。我承认！"

"所以……我要给你个好差事，一个让你立功的机会。只要你把事情办妥，我就更喜欢你了！"

"谢谢长官。"

"那我再告诉你一件不幸的事。刚才，就在刚才，1013 号，我的勤务员……"哈利表情神秘，米仓这才注意到房间里飘着一股浓浓的酒味。"我的勤务员和我谈起他的家乡，哦，结果他喝了很多酒。你懂吗，1013 号？然后他要回去，他本来可以留在我这里的，我待他很好，就像自己的兄弟一样好，结果他出门时摔到前面的土沟里了，我的上帝……请宽恕我，不该让他喝那么多酒。谁知道他就……我本以为他只是醉了。"哈利离开桌子，示意一下米仓，"跟我来。"

米仓跟着哈利来到那个不足两米宽的土沟旁，哈利用手电筒往里照。米仓发现夏小棵半窝着身体团在里面。老天啊，小棵他这是怎么了啊！米仓已经预感不会是什么好事了。他站在哈利旁等这位英国军官的下话。

"你都看到了，1013 号，他醉了，不小心掉到沟子里，上帝带走了他。"哈利说得很轻巧。

"怎么……可能？"米仓跳下去，抱起夏小棵。夏小棵手脸冰凉，已经没一点温和气了。

"现在可不是讨论可不可能的时候，1013 号，"哈利的口气变得严厉起来，

"对你来说这是个好机会。"

"机会？什么机会,长官？"

"我需要你帮忙把他弄走,随便弄到什么地方,总之,不能让一个死人躺在长官门前的沟里。"

"可他已经在这里了。"

"所以你得把他弄走。"

"不,长官,这可不是我该干的事。"米仓浑身发冷,尽管他知道这是个逃跑的好机会。

"你是说你不肯,是吗?1013号,你想抗命?"哈利转身回去从墙上的腰带里拔出手枪,出来后把枪口对准米仓。他一字一句地对米仓说,"这是次公平的交易,伙计,我知道你想离开这里,1013号,再说你根本没有退路,如果你要把事情办妥,你就自由了,你可以到法军的华工营去,那里可是你们的天堂①,你懂法语,那些傻瓜又准许你们自由出入军营与当地人相处,还给休息日。你还犹豫什么,笨蛋,你不明白我在说什么吗?你现在只要把这具尸体处理掉。"

"之后呢,长官?"

"之后,就是你的事了。"

"我是说,事情真像你说得那么简单?"

"当然了,1013号。我会说两个华工趁着夜色逃跑了,至于你们跑到哪里,1013号,你觉得会有人关心吗?"

"此话当真,长官?"

"千真万确,笨蛋,你不可以怀疑一位绅士!"

哈利说得对,米仓没有退路,他只能答应。那天夜里,米仓按哈利的安排,带了一把铁锹背起夏小棵的尸体出了营地。他走走停停,心里很不踏实,他不信任哈利,事情也决然不会像哈利说得那样简单。在走出营地二里多地的时

---

① 当时,法国华工营的待遇以及法军官对华工的尊重,要比英国华工营好很多。

候,米仓把小棵放下来,这时他才注意到夏小棵的裤子上全是血,他查看出血部位,知道那个万恶的哈利对小棵做了什么,可还有什么办法呢,他不可能返回去找哈利算账,那样等于回去送死。他只好在一个橡树下挖坑把小棵放进去,埋了。这时营地里突然吹起紧急集合哨,还响了几声枪响,米仓知道这是哈利在导演一出为自己开脱罪名的好戏。

米仓就这样自由了。可他身无分文,能去哪里啊,在茫茫的夜色中,米仓蹲在路边犯起了愁,无奈之下,他想到那个和自己有过一面之交的姑娘。于是,米仓走进陌生的村庄,靠记忆来到一户人家门前伸手轻轻敲门。门被打开一条细缝,月光照在身穿睡衣的卢西亚脸上,她两眼惺忪,懒洋洋地将头靠在门框上。

"哦,我一猜就知道是你,先生。你是个聪明人,你总算还是来了。"

"是的,卢西亚小姐。我有急事。"

"是吗？有那么急吗？"

"是的,卢西亚小姐。"

"那你兜里有多少钱,先生？我可不做赊账的买卖,从不,你懂吗？谁也不行。"卢西亚说。

"我不懂你的意思,卢西亚小姐。你能让我进去说话吗？这样,让邻居听到不好。"

"我才不在乎呢,先生,反正,听到没听到,都一样。"

米仓把手放到门上,这一动作引起卢西亚的警觉。

"怎么,你要来硬的吗,先生,我可不怕！"

"不是的,卢西亚小姐,事实上我口袋里一分钱都没有。"米仓说。

"看来你是有面包了,"卢西亚说,"哦,你伸手掏掏口袋,兴许还藏着几包巧克力。"

"不,我什么都没有。"

"那你来干吗。你什么都没有,凭什么要见我,像你这种想占便宜又身无分文的男人,我可见多了。"

"我是来求你的,卢西亚小姐。"

"哦,你可真滑稽,这种事也能求吗?亏你能说得出口。请回吧,先生,等你口袋里装满钱时,再来敲我的门。"说罢,卢西亚把门关上了,铁质的锁舌被有力的弹簧推进了锁坑。

米仓碰了一鼻子灰。他在院里徘徊,嘲笑自己天真! 大概洋人都是见钱眼开唯利是图的家伙。但如果得不到这个女人的帮助,他可就再没有任何机会了。他不怕受饿挨冻睡桥洞,可是眼前东南西北一抹黑,最起码该有个人告诉他方向吧。于是米仓再次敲门。这次卢西亚连门锁都不开。她在床上隔着整个空旷又凉飕飕的夜,叫他不要烦她,她虽不是好女人,但也不是随随便便的女人。

"那能给我一包火柴吗,卢西亚小姐? "米仓压低声音,"只当你可怜一个处境悲惨的人。"

屋里沉默了一会儿。接着是一阵细碎的声音。卢西亚重新将门打开。还是一条缝。

"你处境悲惨,先生?"卢西亚语气轻蔑,觉得面前这个中国人过分矫情。

"是的,小姐。"

"就为一包火柴? 哦,上帝,你可千万别告诉我说,你大老远跑来,就只是为一包火柴。"

"如果你能给我一包,我会感激你。"米仓说,"小姐,刚才你没有听到枪声? "

"这有什么稀奇,我每天都听着枪声入睡。"

"我是说,有人在抓我,小姐,我是个逃犯。只要被抓回去,我就死定了。"

"你说什么? 上帝啊,你别把话说得那么夸张,就因为你跑出来找个女人就会被枪毙? 真是笑话! 前天那里的军官还曾来过我这里。"

"卢西亚小姐,我需要火柴,如果你愿意再给我些面包, 我会更加感激你。"

"别逗了,中国人,我可不是听你几句谎话就会信你的蠢女人。快走吧,你的悲惨处境听起来一点儿都不悲惨。"

"你怎么才能相信我呢,卢西亚小姐? "

"除非你是个杀人犯。"卢西亚说。

"我真是个杀人犯,卢西亚小姐,我刚刚杀了一个人。"

"真的?"卢西亚将一包火柴从门缝里递了出来,一边说,"没想到你这个中国人戏演得不错。去吧,看来你要去焚尸灭迹了,你还需要一些柴火吗,或是一个帮手?"卢西亚调侃米仓说。

"我需要面包、饼干之类的食物,哪怕一小截儿火腿。"

"好了,中国人,别想得寸进尺。你要面包是给那个死人吃吗?你知道死人是不会吃东西的。"

米仓知道卢西亚不肯信他,便无助地低下了头。他接过卢西亚手中的火柴,很认真地对卢西亚说了声"谢谢",说自己如果能活下来,将来一定会找机会报答卢西亚的。说完便转身离开。

这时,卢西亚却把门打开了,主动让米仓进屋。两人闲谈几句后,便切入正题。

卢西亚说,她本是亚眠人,父母在大战初期被德国人打死了,唯一的哥哥参了军。去年哥哥休假时带一位叫丹尼的战友回家,丹尼年轻帅气,说话幽默,哥哥说丹尼在战场上非常英勇,还曾救过他一命。后来卢西亚爱上了丹尼,她同丹尼一起来到这里,丹尼的家乡。她是来和丹尼结婚的。但他们在一起度过的幸福时光还不到一周,丹尼就接到通知提前返回前线,从此便没了音讯。卢西亚给丹尼和哥哥所在的部队写信,可是无论哥哥,还是丹尼,都像从地球上消失了一样毫无消息。她跑到咖啡馆、酒馆去打听,去听广播,看报纸,所有的报纸广播都在说战士们在干净的堑壕里,过着井然有序的舒适生活。有一天,就是在酒馆里的那两个头发花白的老头,把卢西亚叫到身边,悄悄告诉她,别去相信那些骗人的东西了,什么干净舒适,什么井然有序,这样的形容应该送给德国人,如果堑壕真是固若金汤,士兵们英勇杀敌,那为什么炮声会越来越近呢?

因为卢西亚和丹尼没有正式结婚,卢西亚便无法从政府那里拿到任何补偿,而在前线的丹尼只不过是一个普通士兵,每天的津贴只有二十五生丁,即使如此,这点可怜的活命钱也送不到卢西亚手上。后来,卢西亚只能靠好心人的接济勉强维持生活。卢西亚想自食其力,她去附近的军营做工,但被拒绝了。有一天,一支部队,他妈的,是法国人自己的部队从门前经过,一位军官闯进她的屋,将营养不良浑身乏力的卢西亚摁倒在床上,卢西亚拼死反抗,那个军官却一边用有力的胳膊制服她,一边把口袋里的钱往床上掏。军官满嘴脏话,大骂上级不懂战争,让自己的兄弟们白白送死。他又骂卢西亚是个只懂享受的婊子,说拯救法兰西不只是男人的事,女人们也应该做出牺牲。后来,卢西亚就放弃了,任由军官撩起她的裙子。她想到了丹尼,感觉到了自己的饥饿,她莫名的对那个军官产生了同情,在军官趴到她身体上时,她也将手伸进了军官的口袋。再后来,卢西亚就只能靠出卖身体过活了。

"战争让我们变得无耻,中国人,我是,你也是,我们都是一样的无耻!"卢西亚说。

"我能理解,卢西亚小姐,因为羞耻在这个时候一钱不值。战争让很多人变得为所欲为。"

"包括你这样的杀人犯吗,中国人?"卢西亚问米仓,"如果我不开门,或不答应你的要求,你也许会杀了我。"

"不……不会的!"米仓说。

"不会吗,中国人?这年头到处都充满血腥。可能只有残忍的人才能好好活下去。"

"那也不尽然,卢西亚小姐,兴许还有另外的情况。"

"反正我看到的只有厮杀,不,是拼命。无论在哪,只有把对方打死杀光,才能胜利。"

"你这样认为吗,卢西亚小姐?"

"还有别的什么办法吗?德国佬儿把我们逼成这样,每个人都是被逼无奈。"

"所以你喜欢杀人犯?"

"至少比起那些被杀的人来说,杀人的人不懦弱,不吃亏,不窝囊。"卢西亚说。

"卢西亚小姐,你应该去前线。"

"我也这么认为。我觉得我自己就是战死在那里，也比在这里苦苦煎熬好！这种等待的感觉，哦，真是糟透了。你没注意到吗，中国人，女人，老女人，还有就是撒尿都尿不进盆里的老男人，孩子们像饿死鬼，家禽都跑了，牲畜死了，房屋坍塌了。我们的日子过得朝不保夕。"

"至少你这间看上去还不错。"

"是的，我这间还好，这是上帝的保佑。"

"真好。"

"什么真好，你是说这屋子？"卢西亚看着米仓，"你别想打它的主意。我有男人，中国人。当然，如果你每天能给我五法郎的话，你可以天天住在这里。"

"如果我有五法郎的话，我也就不用敲你的门了，卢西亚小姐。"

有一小会儿两人都不说话。又过了一会儿，米仓看看窗外说："总之，我谢谢你，卢西亚小姐，我还是走吧，我不能待在这里。"

"你要去哪里？你不想留下来？如果你决定留下，我可以重新考虑一下。"卢西亚问。

"我是个杀人犯！"

"那又怎样？如果他能让我吃饱肚子，我就可以让他留下来。"

"不，卢西亚，我得走。"

"去哪儿？你最好别告诉我是去凡尔登。"

"是圣马耳，一个小镇。"

"不，我劝你去马赛、里昂、图尔，至少你应该渡过马恩河往南走，最好能到科西嘉岛。"

"我必须去圣马耳。"

"那是哪里，那里有你的朋友？这年头你可别期望什么，中国人，最好先打听清楚那里是不是还有人活着。"

"好像离阿布维尔不远。"

"阿布维尔？中国人，你知道阿布维尔在哪里吗？"

米仓摇摇头。

"那你知道努瓦耶勒吗？"

"我当然知道,小姐。"

卢西亚眼睛轱辘一转,突然变得热情起来。她向米仓建议说:"如果你需要一个向导,我愿意代劳。"

"当然,那样最好不过了。只是我……"米仓羞涩地说,"我真的连一生丁也拿不出。"

"可你有浑身的力气,对吧!你考虑一下,中国人。反正我在这里什么也没有了。说不定我们在一起,我们一起合作,我还能找到我的未婚夫,或者我哥哥。"

"那好,卢西亚小姐。"

"称我卢西亚吧!"

24 来亲我一下

"卢西亚,你可是关键性人物。"镇长看着卢西亚说,"我希望你能站出来表表态。"

"请别为难卢西亚了,镇长大人,即便现在卢西亚站出来说反对我留下,我也不相信她说的是真心话。一个人在认定自己心爱的东西不再属于自己了时,就容易产生毁掉它的念头。再说卢西亚能知道多少我的真实情况呢?她至今还认为我是一个杀人犯,认为我是因为杀了人才逃出华工营,如果她再添油加醋将那晚发生的事情讲给你们,她一定会说当时我神色匆匆手臂上还带着血迹,而她是出于仁慈才决定救我。我想卢西亚一定会这么说,因为她想用自己控制了一个杀人犯来赢得大家对她的刮目相看。卢西亚很聪明,知道如何利用自己手上的东西,在我和她相处的那些日子里,只要我不听话,她就威胁我要去警察局告我。哦,她知道这招会管用,我也确实怕她去告发我,我不能被带走,我知道无论我被抓回英军军营,还是重新编入法军华工营,我都会重新失去自由,那样我就再没有可能找到我姐了。"米仓望着卢西亚说,"但是卢西亚,如果现在镇长要你表态,你会说自己愿意让我这个中国人留下吗?与在座的人相比,卢西亚你比他们更了解我,我之所以想留下,是因为我还有更重要的事没有完成。"

"是的,因为一个女人,因为伊索尔。"卢西亚气愤地说,"伊索尔就是你最重要的事。"

"不全是伊索尔,卢西亚,我还有其他事情! "

"别诡辩了,米仓。"西蒙说,"我觉得你的脸都白了。你怕被赶走,而我的表妹伊索尔又不会和你同行。可你一直就是个胆小鬼,如果是我,我就大大方方勇敢地承认这一点! "

"对啊,中国人,我也劝你别装大英雄了! 你去看看卢西亚的眼神,她像是在看一个英雄吗? "有人嚷嚷。

米仓转头去看卢西亚。脑子里想起了他们刚刚经历的一切。

米仓和卢西亚是在天亮前离开村庄的。因为卢西亚不想让任何人发现自己和一个中国人在一起。卢西亚一直爱着丹尼,丹尼像影子一样缠绕着她。米仓却为遇到卢西亚暗自高兴。他们带着简单的行囊去往圣马耳。可是在两天后,米仓发现所见的村庄被毁的程度越来越严重,有些村庄简直成了没人活动的鬼城。士兵们也越来越多地出现在他们面前,直到有一次他坐在一棵毛榉树下,发现自己在三天前就曾经到过这里时,才发现卢西亚在骗他。

原来,卢西亚从一开始就在耍心眼儿。这一路走来,她并不是在当向导,而是他作为一个伴儿在陪着她。卢西亚在利用他寻找自己的哥哥和未婚夫。难怪她每次遇到当兵的都表现得格外兴奋,她把他们拉到一边说话。米仓当然要发怒,他问卢西亚为何要这样。卢西亚这才一把鼻涕一把泪地告诉米仓,他们所处的地方,其实已经超过凡尔登,马上就到图勒了,而米仓本该去的地方靠近塞纳湾,是在图勒的相反方向。米仓提出要和卢西亚分手。卢西亚却默默地低下头,停止了哭泣。那时,乌云在他们的头上翻滚,一道道阳光从云朵罅隙间照下,又快速消失。心绪稍稍平静的米仓再次去看眼前的女人,就看到女人的可怜无助了。他知道有他在身边,卢西亚不一定会有多少快乐,但没有他在身边卢西亚将会面临什么。野风从潮湿的灌木丛中吹来，米仓的心便软了。他站在卢西亚面前，听到卢西亚百般真诚地说："对不起！"当时，卢西亚坐在一块路旁的石头上，陈米仓说不清该不该原谅这个女人，从某种意义上讲，他该恨她。可实际上，她与自己难道不一样吗？他们就是一对同病相怜的人，他急迫想找到姐姐，而她想找到自己的哥哥和未婚夫。可要找米香，就必须得去圣马耳先找到伊索尔，可他又不可能扔下卢西亚不管。最后，他向卢西亚妥协了，答应陪卢西亚去打听未婚夫和哥哥的下落，然后再一起去圣马耳。他们重新上路，随着路程越来越远，失望也越积越多，卢西亚的脾气随之变得暴躁了，本来是一些很小的事情她就和米仓争吵。他们走过那些到处是焦土与灰烬的战场，看到一具具血肉模糊、残肢断臂的士兵尸体，卢西亚终于忍不住哭了起来，她说自己的哥哥和未婚夫一定是死了，这样找下去只能是徒劳。但是，谁要劝她放弃，她却又像疯狗一般骂人家混蛋！

在一个安静的似乎整个地球上只有米仓和卢西亚两个活人的清晨，冒着冷冷的寒气，米仓和卢西亚继续往前走。"我哥哥和丹尼肯定就在前方的部队里。"几乎每个早晨，卢西亚都会像祈祷似的重复说这一句话。她说，她已经闻到未婚夫的味道了，说树林里的一个人影很像她哥哥。可结果呢？他们走啊，走啊，直到眼前出现一片黑色的木桩和长长的铁丝网，她才停下脚步，自言自语地说："他妈的，那些当兵的人呢？"可她哪里知道，她和米仓已经进了不该进的地方。如果有有经验的人在旁边，一定会提醒他们这种静意味着什么，他们很可能已经成了哪位狙击手的目标。周围的环境确实太静了，连只鸟都没有，米仓本能地放慢脚步，卢西亚却咯咯笑，笑声引来了一排扑扑落地的子弹，子弹就落到离他们不到两米远的地方。卢西亚大声骂，混蛋！米仓从后面把她扑倒，知道卢西亚发疯了。他摁着她小心翼翼匍匐前行，希望前面就是安全地带，哪怕是条被遗弃的堑壕。

他们往前爬了没几米，还没来得及反应过来，就被几只手拖了下去。他们像猎物一样被掉进了陷阱（堑壕）里。当时士兵们正在吃早饭，几个士兵见有重物下来，赶紧用身体挡住饭盒，他们可不想在已经是用下脚料和大米煮成的肉杂烩汤里再添几把土。他们怔怔地看着米仓和卢西亚，就像看天下掉下来的怪物。卢西亚用手捂住胸口，靠在土墙上喘气，她庆幸落在自己人手里。可士兵们对这两个不速之客大失所望。他们满以为是找食物的老兵带着咖啡、葡萄酒、面包和水回来了，呶，结果却来了两个灰头灰脸还两手空空的家伙。

"喂，是来捡靴子的吗，小子？"一个士兵挪挪自己的身体坐在米仓对面，毫无表情地问米仓。另一个士兵凑过来，用一支旧勒贝尔步枪顶住米仓的胸口说："别想跟我抢，除非我死了，要不就得用牛肉来换，哦，你有牛肉吗？"

米仓没有说话，怕激怒这些士兵。其他的士兵似乎对他们不感兴趣，他们各干各的活。一个胡子拉碴的老兵胡须黑密，面颊却白得像死人脸，他闷头闷脸自顾自地喝酒，开始一小口一小口地抿，接着干脆就仰起脖子将酒壶的酒全都倒进嘴里，他没有把酒咽下，而是仰着脖子将它们全都吐了出来。他把酒壶摔到地上，又用枪柄把酒壶捣了个稀巴烂。旁边的士兵笑，说一个老家伙和酒壶治什么气。老兵骂那些酒掺了水。旁边的士兵就说："你就将就着点儿吧，老兄，有酒就已经不错了。"可老兵还是生气了，他伸手把旁边战友手里的烟抢到自己嘴里。被抢的士兵很年轻，看上去刚入伍不久，他满脸的不快，他问老兵为什么总爱抢别人的东西。"不为什么，新兵蛋。你要再说废话，我就让你去吃屎。"老兵恶语相加。

这时，一个中士模样的人猫腰过来。他把手摁在老兵肩上，叫老兵闭嘴，否则他会撕去老兵的臂章。老兵嘿嘿冷笑，将抽剩的烟蒂嚼在嘴里："你觉得我在乎这东西，中士？就是一枚十字勋章，老子也觉得是瞎扯淡。你们这些当官的就知道用狗屁嘉奖骗人，可我们，中士，都饿两天了，吃了一顿腐肉罐头，老子好不容易拼了命留下一壶酒，他妈的……炊事官居然往里掺水，上帝啊，除非别让我再看到那家伙，否则就是少杀一个德国人，我也要宰了他。"

"行了，你这个加斯科尼[①]老家伙，你大老远到这里来，难道就是为了讨酒喝吗？"有人劝他。

"你以为只是一壶酒吗？我险些为它丢了命，可壶里装了什么东西？我怀

---

① 今法国西南部比利牛斯地区，当地人性格外露，说话尖刻。

疑是那老东西的尿。"

"行了，伙计，你以为炊事官为你找到一点酒容易吗？"中士坐下来安抚老兵，他发现混杂在士兵中的卢西亚和米仓，"你们从哪里来的？来这干什么？这可不是什么好玩的地方？我们在打仗，朋友，如果你们要想捡德国人的皇家徽章的话，那可找错了地方。"

"头儿，他们是来慰问的，一定是刚从资产阶级①营地来，你看这姑娘，头儿，你不动心吗？"说话的士兵转过来头对卢西亚说，"亲爱的，你叫什么？哦，你可别告诉我你的名字，我一点儿也不想知道，我什么都不想知道，你会唱歌吗？要不跳个舞怎么样？其实你什么都不用会，漂亮妞儿，有你的漂亮就已经够了，看看我们这些捡破烂的人②，哦，你没有一点怜悯心吗？我们困在这该死的堑壕里，上帝啊，我昨晚梦到一只老鼠变成了美丽的姑娘，今天你就来了，这是天意，姑娘……"

一个长得像小白炮一样短粗的士兵凑过来，动手要拉卢西亚的胳膊。他说："姑娘，你一定很久没遇到我这么帅的小伙儿了，来吧，亲爱的姑娘，来亲我一下吧！你知道的，我们在奋战，说不定明天大炮一响我就死在这里了，如果到那时，我想到一个漂亮姑娘曾经与我接吻，那我会死得很甜蜜，姑娘！"

另一个士兵说着从自己口袋里取出一个只手镯："你看看这个，这可是用德国人的弹片做的，做工够精细吧，我可以把你的名字刻在上面，怎么样，姑娘，你还要考虑吗？就一个吻，一个，你不会吃亏的，姑娘，不过你得吻我。"

卢西亚不理他们，她在琢磨应该和中士打招呼。她想从他那里挖点有价值的信息。

"卢西亚，想想我们俩一起在堑壕里的经历。我们和那些士兵聊天，被中士叫走，那个时候，你在乎陪你的是个外国人吗？我们一起出生入死，卢西亚，

----

① 当时步兵称炮兵为资产阶级。

② 步兵常常因为头发蓬乱、满身泥浆，而自嘲。

我们每天都处在生死边缘上,那个时候你想过因为我是个中国人就必须要把我赶走吗?"

卢西亚没有吭声。

"哦,看来这个中国人把你俘获了,卢西亚,你的灵魂被这个中国人控制了。"

"不,没有,我是自由人,没有人能把我怎么样。"卢西亚辩解说。

"那你说说,你和这个中国人算什么? 他是你的爱人吗? 你爱他吗?"有人连声问卢西亚。

"他没有说谎。他说得没错,我们是一起出生入死。我们经历了很多!"

提起堑壕,卢西亚马上就想到了那些可怜的士兵与中士。

卢西亚寄希望于中士身上。作为一名军官,他对各个部队的情况应该有所耳闻。"这些家伙都疯了! 不过,看在他们是为国家流血的分上,姑娘,我希望你能理解他们。"中士有礼貌地替士兵们向卢西亚道歉。

"这姑娘和这个……从哪来的,天上吗?"有士兵还在继续起哄。

"他是中……国……人! "卢西亚说,"他们和你们一样,也在为法兰西而战! "

"和我们一样? 上帝啊,那他为什么没待在这该死的堑壕里。"士兵说。

"为法兰西而战?"一个正在看信的士兵慢慢抬起头来,"法兰西? 哦,多亲切,嗯,多伟大,可是,什么是法兰西? 难道是那套阿布拉米制服①吗? 快算了吧,我情愿让这姑娘陪我睡一夜。"

"怎么? 我这的东西没有一样令你动心吗,姑娘?"刚才的士兵又黏上来说,"我知道了,你是想要钱,听说那些把钱藏在绑腿里的伤员被抬进医院,钱都被护士摸去了。当然,当然了,她们会说反正这人活不了,或说士兵的钱是自己跑丢了,谁知道呢,反正我才没那么傻,我干吧要把钱留下,我要把他们换成香烟。事情就是这样,姑娘,我口袋里没钱,可我很想吻你。这可怎么办

---

① 士兵离开部队返回家乡时,可以领到一套用卡其布做的西装。

呀,亲爱的姑娘?"

议事厅里,人群开始骚动。他们不想听米仓啰唆,他们只是想让事情赶快有结果。人们把目光投向卢西亚。卢西亚却不理他们。

"镇长大人,也许那些士兵里就有你的儿子。你知道吗,他们和你们想象的完全不是一码事。我是说,我和卢西亚在那里,亲眼所见,许多士兵从口袋里掏出自己的收藏品让卢西亚选,手表、锯齿刀、领章、扣子、戒指、钱包、军功章。卢西亚生气了,觉得他们侮辱她。侮辱?那些士兵才不管,大概除了知道白天天亮晚上天黑自己还活着之外,对他们来说什么都无所谓。当时,中士就在旁边,他由着自己的士兵胡闹却不发话,他想让兄弟们穷开心一会儿,相比与德国佬儿红枪白刀的肉搏,叫一个姑娘受点委屈似乎算不了什么!不过,我很快就发现,他们其实只是一群空能练嘴的家伙,因为没有一个士兵真的当着中士的面来碰一下卢西亚。兴许……我当时只是这么想,毕竟大家是同胞,而卢西亚令他们想到了自己的姐妹。我想,如果要是换成敌方的姑娘,那她应该就没那么幸运了。因为德国士兵在经过的村庄可没少干那种伤天害理的事。士兵们说着说着,突然自己就笑了,他们一本正经地向卢西亚打听起自己家乡和后方的事,取笑卢西亚怎么和中国人搞到一起。卢西西半真半假地应付他们。最后,中士放下架子也参与进来。他腼腆地问卢西亚是否知道一个叫圣马耳的小镇。听到这话我激动得要死。我以为中士是圣马耳人,可没想,中士也不知道圣马耳在哪里,圣马耳只是写给他的一封封书信里的一个地名。他说,他有个神秘的女文友住在那里。是这样吧,卢西亚,我记得中士当时摸了一下自己的脸,很害羞。他说自己在踏上开往前线的列车前想当作家,想成为巴尔扎克,雨果那样令人瞩目的作家,那个文友很有文采,在众多的文友中令他情有独钟。他说那个女友叫波丽娜。世上竟有这么巧的事,镇长大人,那个波丽娜就是我们都熟悉的,西蒙的姐姐,波丽娜小姐。是这样吧,波丽娜小姐?你有一个很能谈得来,还钟情于你的中士朋友,对吧?"

说到这里,米仓把目光移向波丽娜。

"那又怎样,中国人!"波丽娜说,"我为自己能让一个内心颓废的前线军

205

官精神振奋而骄傲。"

"我丝毫没有指责你的意思，波丽娜。"米仓说，"当时，卢西亚对中士撒了谎，我也撒了。卢西亚对中士说，她自己就是圣马耳人，而且知道波丽娜的一些情况。我问中士波丽娜有没有在信中提到在中国的经历，中士说当然有。中士信任了我们。卢西亚便向中士打听丹尼和哥哥部队里的情况。中士告诉她，那个营他知道，在上次战役中遭遇了埋伏，敌人用了毒气，伤亡惨重，大部分伤员都被送往后方医院了。'可有人说，他们是在你的右翼，中士。'卢西亚说。中士说，那是十天前的事了。后来中士带我们去他的住处，说有事要我们帮忙。我们顺着堑壕走了几十米，泥浆没过我们的脚面，还散发着臭味，中士在前面带路，习惯性地叫我们留心脚下的电话线。中士在堑壕拐弯处的一个小木房子前停下，他把我们请进去，里面和一路上看到的士兵的窝比起来，确实要好很多，起码他的床和被子是干的。中士从枕头底下掏出一张相片递给卢西亚，我一眼就认出了，是波丽娜。我和中士说，波丽娜还有个弟弟叫西蒙。'是的，波丽娜说过她有个弟弟也在这个集团军，可你知道的，先生，一个集团军有那么多人，除非他是上校，否则谁也没办法找到他。对此，我觉得对不起她。'中士当时是这么说的。他坐在床上，神情惆怅，他羞涩地求我们帮他办件事。我和卢西亚答应了。"

米仓的脑子里清晰地映现出当时的画面。

"我一直想让她知道我长得什么样子，可我手头就这么一张相片，还是上次一位记者先生帮我照的。我知道我不够帅气，可这是真实的我。"中士从书中取出一张相片，拿在手里。

"为什么不寄给她？"当时卢西亚问中士。

"那样不保险，小姐。再说，要不是正好遇到你们，我还在犹豫要不要这样做。我不想连累任何人，更何况她是那样一位纯洁善良的姑娘。"

"你担心自己死吗，中士，你不怕死？"卢西亚说。

"不，小姐，我已经死过好多回了。我恨战争，如果我的死可以让后面的人不用去死，我可以去死！我是说，也许对她来说，永远不知道我长什么样会更好些,那样她起码可以减少点痛苦。我是说,我要死了的话。”

“别说丧气话,中士先生!”卢西亚说。

“我能活到今天,就算幸运了。我不可能总能幸运下去,上帝也有打盹的时候。”

“那你觉得呢?”卢西亚说,“我明白你的意思,中士,你还是把相片给我吧,我一定帮你带到,但你也一定答应这照片上的姑娘要好好活着,她会为你的平安祈祷。”

“有谁愿意去死吗?”中士苦笑着说。

中士在相片后面签上自己的名字,用信纸包好装在信封里递给卢西亚。

“卢西亚,我说得没错吧。我们可是去过前线的人,是真正听过哈奇克斯和马克沁①声音的人。”米仓这么说,他希望卢西亚能理解他为什么要讲这些。

“是的。”卢西亚不可否认地说。

但米仓的话却招来很多人的反感。他们认为这个中国人是在拿一点毫无价值的小事邀功。接下来的故事就不用讲了,因为卢西亚在平日里早已经和大家讲过多遍,中士让他们赶紧离开堑壕,他刚刚接到命令,第二天一早就要对敌人发起猛攻,他们得摧毁铁丝网再让德国佬儿后退二十里②。后来,中士派三个可靠的老兵把他们送到安全地带。他们往南,再向西,在路上,他们亲眼看到死在路边的炊事官,炊事官的自行车被炸成了麻花,面包、水壶、巧克力、咖啡,还有酒,散落一地。他们看到整片的树林烧着大火,一棵棵树木被烧焦,变成黑漆漆冒着烟的死亡丛林。这可些有什么用呢?在大家看起来,那只是米仓与卢西亚的事情。毕竟现在不是战场,不是堑壕,而是圣马耳,战后的圣马耳!

“行了,中国人,你说这么多,我还是没听出一点儿可以让你留下的理由。”有人说。

---

① 两种分别在法军与德军中使用的机枪名。

② 这里指法里,一法里约合四公里。

"那我问你我不能留下来的理由是什么？"米仓问。

"你是中国人。"

"就因为我是中国人吗？"

"这还不够吗？"有人反问道。

"我不明白，我们都是人，朋友，中国人与法国人有那么多差别吗?"米仓问。

大家听听这个中国人在说什么，'中国人与法国人有那么多差别吗？'真幼稚，可笑至极！"

议事厅里，一阵哄然大笑。

25 我需要这个男人

"以我看，还是把伊索尔叫来吧！"镇长说。

"这样做有用吗，镇长？如果伊索尔来能改变大家对我的看法，我想她会来的。"米仓说。

不过，说到这里米仓心里还是咯噔响了一下。他暗自问自己，我真的是为伊索尔才想留下来的吗？一开始他的回答是肯定的，可马上他就觉得不确定了。但是，伊索尔肯定是一个很重要的因素。

米仓知道自己刚才说得有点跑题，前线的事这些人听过不少，而且他们当中有人还照顾过伤员，有人埋过死人，只不过米仓所讲的与他们听到的，似乎有些不同罢了。一直以来，他们都相信由他们的亲人组成的队伍是一支刀枪不入的队伍，所有的士兵都是满腔热情，心甘情愿为祖国牺牲。可他们哪里知道，真正了解战争懂得战争的人却很少说话。战争留下的痛像伤疤一样埋在他们身体里，他们面无表情，眼神冷峻，只有战场上的稀泥软蛋才愿意将行军中被树枝划破的伤口露给村民看，才喜欢夸夸其谈吹嘘自己是英雄。米仓本来想把返回圣马耳(后来他才知道其实圣马耳、阿布维尔和努瓦耶勒，就像糖葫芦一样串到一起)时一路上的见闻讲出来，他没有想贬损法国人的意思，但他们也不像人们想象的那样英勇，哗变、偷盗、鸡奸、自残、内讧，他们的表现与任何战场上的士兵没有区别。可他不能这样说，他只能从另一个方面说服他们。

他说："女士们，先生们，我相信你们一直都以生活在这个自由、平等、博爱的国家为荣，那我恳请你们用你们平等、博爱的心，准许我留下。咱们在一起相处这么久，怎么也该有点感情吧，我恳请大家想想我们在一起度过的那些时光。"

"我们在一起度过的时光。一起度过的时光？"人群中有人用调侃的口吻重复着米仓的话。

有两个中年妇女在相互交换眼色。其中一个低声说，"我亲爱的小公牛，我们一起度过的时光，我当然记得，如果你答应留下来只做我一个人的情人，那我会同意叫你留下的。"

另一个也说，如果要是那样，她也十分乐意。

与那些军营的同胞们，尤其是在中国对德宣战①后的华工同胞相比，米仓真是算幸运的了。不管华工营里还有没有保留他的名字，至少他手腕上那个铜牌是被摘掉了。他和当地的村民一起参加附近的战斗，挖堑壕、抬伤员、埋死人，期间没有人给他一分钱，大家都觉得他干这些事都是自然而然的事，他不是法国人，可和大家天天生活在一起，即便有些闲言碎语，卢西亚也会站出来充当他的保护人（卢西亚就像他的合法拥有者）。自从离开中士卢西亚得知自己的未婚夫和哥哥都死在阿登森林后，她对米仓的态度就发生了一百八十度的大转变，她伤心，无助，觉得前途黯淡，在空无一人的村庄里过夜时，她还主动依偎到了米仓的怀里。米仓虽然不讨厌卢西亚，但也没有多么喜欢她。他之所以愿意接受她，完全是因为她的可怜和她的无依无靠。一路上他们是相依为命的伙伴，是共同挑战困难的战友，他们在兰斯稍做停留，又继续朝阿布维尔方向走。米仓感谢卢西亚，因为卢西亚完全可以拐道

---

① 中国于 1917 年 8 月 14 日宣布对德奥宣战。宣战后，一些华工被派往前线。

去往巴黎，还可以去往更远的马赛，她可以扔下他不管，这是她的国家，她有更多的机会和选择，她也应该去寻找自己的希望，可卢西亚留了下来，要帮他找到他的姐姐。

米仓和卢西亚来到圣马耳时已是黄昏。他们精疲力竭，步伐歪扭，相继晕倒在地。他们衣衫褴褛，浑身臭味，就像两个刚从垃圾堆里爬出来的人。他们把脸贴在地面上，累得眼睛都无法睁开，在那个时候，是尘土中含有的皮靴味与牲畜味鼓舞着他们，是村庄里住户亮起的灯给予了他们希望，是那几声或远或近的狗叫声带给了他们力量。他们沿着马路朝村庄爬去。最终，一辆晚归的马车发现了他们。

米仓和卢西亚被抬回屋里。人们为他们在如此寒冷的天气里，身上连一件线衣都没有居然没被冻死而感到惊讶。村民们为他们煮热汤，当然，并不是所有的人都对他们的到来表示欢迎，毕竟小镇也受战争之苦，十九到四十岁的男人全都去前线了，仅有的一个面粉厂也已关门三个月，村民们只能寄希望于地里那点食物，可战争又让大伙儿春天种不上，秋天收不成，夏天里庄稼长势正旺时，冷不丁遭受过往部队的踩踏或辎重的辗压，到头来依然还是颗粒无收。现在突然又多出两个人来，心里的滋味可想而知。可当人们把油灯挑亮，发现和卢西亚一起来的竟然还有一个男人，他的身体还那样壮实时，便从内心里充满了欣喜。有位妇人一直盘算怎样才能把这个男人弄回自己家，如果自己没那个本事，就让五法里外在临时医院里帮忙的女儿回来，女儿一心爱国把爱献给伤员固然没错，可那也不能眼睁睁看着母亲与弟弟、妹妹一起被饿死，更何况那些躺在病床上的伤员，除了能讲一些血腥的故事外，还能给她点什么呢？至于这个姑娘嘛，哦，那她还是早点离开小镇的好。

但怎么可能呢？不论以前卢西亚在哪，怎样一个活法，可现在她必须得和这个中国人在一起。因此她清醒过来，和镇里人开口讲的第一句话便是：他是我的，你们谁也别想打他的主意。米仓变成了卢西亚的私有财产。在私下里，卢西亚特意警告米仓，如果他敢不听话，敢离开她半步或背叛她，她就去警局告发他，无论米仓以前说的是不是事实，无论是联军还是当地政府，肯定不会让一个中国人在没有授权和管理的情况下，在法兰西的土地上自由活动，再说米仓还是一个杀人犯。米仓嘴上说不怕,但他还是必须保证自己有一个自由身。

来到圣马耳的第二天,米仓便欣喜得知姐姐米香和伊索尔,包括波丽娜,全都在这里。后来他从伊索尔那里得知,伊索尔和赵崇阳回到法国后,赵崇阳去英军华工营当翻译,伊索尔在华工营附近的部队医院里做护士,休息的时候,他们两人就一起回到圣马耳由波丽娜看管的老房子里住几天。而鲁本斯当时是某集团军某师的军需官,为了自己工作方便和保证米香的安全,也把米香安置在了圣马耳。西蒙回国后参了军,他在康布雷战役中丢掉了右臂,左脸上留下一道伤疤,然后回到圣马耳和波丽娜一起生活。战争留在西蒙身上的除了伤痕,还有两样东西,一样是自我的超脱,另一样却是世故。他整天在镇里游逛,他和镇长的关系要好,镇长总说看到西蒙就像看到自己的儿子。西蒙不知道镇长的儿子长什么样,但他知道这一切都因为镇长的儿子也曾当兵。士兵们如镰刀过后的麦秆一样前赴后继地倒在战场上,可自己还活着,这样的幸运让西蒙暗自窃喜。可是,自从米仓出现在圣马耳后,他就再也高兴不起来了,因为米仓是个健壮的男人,他受到越来越多女人们的青睐,这让西蒙又是嫉妒,又是恨。

因此,从一开始西蒙就建议镇长把米仓赶走。可愚蠢的镇长,似乎只看到这个中国男人的勤劳和好使,却没意识到那些发情的雌儿们①,就像久旱干渴的土地在盼着一场甘露。镇长为此专门去找卢西亚,既然这个中国男人不是卢西亚的合法丈夫,那他和她要想在镇上待下来,就必须得让这个中国人为全镇人服务。聪明的卢西亚,当然爽快地答应了。

可没过多久,就有一段据说是米仓亲口所说的话,在女人们的裙裾下悄悄流传:"美人!看你那么孤单,如果你今晚悄悄打开房门放我进去,我会让你忘记一切烦恼,只剩快乐的。我会是你床上的公牛,我要你借着月光看看我的强壮。""那头强壮的公牛"便成了镇上女人对米仓心领神会的暗语和特指。一

---

① 指发情中的女人。

些年幼的姑娘在不明其意时还曾纳闷,一个中国人怎么就成公牛了呢?可当几个老女人对这个头"公牛"的描述越来越绘声绘色,越来越细节后,慢慢地慢慢地,姑娘们就不由得把满脸通红变成一种心潮澎湃了。

猛一听,这事情有点奇怪,甚至难以理解。可静静一想就变得近乎常情了。波丽娜就是一个例子。那日,她从卢西亚手里拿到中士的来信,从中抽出相片,然后全神贯注地看着相片,欣喜若狂地举着相片让屋里的人看,又突然放大嗓门把信读了出来:

> 我最最亲爱的姑娘,波丽娜,你永远也想象不到我们在堑壕里的生活。哦,这些话我在前几封信中曾多次提到,不知道是哪里出了问题,但从你的来信中可以看出,你对我这里的情况依然一无所知。亲爱的波丽娜,实际上,我们就像牲口一样活着,敌人无休止的炮火把我们封在堑壕里,所以我们每天的生活可想而知,单调,沉闷,恐惧,暗无天日。我向上帝发誓,如果没有你的话,我早就冲向了敌人的枪口,要不已经自杀了。我活够了,觉得活着比死要痛苦百倍。可美丽的波丽娜,是你给予了我希望,每当我心里有一点点轻生或颓废想法时,我就想到你,有一个美丽的姑娘在后方等着我,那是多幸福的一件事。所以,我得活,好好地活着。于是我做梦都在祈祷这场该死的战争赶快结束,因为除了士兵们一个个去杀和被杀,我看不出这场战争有任何意义。有一次,一个晕了头的德国佬儿跑错方向,居然跑到我的防区,那家伙吓坏了,以兄弟们的意思直接把他枪毙拉倒。可我看他跪到我面前求我,他伤心,害怕。那时我就想到了你,波丽娜。当我把枪口顶到他脑门上时,我突然想是不是也有一个美丽的姑娘喜欢着这个家伙。尽管单单因为他的软弱与怕死,我就可以毙了他。但最终,我没有开枪,波丽娜,我把他交给了战俘营。
>
> 亲爱的波丽娜,请放心,我是勇敢的萨瓦①人,我是不会死的。我们一

---

① 萨瓦是法国的一个旧区名,在东南部,与意大利接壤,当地人以强壮著称。

212

起祈祷吧,亲爱的姑娘,趁我的大好青春与黄金生育年龄还没过去,让这该死的战争早点结束,我急着要向你求婚,我要和你生一堆孩子。等我,亲爱的姑娘,尽管我们这些长毛兵①要比那些资产阶级炮兵多付出十倍的代价。可毕竟,我是个长命的人,上帝不会忍心让美丽善良的波丽娜姑娘伤心……

"你们听到了吗?那个萨瓦人要向我求婚了,还要我为他生孩子,呵呵……"波丽娜说,"一个中士完全被我迷倒了,就因为我给他写了那些信。"

"可这是游戏。"有人说。

波丽娜对中士是游戏,那些女人们包括卢西亚对米仓,难道不是游戏吗?米仓一直是这样认为的。波丽娜一边念中士的信,一边评点。她的做法受到指责,女人们说她可以薄情寡义,但不该取笑中士,还侮辱中士的痴情。波丽娜才不怵阵,现实的困苦已经让她受够了,她本来是想和西蒙回法国来发财的,她才不想当什么英雄,她只需要弟弟向鲁本斯学习,通过这场战争让她的生活变得更加富有。可是,西蒙,简直就是一个白痴,经历过佛兰德斯的几次换防,又到阿登森林里熬过几个连风吹草动都以为是敌军巡逻兵的夜晚后,就如梦初醒了。战争,这里的战争和天津之战完全不同,在这里,除了到处是冲锋陷阵的机会外,其他的他什么也别想得到。波丽娜心灰意冷了,可这些女人竟然对她说三道四,可她们哪里知道自己在天津租界过的是怎样的生活啊,这些破女人,下巴佬儿……一个个仁慈、高尚,其实道貌岸然,谁不知道她们的自私与背后的那些龌龊事呢? 波丽娜就说,她可以将自己献身给中士,可而眼下,在中士没有回来之前,波丽娜瞅着米仓说:"这个中国男人和我也算老相识了,卢西亚,我看他是不是跟我走,要更好一些呢。"

"那可不行,波丽娜,你没看出来吗? 他是我的。"卢西亚立刻声明。

卢西亚的话,惹得全屋人都笑。谁也说不上来,她是在开玩笑,还是在当真。

---

① 当时步兵被戏称为"长毛兵"。

这个你说了不算,卢西亚。"波丽娜用挑衅的口吻说。

"对,这个你说了不算。"旁边马上有人帮腔,其中一个女人直截了当说,"我家屋顶漏了,我需要这个男人。"

"你当然需要这个男人,是你躺在床上的时候,需要这个男人吧!"有人说。

"你们这些家伙,总是口是心非。难道你们自己不是这么想的吗?"女人说,"是啊!这有什么不好意思,我承认我需要男人,很需要,难道你们有谁不需要吗?"

26 你不是中国人吗

"在没亲身经历之前,我一直认为我和你们有很多不同,譬如皮肤、语言、生活习惯,还有奉供的神。好像从一开始,我们就在两个世界里。"米仓接着说:"镇长大人,包括在座的各位,你们不也这么认为嘛。你们现在一定在想,面前这个中国人尽管也是一个鼻子,两只眼,一张嘴,两条腿,尽管他也是用手抓锄头,用脚走路,可他就像马戏团的小丑一样永远不属于这里。这点我完成可以理解。你们知道当我登上来法国的船时心里怎么想吗,知道当我找到我姐时,我想说的第一句话是什么吗?我想和我姐说,姐,咱们赶紧收拾东西回吧,这里不是咱家!可我把那个智者说的话忘记了。直到有一天,我姐拒绝了我,她告诉我说她不能离开法国时,我才猛然想起那位智者在那些四壁清冷悬月高挂的夜晚教导过我的话。他说,一切都境随心生,一个人的家在哪里,其实他的心在哪里,那里便是他的家。"

"继续说下去中国人,我倒要听听你还能讲出什么道理来!"有人说。

"我想,心安便是家不仅仅适合我们中国人吧,也应该适合天下所有的人。你们当中的有些人,在十几年前就曾说,没有经过西方宗教洗礼的中国人,就是一群没有归属感的野蛮暴民。可你们哪里知道,中国人更看重的是人情!暴民,什么是暴,我听说罗马人最初不也是暴民①嘛。我是说,暴民的'暴'远不是我们说得那么简单。我知道每个人都习惯用自己的标准去评判别人,但实际上这个标准常常怀有私心,有失公允。在座的大伙儿因为自己是欧洲人而骄傲,为有苏格拉底和柏拉图而自豪,而我们中国人也有自己文明的渊源,也有老子和孔丘那样的先圣,你们有罗密欧与朱丽叶,我们有梁山伯与祝英台。我听说,美拉尼西亚人的②婴儿诞生时,长辈要将一棵树苗种在埋有孩子脐带的地方,我们中国人,在新生儿的三天头上就会用红线穿铜钱辫出三道锁锁到神灵那里,保佑孩子成人。你们认为人死后会在天堂与家人相聚,我们也希望自己死后在冥国与亲人团圆……我还要再说下去吗? 我想说的是,我们大家其实都是一样的,我看不出有什么不同。我在天津坐牢的时候,那位智者告诉我说,世间万物,包括江河树木,都不是看上去的那样独立、简单,只要我们闭上眼去想象,那些山、那些岛、那些看似一根根冲向天空的竹子,似乎互无瓜葛,可实际上在漫无边际的海水下,所有的岛不都在一片岩层上吗? 那些地表之下的竹根,不是早就盘根错节连成一片了吗? 我们被表面上的概念和定义欺骗了,是这些概念和定义让我们刻意去分类,去界定,让我们人与人产生了距离,变得陌生,然后产生敌意。可我们有没有想过,如果我们抹掉这些东西,将大家视为自己的兄弟姐妹,我们还有那么多怨怼那么多仇恨吗?"

　　"大家听听,这家伙有多么巧舌如簧。他想用哲学家的口气教训我们,可他脑袋里装的真是这些美善吗? 他想欺世盗名,想编造漂亮的理由过关。"西蒙站起来对米仓说,"陈米仓,没想到你真是一只狡猾的狐狸,战争结束了,这里的男人死的死,伤的伤,你梦想要做这里的唐璜先生,不过,请你别忘了……别以为我不知道,你们中国以风流著世的西门大人③是怎么死的?"

---

　　① 古罗马被当作自由民主的政治典范,但罗马共和国是人民经过暴动,推翻埃特鲁斯坎人的统治才建成的。

　　② 太平洋西南部美拉尼西亚群岛的一个民族集团,所罗门人、瓦努阿图人、新喀里多尼亚人、斐济人等。

　　③ 指《金瓶梅》中的西门庆,因纵欲过度而死。

"西门大人是谁？"几个女人不约而同地问西蒙，她们心想，难道比唐璜先生还要风流？

"住嘴，你们这些臭女人。是你们把这个中国人惯坏了。我们绝不能留下他。"西蒙说。

米仓没去理西蒙。他继续说："从第一天来这里，我就发现这里与伊索尔先前给我描述的完全不同。我看不出这里的美在哪里，除了房屋造型奇怪一些，我不知道这里与我的家乡有哪里不同。到处都是破破烂烂，到处都是臭气熏天。"

"这是战争的罪过。"有人插嘴。

"所有人无一例外地缺穿少吃。"米仓说。

"是的，因为这里在打仗。"

"我是说这景象我太熟悉了。伊索尔给我讲的美丽如画的家乡，怎么变成一坨臭狗屎了呢？我当然知道这是因为战争。可当时我心里还想，原来自视高傲的法国人他们的家乡也被折腾成臭狗屎了啊！从内心里我还有点幸灾乐祸。"

"这我相信，陈米仓，因为你彻头彻尾就是个卑鄙小人！"西蒙说。

"你可以这样骂我，西蒙，我承认我想报复。当我见到伊索尔，发现她的穿着还不如在中国，我就想，啊，你们这些自视高贵的人，这个永远只会用下眼看别人的国家，居然也有今天？过去，你们总笑话我们无知、愚昧，现在好了，战争把大家拉成一条线，可以平起平坐了，我们一样饿肚子，一样担惊受怕，一样朝不保夕，一样为没有音讯的亲人揪心……每次想到这些，我真的就会笑！可是，随着我和大家相处的时间久了，我慢慢变了，尤其是当我知道自己是女人们心中唯一一个令她心满意足的好劳力时，我就笑不起来了，镇上这么多人，本来有那么多男人的，家家本来过着男人、女人、孩子的日子，可一场战争，唉，我倒成了大家的宝贝，大伙儿以为我会高兴吗？我不是说自己的体力比希腊人①不差，也不是说通过学习我也可以朗诵几首莎士比亚的诗，我是

---

① 不少法国人认为希腊人精明能干。

216

想说这么多女人、孩子,他们的丈夫、孩子的父亲,他们去了哪里啊?又凭什么得去送死啊?于是我尽我的能力去帮大家。"

"所以,你要尽了小把戏,还披上了忍让的外衣。"西蒙不屑一顾地说。

"对不起,西蒙,我从小受父母教育,做人要先学忍让,但我从来没有把它当外衣。我能活到现在,忍让起了很大的作用。过去很多人看不起我,说我醍醐,骂我小人,但他们不知道我是在忍,忍不应该算是软弱吧,西蒙先生。"米仓说。

"狡猾的狐狸!那么你对卢西亚呢,你是在忍?对伊索尔呢,你一直也在忍?"有人问。

米仓却不接说话人的茬儿。

"镇长大人,刚到这里时,我没想过自己会在这里能这般从容地生活。在脑子里,我总是提醒自己我的家在中国,在这里,我除了保命,就是为找姐姐。等找到我姐,我要告诉我姐,这种栗色头发、白皮肤、高鼻梁、薄嘴唇的外国人就长一张好嘴①,我甚至都认为这种长相的人从来不会口吃,他们说的每句话都是在骗人。我要告诉我姐,鲁本斯是怎样用谎言与毒品谋害了她。为此,我答应了卢西亚的全部要求,包括在公开场合我都听她的话。她有权像对仆人那样命令我,我却不能对她不尊重,即使在床上也不得反抗。镇长大人,你大概还记得每次有村民到你那里请求要我帮忙时,你来找我,我从来都是找借口或装着听不懂你的话吧。然后,你和卢西亚商量,经她同意后,我才能点头。而且,卢西亚准许我去谁家,我才能去谁家。当然了,卢西亚心里和明镜一样,她什么都知道。她心情好的时候,她会不加任何条件,甚至还不忘暧昧地提醒,我可以满足那个女人任何要求,'任何'你明白吗,镇长大人?可她要心情不好,她便会下任务,当然她管不了我在别的女人家里发生的事,但回来后,她会要我上床,还要向我索要带回来的东西。"

"你终于承认了,你想留下的真正原因是那些厚颜无耻的女人,是那群肉

---

① 中国的个别地方认为嘴唇薄的人能说会道。

堆儿。"有人说。

"不。是我自己想留下。在这里，真的有我没有完成的事。"

"什么事，中国人？是还有哪位丈夫死在战场的寡妇没请你光顾吗？"有人呵呵地笑。

"不是。"米仓很严肃地说。

"那就是法兰西的先进了，这里的先进让你再也不想回到那个落后的国家了。"

"又来了。又给我讲什么'先进'，有谁愿意站出来给我讲讲什么是先进吗？难道用刀叉吃饭，就比用筷子先进？据我所知印度人至今还用手抓饭。在天津时，我和一位法警争论过，他坚持说刀叉是文明的象征，从医学的角度来说，几个人用筷子在一个盘子里夹来夹去不卫生。哦，算我妄言，难道印度人最终都会死于疟疾吗？那位法警马上端起枪，他说枪是先进，它可以在几十码外送人下地狱。那是当然，比起长矛、菜刀、弓箭，开枪要一个人的命是容易，可那是在要一个人的命啊！西蒙先生，你去过战场，难道你没领教过这种'先进'带来的残酷和可怕？榴弹炮，重机枪，坦克，战舰，毒气，再看看我们的圣马耳，这里的房子都是大家亲手建起来的，难道大家建起它们来就是为了毁坏？几千年来，我们大概从来没有见过如此的先进，可我坚信要不是有这么先进的家伙，我们也不会失去那么多的亲人。这样的先进我觉得没有也罢。"

"行了，中国人，我们没时间听你胡扯。尽管战争让我变成了废物，我恨透了战争，可我依然感觉自己无上光荣。我们的国家既然是为人民而立，人民自然也就应该为保卫国家而付出代价。中国人，你这可怜鬼，闭嘴吧！不要再用花言巧语来骗大家，滚吧，中国人，如果你要真像你所说的那样伟大，那你就该兑现承诺回你的国家去。"西蒙打断米仓说。

"承诺？什么承诺，西蒙先生？我可不记得对你做过任何承诺。"米仓说。

"你难道不是中国人吗？在过去，这里因为战争需要你们，所以才到中国招工。现在战争结束了，一切都结束了，你也该和那些华工一样，回你们国家去了。"西蒙说。

"我有权选择留下。"

"我们也有权对你的留下说不。"一直坐在人群中不说话的鲁本斯,终于开口说话了。

"你听到了,米仓,你是个不受欢迎的人。如果我没有说错,就连你姐姐都不希望你留下。因为你让她蒙羞。你伤透了她的心。你在孤军奋战,米仓,你没有看出来吗?"鲁本斯说。

"我不相信。"米仓说,"如果在座的当中有人还有良知的话!"

"中国人,你为什么这么天真,也许你寄希望伊索尔,可这个小贱人连站出来面对大家的勇气都没有,你死了心吧,这是欧洲,是法兰西,你的异想天开只能是痴心妄想。"西蒙故意取笑米仓,"其实你的处境你自己心里明白,你知道这里没人愿意让你留下。哦,哦,哦,米仓啊,米仓,本来你可以用一双忧伤的眼睛来打动我的,本来你可以像只流浪猫喵呜喵呜叫几声的,可你死要面子,装得那么强硬。我不知道你那些欺世盗名的谎言还能支撑多久,如果你识趣就该宿命一点,现实一点,亲爱的,我的朋友,念在我们朋友一场,我劝你还是走吧,像个男人,别厚颜无耻在这里强撑,倒让别人看自己的笑话。"

"我没必要装,西蒙,我句句讲的是心里话。"

"哦,看来你对自己很有信心。"西蒙不屑地一笑。

"我不会放弃。"米仓说。

有人站出来赞同西蒙的说法,再次强调这是法国,是法兰西人的家,无须听一个中国人为自己无理的要求辩解。希望镇长拍板定案。可镇长不知出于何种原因,一直犹豫不决。

"米仓先生,你为什么这般固执?"镇长终于开口了,他问米仓,"是因为你的国家太穷?是贫穷让你放弃了对自己国家的爱?"

"不,镇长大人,贫穷固然可怕,可对我来说早已习以为常。一直以来我就觉得自己像活在地窖里的人,我习惯了阴冷也就不觉得阴冷有多冷了。这么多年,我从来没有因为贫穷和苦难去害怕什么,甚至有时我感谢这些苦难。"

"直截了当点吧,米仓,说出你的理由,是因为你姐姐?"镇长问。

米仓没有反驳镇长,但也没有承认。他说,这算其中的一个原因。

西蒙突然呵呵笑。他替米仓说出原因:"那就是伊索尔……镇长,他在等伊索尔出场。"西蒙说,"我们的'公牛'先生在等伊索尔当众宣布把他留下。可是我们的伊索尔呢?她为什么不到这里来,大家应该都明白。"

米仓不搭西蒙的话。他转头去看卢西亚,去看波丽娜,去看那些曾经依偎在他怀里道尽苦水,还哭个没完的女人。她们都像做了亏心事一样,目光刚刚碰到米仓就赶紧闪开了。米仓知道她们隐藏了内心,在这个时候,谁站出来为他说话谁就会成为众矢之的。米仓不怪她们,即使是卢西亚。

于是,米仓就笑了。他的笑让女人们心惊肉跳,她们担心在被逼无奈的情况下,这个中国人会把他和自己的丑事说出来。她们彼此你一句我一句地低声争论。窗外已是暮色葱茏,镇长不得不决定先行散会,米仓的去留问题,等第二天再行商议。

27 冰冷的石墙

这晚注定是不眠之夜。人们在讨论陈米仓这个中国人以及白天里他说的那些话。从内心讲,有几个人会在乎陈米仓是中国人、日本人,还是哪国人呢?如果要派人挨家挨户去做个统计,更多的人挂在嘴边的大概只会是"陈米仓那个能人",顶多会有几个开玩笑的中年妇女会笑着称他"公牛"。

"公牛"这个响亮的名字按到米仓身上,起初米仓并不知道。有一次,他在路上遇到两位尚未结婚的少女,她们与他迎面相遇,她们大老远盯着米仓看,而当他热情地和人家打招呼时,两位少女却相互扯扯衣服交换一下眼神,从他身边诡异而快速地闪开了。他心里清楚自己并没有与她们有过肌肤接触,可她们暧昧和颇有暗指的窃笑,让他觉得是不是自己刚才蹚过水洼时,脸上落了树叶或粘了泥巴。后来,他帮一位大嘴巴的农妇在田里收土豆,才从她那里得知当地的女人早已经这么称他了。

"哦,亲爱的,你觉得自己的名字怎么样?还满意吗?"农妇在地里大声问米仓。

"什么,夫人,你在说什么?"

"你的名字啊,公牛,我觉得这名字很好听。"女人说,"既简洁,又明了……"

当时农妇特意用重音重复了"公牛",然后收起笑脸,跑过来把上身凑到米仓胸前说,"亲爱的,听着,我要是你就让所有人这么叫我,谁不这么称呼我不依她。你自己细细感觉一下,亲爱的,公牛,公牛……啊哈,多带劲儿,这可比弗朗西斯科、弗拉基米尔·尼古拉耶维奇、圣彼得、山本太郎、詹姆士、安德烈、肖恩有意思。"

米仓不说话。他觉得自己就像一只茅厕里的蛆虫,令人恶心。农妇咻咻地笑,似乎仅仅这个绰号就足以让她把面前这个中国男人看个淋漓尽致。米仓觉得可悲感到无情,他想辩解,说事实根本不是那个样子,即便自己做劳工,一天还有一法郎、十五格令①茶叶的保证呢,自己在这里帮村民修葺房屋、耕作农田、打扫街道……几乎干了所有重体力的活,这里的男人们都上战场了,他同情留在家里的女人,深知她们有难处,所以他努力想多为她们做些自己力所能及的事,让她那可怜心得到慰藉,就是床上那点事,如果不是女人期期艾艾地求他,如果不是她们歇斯底里几乎要发疯,他完全可以拒绝她们。可不想她们反倒把他当作畜生,当作工具,当作笑柄。

那时米仓到镇上已经七个月了,每天罪孽的阴影正在没完没了折磨他。出力、受累、流血、流汗他都能接受,但女人要他完成那种事,他没有办法说服自己。他过不了心中的那道坎,他是男人,却不是那种供女人享用的男人。卢西亚看出了米仓的心思,她出面开导米仓,说这是战争时期的特殊情况,如果有自己的男人在,哪个女人会不顾廉耻愿意让人在背后指指点点呢!米仓依然无法接受。他和卢西亚进行了针锋相对的争吵,他再次强调自己是人,不是配种的猪。"谁让你去配种,我是要你去安慰那些可怜的女人。"卢西亚把米仓摁到床上,骑到他身上,她用双手揪他的面颊,瞪着眼睛教训他:"你这个混蛋,难道你是圣人吗?难道你就没有一点生理需要吗?上帝给你身上安了那个

———————————

① 英国的一种重量计量单位,一磅等于十六盎司、七千格令。

物件只是摆设吗？你这个混球……鬼才知道你背着我曾经和多少女人干过，反倒在我面前故作清纯。我问你，陈米仓，如果你说和女人做爱有罪，那么我们吃饭、睡觉、走路，都有罪了，因为做爱与这些东西一样，是我们的本能。那些女人的男人在战场上与德国佬儿拼命，她们在家独守空房，如果每个女人只要保住该死的贞洁就能多要一个德国佬儿的命，那我第一次带头。上帝啊，宽恕我的妄言！"卢西亚说到动情处，突然哭了，她说，"男人们在前线饥寒交迫，日子不好过，可是女人们在后方少穿没吃，还要养大他们的孩子，日子就好过？事实上那些前线的男人们也没有闲着啊，我不就是被一个……当然了，当然了……"卢西亚蓦然觉得和米仓讲再多道理也没用。她开始像个巫婆一样训练米仓，教他怎样才能不把精液射进女人体内，因为女人只要不怀上别人的孩子，那她就不算对丈夫构成伤害①。米仓不知道卢西亚这些离奇古怪的想法从何而来。"是啊，是啊，既然上帝不要求人类像动物那样按季节做爱，那就说明做爱对于人类来说，已经不只是单纯为了繁殖，性成了男女间一种天然的愉悦与享受，就连上帝也没有规定这种愉悦与享受必须从配偶那里得到。仁慈的上帝没有鼓励偷情，但也从未讲过偷情有罪。"卢西亚说。米仓为卢西亚的话感到震惊，可不容怀疑的是，他确实发现当地人对偷情的宽容要远远超过卖淫。

那天晚上，月亮又大又圆。米仓手撑前额，坐在屋门前。他累了，寂静的夜让他感觉浑身疲倦。他知道自己再也不可能像在加莱那样去敲卢西亚的门了，也不能去讨扰伊索尔，所有的女人都像接到圣令一样对他门户紧闭。兴许，姐姐的门还为他开着。是啊，出于亲情与无法抗拒的爱，她应该这样，但他又不能去，他不能给姐姐再添麻烦。正如鲁本斯所说，他给姐姐丢尽了人，她在为有这样一个弟弟失望。于是，他只能希望镇上的人能记起这几年里，他对他们的好。

可是他们……米仓想大吼大叫。难道就因为自己是一个中国人？陈米仓

---

① 很多基督徒女人都这样认为。

搓搓手,拍打着自己的膝盖。他起身来到镇政府门口,他看着清悠悠的月光下空荡荡的广场,感觉自己就像一个孤魂。他想象着伊索尔的父亲雷瓦尔在这里曾经被镇长拦下,他本想和伊索尔一起抹去那些流浪、战乱、分离、苦难的环节,直接接续她美好的童年,他坚信,包括伊索尔、卢西亚在内的一部分人是同意他留下的,只是到目前还没有一个人勇敢地站出来为他说话。米仓思索着,残酷的现实令他怀疑自己可能太过自信,兴许从一开始这些外国人就把他当成一个小丑,随着战争的结束,游戏也结束了,他不再有利用价值了,当然就该滚蛋。他由此产生了从未有过的挫败感,觉得自己也许该接受大家的建议,悄悄离开。他用肩膀无力地依在冰冷的石墙上,慢慢扫视着那些高低不一的房子,也许真的是该离开了……这样的想法,使他感觉无比的忧伤。

米仓离开石墙,缓步走进月光,一串亮闪闪的泪花挂在脸上。米仓悄悄地来到姐姐家门前,他看到姐姐坐在客厅沙发上双目呆滞,神情空茫。她的丈夫鲁本斯就坐在她对面。这位踌躇满志决心干一番大事的男人,几年下来理想也没有当初那么宏伟了,他跷着二郎腿,茶几上的烛光暖暖照着他。他学会了抽烟、酗酒,他已经不再是修士,他就是一个彻头彻尾庸俗的生意人。

"你真心愿意让他走吗,亲爱的?战争结束了,我们的日子慢慢会好起来。"

米仓听到鲁本斯在问姐姐。

米香没有说话。

"现在疫病①还在蔓延……"鲁本斯停了停,继续说,"他是你的弟弟,回到中国,他也是一个人,而你在这里,哦……你一点儿也不为他担心吗?其实,咱们,也许也需要一个……我是说,米仓毕竟是你的弟弟,亲爱的,一个男人和女人睡觉,其实算不了什么。"

"可他不应该和伊索尔。"姐姐开口说话,"他和谁在一起,我不管,可他就是不能和伊索尔,如果让他留下,恐怕……"

---

① 指发生 1918 年至 1920 年间的那场世界性大流感,很多人由此产生了恐惧心里。

"你是为这个才决定赶他走的吗？"鲁本斯说,"你有没有为伊索尔考虑过?"

"那是她的事!"

"那么卢西亚呢?"鲁本斯说。

"别逼我,鲁本斯,我不知道,我脑子里乱成了一片!"

米仓通过门缝看姐姐,觉得姐姐根本不了解也不理解自己。自己为什么不能和伊索尔在一起?就因为赵崇阳吗?还是因为卢西亚?米仓抹了抹泪。便又去往伊索尔的住处。他要和伊索尔有个了结。没想,当他来到伊索尔家门口时,却发现卢西亚正在。卢西亚来干什么?是和伊索尔谈判吗?他看到卢西亚和伊索尔促膝以对,平静如一对姐妹。

"看样子,是留不下陈米仓了,伊索尔。"卢西亚说。

"你也不想让他走,是吗,卢西亚?"伊索尔和卢西亚说,"至少你该站出来。"

"实在抱歉,伊索尔。我不是没想过,可你要知道,我一旦站出来会是什么结果。那些女人们恨透了我,而我又不像你,那么深得大家喜欢。"

"大家?"伊索尔冷冰冰地说,"如果他们真心喜欢我,就不该那样对陈米仓。"

"不,伊索尔,站在男人们的立场,是不会有人希望他留下的。没有一个男人会傻到那种地步!"卢西亚一改平日里的跋扈,变得温柔起来。

"看来,我们毫无办法了。"伊索尔绝望的眼神如临深渊。

"我们应该想想别的办法。据我所知,镇长当年欠你们家一份人情,伊索尔。"

伊索尔抬头看卢西亚,但马上又垂下眼帘。当年出于私心,镇长夸大事实把伊索尔一家骗到安南,为的是让自己的侄子接替伊索尔的父亲得到那份当地行医的工作。可事情毕竟过去那么多年,伊索尔怎么好以此要挟镇长。于是,她冲卢西亚摇了摇头。

"这就是你绝情了,伊索尔,你们从小在一起,这么多年经历了风风雨雨,"卢西亚说,"我知道你恨我……上帝啊,这里的女人都恨我。但是我向你保证,伊索尔,那家伙根本不喜欢我。"

"那不可能。别骗我了。"

"你应该知道,伊索尔,那家伙大老远从中国跑到这里,就是为了你,你还看不出来吗?"

"不,卢西亚。"伊索尔说,"是为了他姐姐!"

"那样的借口你也信?哦,当然也许有些因素在里面。"

"不可能。"伊索尔说。

"不可能?"卢西亚说,"他可亲口跟我说过,他跑来是为了保护你,他还提到达尼埃尔神甫。"

"保护我?"

"是的。一个男人去保护一个有家有丈夫的女人,伊索尔你觉得真实吗?你不觉得他是在说谎?他就是喜欢你,也许这一点连他自己也说不清楚。你知道吗,有一次我在背后说了你几句坏话,他居然跟我翻脸。"

这时,远处出现了一阵脚步声。是波丽娜和西蒙来了。陈米仓只好躲进旁边的阴影里。波丽娜和西蒙是来叮嘱伊索尔的,要伊索尔咬定让米仓滚蛋。从一进门西蒙就强调这里是法国,绝不能让一个中国人留在这里。

"为什么要这样,西蒙?"卢西亚问西蒙。

"还用问吗,卢西亚?陈米仓这种人,贪婪、肮脏、无知、粗俗,你还没有受够?"西蒙转头又对伊索尔说,"哦,我亲爱的表妹,你是有丈夫的人,难道你要违背誓约,放弃忠贞吗?你别忘记自己的信仰,你应该守素安常……"西蒙侧目看一眼卢西亚(意思是她也包括在内),"难道,你们还要继续……奸淫下去?"

"怎么能这样说呢,西蒙,当年我是得到神甫允许求得天主宽宥的,我和赵崇阳结为夫妻,虽在教堂举行,但严格意义上讲我们并没有举行圣事①,并不算……而且赵崇阳自己也说,他只是求了信德……"

---

① 天主教认为只有做了严格的圣事,得到教会认可,婚姻才算真正成立。

"伊索尔,你不要罔顾事实,当时我就在场,难道为了一个贪婪无知的家伙,你宁愿让自己罪上加罪?"

"我没有,西蒙。"

"可你在撒谎! 伊索尔,你在骗天主! "

米仓在门外听得真切,自是满腔怒火,恨不得冲进去撕烂西蒙的嘴。他真希望经历了这么多,伊索尔能看清这个世界的本质,能体会到所谓的信仰其实只不过是一种选择,对一个人来说,如果信仰带给她的是不幸与痛苦,哪倒不如释怀一些罪恶一点,放弃信仰好了。米仓记得达尼埃尔神甫说过,无所不能的主能解决一切纠纷,能排解民族争端,让国与国不再有战争,不再整军备战①,可是为什么……米仓希望伊索尔有力地回击一句西蒙,为什么现在到处是仇恨,世界各国并没有因为信仰而变得和平,反倒是因为信仰到处在制造血腥与杀戮。天主要人们把刀打成犁头,把枪打成镰刀,可实际上,人们餐桌上的铁勺不是都被拿去制造杀人的枪炮与子弹了嘛,不也正是那个所谓的基督世界最高尚的民族②,把世界拉进了一场可怕的战争嘛。这就是信仰的作用?

"是的,西蒙,你说对了,我也有同感,那家伙肮脏、无知、粗俗,要不是我逼他,他从来不会主动洗澡,他很无知,直到现在还相信天圆地方,还那般粗俗……"卢西亚不由地为自己脑子里出现在画面发笑,"你知道吗,那家伙总是一边嚼饭,一边和你说话,吃饱了还当众打嗝放屁,他随地吐痰,还有……"卢西亚跟伊索尔说,"可能所有的中国男人都喜欢吃饭时就大葱,他吃起葱来就像头驴,还说自己是在吃仙草。伊索尔,在你面前的时候,他也这样吗? "

"卢西亚,如果你去他们的国家看一看就明白了,那里的情况比你想象的要糟。他们迷信,自以为是,斤斤计较,喜欢搞团团伙伙,和人交往总是工于心计,只要给钱他们什么事都能做得出来,他们人前一套背后一套……所以,我们绝不能让这样的人留下,他会败坏我们的风气! "西蒙说。

---

① 见《旧约·以赛亚书》第二章第四节。

② 指德意志民族。

"真是这样吗,伊索尔?你可是有过一位名副其实的中国丈夫。"卢西亚问。

"确实是……"伊索尔停顿了一下,马上又说,"有一些人是有那种习气,不过……"

"不过什么,伊索尔?"波丽娜插嘴问。

"他们也有他们的可爱之处。"伊索尔说。

"我早就猜到你会这么说。"波丽娜说,"我要是你,既然背弃信仰,就选择跟他走……而不是选择让他留下,伊索尔表妹。"

"波丽娜,我从来没有弃主,我一直祈求天主饶恕,除非天主弃我,不愿接受我的祈祷。"

"总之你不能让那家伙留下。"西蒙说。

"为什么?"卢西亚问。

"不为什么,卢西亚,谁要让那家伙留下,那她就先将离开,这就是我的决定。"西蒙说。

伊索尔意识到自己稀里糊涂成了问题的核心。在和卢西亚聊天的时候,她觉得自己也许该站出来替米仓说话,可是自己毕竟是有丈夫的人啊,按照教规她不能违背婚约再嫁。可卢西亚没有这样的限制,她可以给米仓一个安定的家。至于米香那里,从一开始伊索尔就相信她是在违心说话,弟弟要留下,作为姐姐那是多么开心的事情!米香很可能担心的是弟弟留下来日子怎么过,与其让弟弟在异国他乡受苦受累不说,还要受气,那倒不如狠心把他赶回中国去。可伊索尔始终觉得,卢西亚无依无靠,米仓也孤身一人,他们在一起是再合适不过了。战争结束了,镇上的男人们却没有振奋起精神来,战争的阴影让他们宁愿整日泡在酒馆里说些醉话,也不想干活。对卢西亚来说,与其找个那样的男人一起生活,那倒真不如找米仓。

可西蒙和波丽娜这么一来,显然是来逼她表态的。自己该怎么办?伊索尔犯起了愁。

28 有丈夫的女人

　　第二天，人们聚集到镇政府门前的广场，那场面就像古希腊的公民大会①。这次，在镇长的要求下，米香和伊索尔也来参加了。经过一夜的思考，一开头就有人站出来讲自己的物种纯洁性，那人暗示，如果让一个黑头发黄皮肤的中国人留下，无异于在一群绵羊群里放入一只山羊②，这是多么可怕的一件事情啊，因为那种原本的、纯粹的、稳定的东西一旦被改变或破坏，就会带来变异性的突变，并且会深远地影响到未来。

　　人们开始冷静地思考。持续四年的战争彻底将原有的世界打乱了，人们清楚地记得，驻在努瓦耶勒的最后一支法军从门前开过后③的第二年，英国人就在努瓦耶勒的旷野上修起营地，盖起长方形的木房，以每十四栋作为一个单元，每个单元还用八尺高的铁丝网进行隔开，每个门口都安排有士兵把守。那些营地里住进的却不是士兵，而是一群穿着统一服装，腕上带着标牌的华工。那些中国人，看上去懵懵懂懂，样子憨实，当地居民当然不知道这是中国政府的谋略④，他们看到的只是中国人结实的身体和干起活来像机器一样的不知疲倦。人们不知道政府为什么要雇这些中国人来，但后来他们才意识到，联军必须得靠这支不是部队的部队赢得这场战争，经过两年多的交战，双方伤亡惨重，在难分胜负双方僵持的情况下，这些中国人就是那一根用来打破

---

　　① 古希腊公民大会起源于公元前11–前9世纪，当时称人民大会。由王或议事会召集，全体成年男子参加，讨论、决定部落的重大问题。

　　② 在西方宗教中，绵羊代表顺服神，山羊代表叛逆神，所以山羊的形象被广泛用来形容恶魔与异教徒。

　　③ 指1915年。

　　④ 当时北京政府想通过"以工代兵、以铲代枪"的方式主动参与战争，以争取战后的话语权。

天秤平衡的稻草,他们就是拯救整个人类^①于危难之中的大救星。可你们毕竟是来帮忙的啊,如今战争已结束,需要帮的忙帮完了,你们就该离开了,否则,你们就是……乘人之危,或想在借世界秩序重新洗牌的混乱中谋取好处。几乎所有的人都这么认为。因此,大家都认为米仓选择留下是另有所图。

陈米仓当然不承认。就在人们为他的去留问题大伤脑筋的那一夜,他自己也曾想过这个问题。他换位思考,把同样的问题摆在自己面前,问自己为什么会有如此强烈的想法要选择留下,难道真的是法国的风景比中国美,法国女人比中国的漂亮吗,还是因为姐姐米香或伊索尔。他知道米香和伊索尔占了很大因素,但那是一种情一种爱,而不是责任。他一点儿也不为自己付出那么多而两手空空地离开感到遗憾,他总觉着有种潜在的不可推卸的使命要他留下来,而这个使命的传递者,不是别人,正是赵崇阳。如果……陈米仓想,如果所有幸存下来的同胞都返回中国,那么他们在欧洲土地上的这段历史会有人去保留吗?还有那些葬身在这片外国土地上的同胞,还会有谁去料理他们的后事?更何况他自己与赵崇阳之间的事还没有了结,是啊,即便自己要离开,那也不应该是现在,起码他需要见赵崇阳一面,他想和他说说自己与伊索尔之间的事,还有就是……

人们窃窃私语,把焦点的目光落到伊索尔身上。这次伊索尔是躲不过去了。她必须得面开口。

"我知道大家在等我,那我就讲一讲吧!"伊索尔看了一眼西蒙和波丽娜。他们坐在她的右侧。卢西亚在左侧。伊索尔慢慢起身,看上去很是疲倦。她说:"大家都知道,我是个有丈夫的女人。"

在场的人全都安静下来。

"我一直都用这句话提醒我自己,无论天主是否宽宥我,可我始终信奉天主,感谢天主的赐福,包括在我最为崩溃弃绝的时候。可是,我毕竟是一个罪孽深重污点重重有负天主恩赐的人。我承认,一直以来,我想摆脱这种罪恶,

---

① 很多当时的法国人认为,德国在第一次世界大战中是对全人类宣战。

我却始终没能成功。"伊索尔咽了几口艰难的唾沫。

"得了,伊索尔,别那样矫情,在座的大家哪个没有经历过噩梦呢?"波丽娜说。

"我不想讨论什么噩梦,波丽娜,我只想讲讲我自己。"

于是,人们集中起精神来,想听听伊索尔怎么讲。尤其是那些女人们。

两年多前,伊索尔之所答应和丈夫回法国,是因为她希望在一个陌生的环境里赵崇阳可以告别过去。她相信赵崇阳能用崭新的眼光看待自己,尤其是在努瓦耶勒赵崇阳找到受人尊敬的工作后,他应该对自己有自信了。尽管刚进华工营,因为他是中国人,赵崇阳受过一段时间歧视,但当对方慢慢知道他不仅懂法语,还可以用流利的英文交流,有过银行工作的经历时,军官们便开始对他刮目相看了。晚上,他回到家,抱起伊索尔热恋恋地告诉她,一切全都过去了,他们的幸福生活即将拉开帷幕。他说他再也不在乎什么西蒙东蒙南蒙北蒙了,伊索尔是他的妻子,他爱她,就够了。他真真切切是这么想的。那段时间里,他变得像个春风少年,他像对女神一样对伊索尔,可是没过多久,有一天他却垂头丧气地回来,说他在车站遇到了鲁本斯先生,鲁本斯正带着西蒙和波丽娜来找他,一种替罪羊的感觉马上又重新控制了他。鲁本斯给予他故友重逢般的热拥,可他觉得鲁本斯终于又找到了他这个倒霉蛋大傻瓜。鲁本斯在他面前夸赞西蒙的变化,希望他既然娶了法国女人,就要像爱自己的女人一样热爱这个国家。赵崇阳连声称是,脑子里却一片空白。西蒙来到他面前,说自己已是一名正规军军人了,希望看在伊索尔的面子上,赵崇阳不计前嫌地去帮他照顾自己的姐姐波丽娜,至于过去的那些……那些糊涂事,过去就让它过去吧,毕竟大敌当前,他都准备为自己的国家牺牲生命了,还有什么心结打不开呢?西蒙与之前相比,看上去确实判若两人了,但所讲的话赵崇阳却听不出有一点真诚。大敌确实当前,但与自己有何关系呢?西蒙从鲁本斯那里搬来了那套正义超越民族、超越国界的理论。赵崇阳完全被眼前的突兀懵住了,在他听鲁本斯说为了方便工作,自己也要把妻子米香托付于他时,他居然没有问鲁本斯,一个不明不白早在天津就已消失的女人,什么时候突然又出现在法国,竟然还成了他鲁本斯的妻子了呢? 就那样,赵崇阳彻底被打回到原点。他知道自己完了! 可他从小接受的教育与血液里流淌的东西,又让他不能拒绝。正义,为打退侵略者,为让同胞们快快结束骨肉分离、家破人亡的日子! 哦,他只能选择接受。

赵崇阳是跟伊索尔这样讲的,一字一句,甚至带着伤心的哭腔。当时,伊索尔却为赵崇阳高兴,哪怕是违心的,毕竟自己的丈夫从自己的小卿小我中解放出来,变得不那么小气了。

讲到这里,伊索尔预感到人们认为她是在为自己开脱罪名。因为在人们印象中,赵崇阳,陈米仓,这两个中国人有着天壤之别。如果现在把陈米仓换成赵崇阳,问题大概就要简单多了。人们当然愿意让谈吐文雅、举止绅士、博学多知、又乐于助人的赵崇阳留下。因为赵崇阳没有一点点华工的恶习,在那次大败的复活节攻势①中,赵崇阳还勇敢地从战场上带出了十几名华工,想象那炮火连天的场面,一个文弱的书生,没有武器,却从敌人枪口下带出了自己的同胞,是何等的光荣。另外,每次赵崇阳从华工营回家(那时,伊索尔还和波丽娜一起住在父亲的老房子里)总会给大家带些食物回来。仅此两点,大家就觉得,伊索尔就比那些丈夫在前线不知死活,田地被毁没有收成,而孩子们因为饥饿又哭又闹的女人,不知要幸福多少。赵崇阳还让伊索尔把食物力所能及地分给村民。所以,赵崇阳在当地人眼中是英雄,是好人。大家都该喜欢,甚至是敬重赵崇阳才对。

波丽娜就经历了这样一个过程。在圣马耳第一次见赵崇阳时,她对赵崇阳保留着过去的看法,认为赵崇阳学究、小气、是个又傻又呆的书生。所以,当赵崇阳提出要把带回的食物分给村民时,她就第一个站出来反对。赵崇阳便带她去邻居家看那些可怜的孩子,孩子的父亲在前线打仗,赵崇阳说:"说不定那位父亲得到主的授意,正在前线照顾你的弟弟西蒙呢!" 提到前线,提到

—————————————

① 发生于 1917 年春季的阿拉斯。

西蒙,波丽娜的态度就开始转变了。本来,她和那个中士通信就是希望中士能在前线多多替她照顾西蒙的,可中士和西蒙根本不在一个师。不过,相比于别人,她从中士那里得到的前线情况更为真实一些,中士在信中说前线情况很糟,每场战役士兵们都死伤过半,他希望她在后方赶紧抢上一个男人,哪怕他还是个十四五岁的少年,因为照他的估计,如果战争再不结束,用不了多久全法国的男人就会全都葬身战场,而他心目中美丽的法国女人只能成为中国、西班牙或阿拉伯男人的妻子。"男人们在前线流血牺牲,可他们的爱人,那些不要脸的女人,却在床上……和肮脏的中国男人(指米仓)睡觉。"波丽娜当时还没好气地说,"现在还要我分面包给她们。我恨不得把她们杀光。""可她们都是母亲啊,波丽娜,难道她们就心甘情愿那样做吗?你该诅咒的是战争,和那些挑起战争的人!"赵崇阳说。从那以后,波丽娜就对赵崇阳的看法发生了根本性改变,开始觉得赵崇阳令人尊敬了。

后来赵崇阳把伊索尔从圣马耳接走。他们在努瓦耶勒附近租了房子,但他们把那里变成了食品转运站。赵崇阳设法从营里带出食物,然后通过伊索尔,由米仓或波丽娜带回圣马耳分给大家。

"但是,我和赵崇阳的日子并没有大家看上去的那么幸福。"伊索尔说,"我们的关系实际上是战友,就连我们的聊天,谈论的话题也是如何得到更多的食物去帮助附近的村民。"伊索尔回想起每一次成功后,赵崇阳总会热切地抓住自己的手,她奇怪他为什么只是抓紧她的手,却不吻她。

"可是,你们是夫妻,伊索尔。"有人提醒她。

"是的,我是个有丈夫的女人……"伊索尔红着的脸重复说,"可我们名存实亡。"

大家一片哗然。

波丽娜直接指着伊索尔说:"伊索尔,你真狠,为了面前这个男人,居然去污蔑自己的丈夫!"

是啊!没人会相信伊索尔。作为妻子,伊索尔不该糟蹋自己的丈夫。那最好的办法就是把赵崇阳找来进行现场对质,可又没人知道赵崇阳现在在哪里。没有对质,就只能由着伊索尔信口开河了。

如若把时间往前推一推，或陈米仓没有在圣马耳出现，事情也许会朝另一个方向发展。可偏偏陈米仓出现了。是他把伊索尔和赵崇阳共同构建起来的格局彻底打破了。因为从伊索尔得知陈米仓奇迹般来到圣马耳的那一刻起，她和赵崇阳就像命中注定的一样向相反的两极开始发展。一个朝上，越来越伟大，另一个向下，开始不可阻止地跌入地狱。更为可怕的是，伊索尔还心甘情愿地将地狱视为天堂，困苦、战争、饥饿、道德，都变得不再那么重要了。她把一切又一次认定为天意！本来在离开天津时，伊索尔就没去监狱看望米仓，她铁了心要和赵崇阳好好日子的，谁知道米仓竟然出现在自己家乡。消息是由波丽娜带给她的，当然波丽娜添油加醋地把米仓在卢西亚的帮助下，如何从加莱到前线，又从前线回到圣马耳的情况讲了一遍。波丽娜一遍又一遍重复提到卢西亚，强调卢西亚每天和米仓在一起，就像夫妻。消息对伊索尔来说，就是晴天霹雳。波丽娜告辞后，她像受了天大的委屈一样大哭一场。波丽娜前脚走，后脚她就冒着大雪返回圣马耳去看那个讨厌的家伙。

　　"有些东西，"伊索尔哭了，"真的无法抗拒。我不是不努力，是我再怎么努力都没有用。"

　　人们看到讲话的女人伤心了。她没有说谎，即便是现在，她还没办法摆脱当时的那种痛苦。

　　"'不想'和'和不去想'完全不是一码事。"伊索尔说，"我从来没觉得赵崇阳有什么不好，我也无法讲出陈米仓有什么好，可如果让我做出选择，我还是会……选择……"伊索尔黯然低头。

　　"说出来，伊索尔。"卢西亚在旁边说。

　　"说吧，孩子。"镇长说。

　　"陈……米……仓。"伊索尔说。

　　"为什么？"有人大声问。

　　"我不知道。"伊索尔说，"请别逼我！"

　　"因为你是……荡妇！"西蒙突然怒火冲天，"你终于承认了，伊索尔，你就是一个荡妇。因为这个中国人带给你身体上的快乐，让你失去了起码的理智。"

"不,不,不……"伊索尔马上否认。她又像罪人一样说,"或许是这样吧!或许,是嫉妒。"

嫉妒?怎么可能?在人们的印象中,伊索尔可是一个宽宏大量与世无争的女人。

29 你们中国人没有精神

无论有多残酷,人们还是一层层剥开了伊索尔的衣服,让她赤条条站在了大家面前。她无所掩饰了。陈米仓心里更是难受。他不能叫伊索尔受伤。他回头看一眼伊索尔。坐在那里的伊索尔,低着头,忍受着来自各方形如刀箭的目光。

在声明自己作为女人,对身体也有本能的渴望之后,伊索尔说她在很小的时候就认识陈米仓了,他们有着非同一般的过去,尽管道德让他们彼此止步不前,可毕竟他们又在圣马耳重逢了呀。当米仓像个公用的雇工,在给不同人家帮忙,还有女人在她耳边夸他聪明能干、温柔体贴,说他那些用盐巴除茶垢、用烧过的笤帚减轻风疹痒感、冰糖萝卜水可以清肺止咳的小巧门,甚至毫无羞耻地说米仓在床上令她春心荡漾时,大家有没有想过她的感觉?她也可以以某种理由向镇长提出申请的,可是米仓一到她面前就变成了正人君子,他只知道埋头干活,很少和她说话,就是伊索尔故意找茬儿和他谈论米香,他也只是轻描淡写附和几句。在她面前,他冷冰冰的就像陌生人。可她知道,只要换作她之外的任何女人,他就会与她们打情骂俏,让她们开心。有一段时间,她觉得米仓是在故意气她,报复她,似乎她越难受就越能让他开心。

"可是你们知道吗?我和他曾经救过一个德国兵。"伊索尔什么也不顾了,她要把一切讲出来。

"什么?好啊,你们竟然……真不错,让仁慈的上帝听听吧,你们竟然要救敌人。"西蒙说。

"可我没觉得他是敌人。"米仓说。

"那是当然,因为德国佬儿杀的不是你的亲人,强奸的不是你的妻子、妹妹,烧毁的不是你的房子,你没有设身处地经历那些绝望的痛苦,中国人。"镇长也被米仓的话激怒了,他说,"德国佬儿的弹片割断了我妻子的喉咙,我的儿子死在索姆河战役中。我唯一一侄子,哦,上帝啊,他父母早亡。我受着良心的谴责,不光彩地骗走雷瓦尔医生,让他来我们这里行医,大战开始不久他响应号召去了前线,去救那些伤员,结果死在康布雷。如今我身边没有一个亲人,中国人,德国佬儿让我变成了孤寡老头儿。"

"那你觉得我很幸运吗,镇长?你哪里知道,你所经历的这些,我在很小的时候就已经经历了。要是西蒙、波丽娜、包括鲁本斯没有违背良心,愿意把在我们国家的所见所闻讲一讲,大概镇长你也就不会感叹你的人生有多悲惨了。杀与被杀,正义与邪恶……我永远也忘不掉那位智者跟我说的那些话,'孩子,别听那些鼓动者胡说八道,哪个举刀者不为自己找一个正义的借口?世间万物自然而生,就当归于自然,任何人以任何理由挑起战争,不都是因为私心吗?有私心,有欲望,就会有贪婪。我们没办法拒绝欲望,就无法消除私心。可有人说,欲望与贪婪正是人类发展的根本动力。那么,从这个意义讲,我们又该如何去理解欲望与贪婪呢?'那位智者问我。我花了很长时间去想这个问题,最终还是没能想清。也许正如那位智者所言,世界本来就来自混沌,哪有什么东西可以理得清。我们是人,不是神,生来就是一具皮囊,死去变成一捧泥土,细想想,我们与那些吃饱就睡睡醒就吃的动物有何区别啊?说白了,人类的烦恼从来都是自找。我们为什么不能简单点,换种方式去相处呢?既然上天赐予我们资源,我们为什么非要通过阴谋与厮杀进行分配呢,难道除了你死我活的争夺,就没有更好的办法解决吗?动物们因为食物短缺才拼死相争,而我们呢,却是因为想得到更多而不共戴天。"米仓抢着说。他不想让伊索尔当众出丑。

"你是牧师吗,米仓?你在给谁布道?你们中国人没有精神,连信仰都没有,所以你的头脑里才会一片混乱。我劝你还是留着这些话,回去给你的乡亲讲吧！"尽管米仓的话令鲁本斯吃惊，但他还是觉得米仓已经跑题了，没人愿意听他这些空洞无趣的话题。

米仓看着鲁本斯，又看看姐姐。米香正挽着丈夫的胳膊。她不希望丈夫发表意见。可鲁本斯觉得米仓过分，所讲的东西与他的身份不符，尽管米仓引用智者的话有几分道理，可这毕竟不是讲堂。米仓也很恼怒，认为鲁本斯看不起自己，他感谢那位智者，希望智者在现场，那样就可以好好教训一下鲁本斯之类的家伙了。

西方人就是喜欢显摆自己的科学与文明，似乎人类自诞生那日起，就是为了征服与控制，还希望同类对自己俯首称臣，他们张狂的性格里没有一点儿敬畏与谦卑，他们总是梦想成为世界的主人，而从未认识到自然才是统治一切的真神。中国人懂得敬畏自然，愿意虔诚地把自己归于自然，从善求真。于是他笑了笑，柔声细语地对鲁本斯说："我是讲不出什么道理，可你对中国人的评价也不公平。那位智者曾经给我介绍过一本书，一本讲中国人精神的书[①]，我建议你去看看。那本书里讲中国人的人性本善，相信仁慈和爱才是更高级的文明[②]。"

"太可笑了！你所说的仁慈与爱就是给敌人疗伤吗？然后把枪递给敌人，求敌人对你动手？"西蒙说。

"不，事实上……"伊索尔站出来帮米仓说话。

"你想说什么，伊索尔，你疯了？你看看我，看看那些德国佬儿在你表哥身上留下了什么！"

"我没疯。"伊索尔说，"那个德国人……看上去……就是个孩子。他那么胆小，每次我叫他，他都显得那般惊恐。"

"然后，你和这个中国人把他偷偷放了？"镇长怒气冲冲地说，"真该死，为

---

① 指辜鸿铭用英文所著的《中国人的精神》，1915 年出版，此书一出即刻在西方引起了轰动。

② 辜鸿铭认为中国人追求人之初、性本善的好人思想，将来会成为欧洲人解决战后"文明"问题的秘诀。

什么不把他交到我这里来。"

"你好在他身上报仇雪恨？"米仓说，"可你怎么知道他就不是为报仇雪恨才到战场上的啊？你失去了妻子、儿子、侄子，他同样可能失去了父母、哥哥及妹妹。"

"哪来那么多的假设，德国佬儿就是我们的敌人。"有人说。

"可是在德国人眼里，法国人也是他们的敌人。"米仓说，"兴许当时仗打完了，自己的队伍撤走了，小伙子愣愣地走到一具尸体前，那是法国人的尸体，当然不是他杀的，他只是看到尸体在变成尸体前曾是一位和自己年纪相仿的青年，他在家乡有一位漂亮的未婚妻在等他回去，他认出了对方，他们曾在那个圣诞节休战①时见过面，当时他们还握过手交换过烟，他们在寒风嗖嗖作响的树林里一起哼过《平安夜之歌》。可就在这时，突然飞来的弹片插进了他的腿里。"

"这时，伟大的法国军队重新夺回阵地，他暴露了，无处躲藏，只好被抓。于是为了活命，他换上法军衣服，混乱中被法军抬到后方医院。"西蒙替米仓说了接下来的话。"多么巧妙的故事啊！"

"事实很可能就是这样。"米仓说。

"我们不懂德语，不知道当时的情况，我确实是在后方医院里发现他的，当时他躺在担架上，穿着我们的服装。"伊索尔说，"后来我发现他是德国兵。他害怕得要死，怕我揭发，我问他为什么要混到我们的伤员里，他听不懂我的话，只是蠕动着干渴的喉咙轻轻说'Nahrung'②，这个单词我能听懂。那时，我从他眼睛里看不到凶残与仇恨，看到的只有忧伤与凄怜，我便用手示意他不要出声。"

"他可真幸运，遇上你这么个大好人！"鲁本斯冷冷地说。

"如果换作你，你也会那样的，鲁本斯，如果你看他那双忧伤、爱怜，又纯

---

① 圣诞节休战，指发生在第一次世界大战期间的平安夜或圣诞节中，德国与英国或德国与法国军队之间一些短暂且非官方的休战。

② 德语，意思为食物。

净的眼睛,他看上去只是个新兵,很可能连一枪都没有放过。"伊索尔说。

"照你这么说,陈米仓,你想着法子总往伊索尔那里跑,是另有原因——是为了那个德国人?"卢西亚说,"我一直以为你是因为伊索尔才那么魂不守舍。"

"是的,卢西亚。当我到伊索尔家里取食物,伊索尔悄悄告诉我屋里藏着一个德国人时,我也不由一惊。我担心那家伙会伤伊索尔,所以,自那以后我就经常去她那里帮忙。"米仓说,"但我……"米仓脸红了,表情极不自在。他接着说,"我不否认,也是为伊索尔。我喜欢伊索尔!"

"仅仅是喜欢吗?难道不是爱?"卢西亚问。

"我说不清。但我知道只要和伊索尔在一起,我就高兴!"米仓说。

"于是,你把一切抛到了一边,去诱惑伊索尔触犯奸淫罪①?"西蒙说,"而你,陈米仓,去和朋友之妻睡觉,你罪该万死!我们要替上帝惩处你这个罪人。"

"不,"伊索尔插嘴,低声说,"他没有……罪!如果,有罪……难道比大卫王的罪②还重吗?我请求大家原谅他。如果硬要说他有罪,那也是因我而起,我应该才是罪过的承担者。"

伊索尔抹了抹眼泪,勇敢地仰起头。人们没有打断伊索尔,一个大家都在期待的事实终于要出来了,特别是那些与米仓有过床第关系的女人,她们对伊索尔和这个中国人的故事充满好奇。伊索尔眼含泪水,样子却变得更加迷人。难道恰恰是她的柔弱俘获了米仓吗?大概世间所有的男人都会被柔软、屠弱、娇羞的女人所迷倒,有几个性格外向的女人,险些把搁到嘴边的话说出来。她们后悔自己当初为什么要那样如饥似渴,反倒弄巧成拙把这个中国男人吓到了。

"开始时,我并不确定自己爱这个人,我也从来没有定义过我们的关系,

---

① 欧洲人认为"淫乱"与"奸淫"不通用,淫乱是指一个未婚的人与异性发生关系,而"奸淫"则是指一个已婚的人,与非配偶发生性关系。

②《圣经·撒母耳记》记载,大卫在统治全国过程中,曾犯下奸淫及杀人罪,却没有被天主处死。

但我和他的感觉一样，和他在一起时就有说不出的快乐。因此我嫉恨卢西亚，气愤自己为什么不是卢西亚，或是那些丈夫去往前线的女人。"伊索尔说，"我是个有丈夫的女人，我的丈夫受雇于英国军队，却在为法国服务，他尽可能帮助附近村民，教那些华工们识字，替他们说话，他积极维护华工的权益，他在干着崇高的事业，他比那些冲锋陷阵伤疤满身的英雄更令人尊敬，可我，在感情上却对他没有一点感觉。"

"那是因为你的心不在他身上，你的魂被另一个中国人勾走了，伊索尔。"波丽娜毫不客气说。

哦，老天，真是罪孽！米香暗自躲在人群中心想。她骂自己的弟弟没皮没脸，为什么非想留下呢。鲁本斯对自己很好，如果弟弟想找各种借口而实质是为他这个姐姐，那就是傻到顶了。她是一个女人，嫁鸡随鸡嫁狗随狗，到哪里都无所谓，可米仓这个笨小子不一样，他是陈家的血脉，迟早得返回山东老家，他得娶妻生子为陈家延续香火。于是她大声对伊索尔说："伊索尔，念在大家过去的情分上，让他走吧。只要他留下，就是祸害，对谁都不好。他走了，所有的事就一了百了了！"

米仓抬头看一眼姐姐。姐姐是女人，从她的角度来看，她一定认为米仓就是圣马耳的一根搅屎棍。他走了，全镇就安生了。女人们会重新和睦相处，而他还可以保全自己的名声。但是，姐姐的想法太女人了。是一种妇人之见。

"波丽娜表姐，为了赵崇阳，我曾经努力过，我拒绝米仓帮忙，力图把自己囿禁在婚姻中，可是，我搞不清赵崇阳是出于信任还是阴谋，是他要米仓来帮忙，他说他把米仓当亲兄弟，他说他不能整天待在家，可家里有米仓兄弟才能令他放心。"

"真是一对狗男女！伊索尔，你利用了丈夫的信任。你的丈夫冒着死刑的危险，往家里带食物和药品，你们却在他的床上寻欢作乐……你们用欢腾的淫荡之乐去侮辱赵崇阳的善良。"西蒙说。

"是的……"这次，米仓自责地低下了头。

"我也是，这样觉得。"伊索尔说

人们将目光移向伊索尔。伊索尔将头转向一边了。她自然知道什么是不洁,什么有罪,她觉得自己像棵长在废墟、垃圾、坟墓上的毒草。可她已经这样了,名誉无法挽救,清白无可救药,米仓站在那里,即便是他的姐姐也不理解他,如果人们决心要将他毁掉,那她宁愿陪着他。这是她的责任,就是此时赵崇阳在场,她也只能对他说一声"对不起"。

"看,他们承认了。大家听听,我们要这样的人留在圣马耳干什么?"西蒙说,"以我的意思,干脆把他们,这对娼夫淫妇一起赶走!"

一起赶走?人们似乎从来没有这么想过。

伊索尔绝不能让事情再往黑洞的深处塌陷,米仓必须得到原谅,她真不明白那些曾经想着法子争抢米仓的女人,为什么现在不站出来说句公道话,难道就因为大战结束,她们的丈夫,哦,无论身体还是心灵都已经残缺不全的丈夫回来了吗?她们怕自己的那点糗事败露,就心照不宣把米仓赶走?可她们不应该忘记,这些丈夫们早已经变了,在战役的间隙,他们只要把口粮袋往桌上一放,就可以和一个需要它的女人睡觉,他们怎么会相信这样的事情没有发生在自己妻子身上呢?前线的丈夫是回来了,可回来的是一具肉体,他们把全部记忆都留在了战场,他们的那张嘴除了喝酒,便是缄默,战争变成了他们的秘密,如果多嘴的女人要问,他们要么装作没听到,要么便用一句"有什么好谈的"呛她,似乎他们已经习惯了那种惊天动地的生活,看惯了那种生死翻转的景象,现实的安宁本应该是他们渴望的,是他们用血泪换来的,可真正的安宁到来时,他们却不适应了。他们变得懒惰,勺子不拿,锄头不碰,动不动就大发脾气,除怀里那个杯酒,似乎对任何事情都漠不关心。但日子总得继续!身边没有一个壮劳力怎么行?即便是私心,伊索尔想,她们也该让米仓留下。

于是,人们看到伊索尔从窘迫中再次站了起来。她异常镇定地对大家说:"事实上,我们和这个中国人的事情……我丈夫一清二楚。"

人们感觉之前完全被这个温柔的女人骗了。这个女人远非大家想象的那么简单。而另一些人,波丽娜、西蒙、鲁本斯、米香、卢西亚,包括几个准备对伊索尔投出同情的人,突然也感觉伊索尔是变得如此万恶。伊索尔让所有人缄口无语。

30 她一定饿坏了

    那是个潮湿的下午,连日的细雨一直还下着,而暧昧与叛逆的情绪却如青藤般在女人的心中悄然生长。伊索尔坐在酥软的椅子上望着窗外,她希望丈夫能早点回来,家里的食物两天前就断顿了,而那个德国人躺在隔壁的床上发起了烧。可是,伊索尔每次抬头,看到的只是一片雾蒙蒙的寂静。两天前,也就是二十三日的晚上,敌机对努瓦耶勒进行了空袭,他们要炸毁那里的军火库①,很多炸弹却落到了附近的华工营,自己的丈夫就在那里工作啊。伊索尔担心赵崇阳是不是已经遭遇不测。

    连续几日伊索尔都没合眼了。她突然发觉自己与丈夫的关系是那样的亲密,她看着窗外灰蒙蒙的世界,不由得哀叹一声,心想,担心有什么用呢? 也许自己该如陈米仓说的那样,相信车到山前必有路,毕竟明天还有明天的忧虑嘛②。想到这里,伊索尔又开始埋怨起陈米仓来。陈米仓也三天没来了,德国人的伤在一天天减轻,难道他就不担心她发生意外吗? 他可是给她讲过农夫与蛇的故事。这时她需要他啊,可他在哪里呢? 这种的坏天气应该什么活都干不了,他能做的只能是待在家里和那些女人们……真恶心! 伊索尔想象着陈米仓正从一个女人的房间里出来,又被另一个女人以某种理由带回到家,那女人很快把孩子打发出门,又把家门关上。

    陈米仓怎么会变成那样一个肮脏的淫根呢? 伊索尔这样骂,却又强烈地想见到米仓。这种身不由己和躁动,尤其是当米仓与别的女人做那种事的消息传进她耳朵后,她便越来越为这种躁动而气愤。因为不论从哪种意义上讲,

---

    ① 1918 年 5 月 23 日晚,德军轰炸努瓦耶勒附近塞涅维尔的英军军火库。

    ② 见《马太福音》第六章,第三十四节。原文段落是:不要为明天忧虑,因为明天有明天的忧虑;一天的难处一天当就够了。

她都该是近水楼台,可每次陈米仓看她的眼神却像一个圣童。伊索尔焦躁不安,恨不得把陈米仓揪来质问他,为何要侮辱自己,难道他是有意而为? 还是她就比那些女人差? 伊索尔为自己这种几乎令她失控的想法感到惊讶。她去床头找来圣经,可感动她的却是《雅歌》里的诗句。当她听说一些农妇抱怨丈夫在前线打仗而自己在家独守空房时,demi-vierge①一词马上在她脑海中跳出,她心想,唉,自己又何尝不是呢! 伊索尔拉开抽屉,盯着那个一直珍藏在身边的小木人看,她想米仓为什么就不懂她的心呢,还是因为他太懂了,故意要躲开。

伊索尔泪眼蒙眬,喃喃地抱怨:"米仓啊,怎么偏偏是你? 你为什么非得要来这法国啊! 你叫我怎么办? 我该怎么办啊?"伊索尔昏昏沉沉,思绪和心灵被凄凉的雨丝打湿了,她心目中那座坚固、内敛、矜持的高塔开始软化,她觉得自己就像被细菌侵蚀了一般慢慢地走向末日。她双手托腮,胳膊撑在窗上,像个小姑娘那样望着窗外,那些破破烂烂的村舍,褐色的石头,被战火烧焦的树木,所有的一切都是那样的静谧,强大,坚忍。这时,陈米仓的身影突然出现在她视线里,开始她隐隐约约还以为是幻觉。她看到陈米仓拎着木桶,绕过土包,穿过树林,翻过不高的栅栏。她奇怪他身上怎么连一把伞都没有,他至少应该穿着雨衣来。他怎么就一路淋雨而来,那件单薄的白衣衫已经贴在身上了,隐隐透着他隆起的肌肉。她透过窗,窥看着他,看着他一步步走来,然后推开院子木门。刚才还情绪愤怒的伊索尔,马上变得急迫想冲出去扑到米仓怀里。米仓的靠近让她心烦意乱,她拉开椅子,冲到门口,本是急着打开房门,却将门锁牢牢锁上。她不能放屋外的人进来。她必须将他拒之门外。她无法控制的不是那个人,而是自己。

可米仓已经来到檐下了。他在轻轻敲门。他是来送食物的,是伊索尔急切所需的食物。伊索尔却不开门。此时的伊索尔从门缝处看到雨水从米仓的头发里淌过,在他的下巴处凝成一颗颗水滴,他那湿淋淋的胸脯是那般坚实有力。她用头抵门,清晰地听到门外的人粗粗的喘息声。米仓又一次敲门,声音

---

① 法文,"守活寡"的意思。

仍然很小，但每一声都像洪钟一样令伊索尔浑身发颤。光线昏暗的屋里，女人的心在不断膨胀，它几乎要胀破女人的身体了。她不能让他进来，因为她知道，一旦放他进来就意味着什么。

"开门，伊索尔……我知道你在里面。"米仓温柔地说。

"我知道，你在生我的气。对不起，伊索尔，可你不知道这几天发生了什么。"米仓又说。

"无论如何，你把门打开，我手上有你需要的东西，伊索尔！"米仓几乎是在央求。

能发生什么事呢？无非是你摆脱不了那些荡妇们的纠缠。可恶的家伙，活该，自找！伊索尔心想。就在前一晚上，在淅淅沥沥的雨中，因为对那些其貌不扬女人的愤怒，伊索尔在卧室里脱去衣服，像当年波丽娜那样在镜前打量自己。她看到自己高挑的个子，优美的线条，修长的腿，微微隆起的小腹。她想那些女人，那些丑八怪真的比自己美在哪里嘛！她们无非是比自己大胆、厚颜无耻罢了。可是就因为别人大胆、厚颜无耻，自己的美就要黯淡无华吗？就因为别人的目光，自己就得忘记身体吗？可这具身体实实在在存在的啊！我们追求精神的境界，难道就得把身体形同虚设吗？更何况……自己并不是为了一时的身体饥渴，毕竟自己喜欢这个人啊。难道因为名誉上的高尚，自己就得把整个生命献给一个不爱的人？难道这种奉献不是欺骗？

"快开门，伊索尔，外面真的很冷，我要冻坏了。"米仓说，"我带来了牛肉。"

雨越下越大。屋外人像个逼债鬼。这本是一个平常的下午，过去多少次米仓不都是这样来她家的嘛，特别是德国人屁股上生出褥疮后，那些翻动身体清理污物的活儿，几乎都是由他来干。多少次忙完后，他们坐在台阶上聊天，她蜷缩着身体，让长长的裙子盖过脚面，有时两人谁都不说话，就那么静静地倾听着林中啄木鸟啄开树干的声音，他们望着屋子旁边成簇的灌木，一簇铃兰开花了，伊索尔还问米仓有没有用铃兰花骗取过一位少女的心。

过了很久伊索尔才将门打开，因为再不打开，米仓就会跑到隔壁德国伤员那里，如果平时倒没什么，可是那天，那天的伊索尔，莫名地……身不由己地……不希望德国伤员发现米仓来过。她只好轻轻地抽开门栓。屋外的人浑然而入。她浑身的血液顿时上涌,她面红耳赤,她不敢正眼看他,仿佛她对他做了亏心事一样,一直有意逃着。

"这天可真冷啊!"米仓像平常一样说。

"是,是啊。"

伊索尔瞟米仓一眼,本能地给米仓倒水。米仓接过水,跟伊索尔说那个德国人需要营养,而且几天不见伊索尔也变瘦了。

"我瘦了?"伊索尔故作镇静,内心却十分感动。伊索尔往锅里舀些水。米仓在旁边切肉。他让伊索尔找来大葱和盐巴。伊索尔说所有的盐都给德国人消毒用了,这顿美餐只能淡着吃了。米仓抱来些干柴烧水。他蹲在火炉旁,脱掉湿淋淋的上衣,撑着在火上烤。起初,伊索尔坐在米仓身后的椅子上,样子看似平静,可一团燃烧的火正在她的身体里四处流窜。她在默默地与这团火做斗争,她想问米仓为什么不来看她,甚至还准备了几句有关"公牛"的话来调侃他。可没等她开口,米仓就说,德机轰炸努瓦耶勒军火库把华工营炸了,很多中国工友从床上爬起来冲出营房逃命,却遭到扫射,他们的营房炸飞了,木板掀到空中,他们东奔西跑,翻过铁丝网,躲进森林里,钻到涵洞下。第二天,英国军官找到他们,把他们绑在柱子上鞭抽棍打,有几个工友被活活打死了。

"真可怜!"伊索尔这么说,可她心不在焉。

在轰炸中,米仓碰见过几个中国同胞。他劝他们借机逃跑,可是他们哪里也不敢去,他们只能返回军营。伊索尔来到火边,蹲坐在米仓身旁,红红的火苗在米仓的胸脯和伊索尔的脸上像鱼一样跳蹿。她慢慢把身体靠在米仓胳膊上,黯然伤神地发着感叹:"看来,我们还算是幸运的啊,至少还活着!"米仓把手放到她的肩上,轻轻地,自然极了,他们谁都没有意识到他们竟是如此亲密。

米仓继续给她讲那些中国工友的遭遇,说他和他们一样,其实没有什么理想,只是想活着。

听到这里,她把脸扭向一边,哭了。似乎她活到现在,终于听到了世界上最最真诚的一句话,而这句话又像镜子一般把她的所有过去照得那般苍白。

"你哭了……伊索尔……"米仓轻轻说,"其实你就是不说,我也懂。我什么都懂。"

"你什么都……懂吗？"她简直恨死他了,可又恨不起来,"你懂什么呀？"

"我什么都懂。这些年,我什么都懂。"

两人由此陷入长时间的沉默。他们的目光在红红的火膛里交汇。伊索尔伸手挽住米仓的胳膊。米仓索性也坐到地上。接着,他感到伊索尔柔绵的脸贴在他肩上,一双湿湿的微微颤抖的唇印到了他的胳膊上。他竟然莫名其妙地顺从了。这种体会他从来没有过,每次和那些女人(包括卢西亚)在一起,他都感觉自己是在被人生吞活剥,只有在伊索尔的这种温柔中,他才体会到什么是躯体的交流,什么是无言的表达。伊索尔偷偷地开始带着羞涩看他,手指试探着去摸他的下巴、脖子和脸。然后她起身,拿来绒毯铺在他的身后。她坐了上去,从后面搂住他。伊索尔想清楚了。哪怕这个男人不爱自己,她也要像其他女人那样和他来上一次啊,否则……她枉费了被那些女人对她猜测(他们在一起,怎么可能不发生什么呢？),而他……陈米仓,这个中国人,能让别的女人得到身体上的满足,她也该得到啊。一开始她就想,只要一次,她只想消除他带给她的侮辱感,她要抚平自己内心的不平与愤懑。而这时的陈米仓,觉得自己正像一樽干得发酥的泥人,被一条潺缓的小溪缠绕,他被浸化了,在他的身后伊索尔只是轻轻一拉,他便倒在了她的怀里。他们那些酝酿已久却无法说出口的话,终于在米仓撩起伊索尔的衣服时,用最直接的语言说给了对方。那动作,那眼神,那呻吟,那呢喃,那扭动,那泪水……伊索尔摇着头,指甲深深抠进米仓的胳膊里,她哭着,充满仇恨,又满含哀怨。她骂他大流氓、大淫根。他完全接受了,因为这个称谓已经不再代表残忍与道德的败坏,反倒是他不向一切低头的代名词。

事后,他们静静地躺着,像一对熟睡的夫妻。可当他们意识到刚才发生了什么时,彼此又都感到惊讶。他们怦然心跳,奇怪这么多年都过来了,事情怎么会在这个下午发生。他们想回到过去,但怎么可能呢？他们快速穿好衣服,极力想忘记一切,他们开始言辞正经说话,刚才的事情就像是发生在别人身上。可没一会儿,他们就不得不再一次沉默,沉默过后,便心照不宣地再一次拥抱在了一起,直到那浓浓的肉香味将整个屋子飘满。

伊索尔由此陷入了另一种痛苦。她不知如何去面对丈夫,可又时刻告诫自己不是自己的错，不是米仓的错，不是爱的错。在她柔情万种思念米仓时，她就在心里骂米仓淫荡，恨自己发贱，可当米仓一出现时，她又马上反驳自己，心想人活着多么不易，如果一个人连需要异性的心都失去了，那还不如死了好。可毕竟自己有丈夫啊！当她想到如果德国士兵的伤一好，米仓就再没理由往这里跑时，她又不能去圣马耳光明正大找米仓，就伤心欲绝。她觉得自己就像一个临近死期的人，她珍惜与米仓的每次见面，恨不得把每次见面都过得刻骨铭心。于是她把窗户玻璃擦得晶莹透亮，用鲜花装点屋子，她想着法子用各种佐料让黑面包变得好吃，她变得精神焕发，富有朝气。当然这一切，她都解释为，一个好的环境有助于伤员的身体健康。

两个月后，德国士兵的伤基本痊愈。伊索尔和米仓把他送到安全地带，返回德国了。然而，伊索尔和米仓的交往却没有因此结束，反倒是更加频繁。

"真可悲！"人群中有人冷冰冰地发着感叹。

这样的感叹不仅是出于对伊索尔的惋惜，还有对赵崇阳的同情。当然伊索尔把全部罪责都揽在自己身上。她希望女人们把她视作罪魁祸首，认为是她勾引米仓。战争中的女人都曾有过类似的经历，恐惧，无奈，深渊，绝望，她们急迫想从一个人那里找到慰藉，哪怕是暂时的，兽性的，罪恶的，大家都是女人，作为女人她伊索尔也有这样的时候。米仓在她身上所做的同样是出于对一个期艾女人的同情，同样是为缓减女人身体的饥渴。所以，那样的性，是超越性本身的，恰恰是符合人道，甚至是高尚的。战争打破秩序，毁掉文明，让剥去包浆的生命变得透彻、自然、本性了，这有什么错？

可是，伊索尔还是错了。因为她是有丈夫的女人。就连米仓也认为她的坦诚只能是弄巧成拙。伊索尔没必要也不需要牺牲自己。中国人有句老话"一个巴掌拍不响"，就是按圣经上讲，是他奸污她了，因为在他和别的女人做爱时，他不止一次地将对方想象成伊索尔[①]。如果那天下午是受某种氛围诱惑的话，

---

① 《圣经·马太福音》第五章，第二十七节里讲：看见妇女而生邪念的，就已在心里奸污她了。

那么接下来恢复理性后,他们就该到此为止。可是他们没有,他们让那团火越烧越旺。于是,米仓深情地去看伊索尔。此时的伊索尔,也正在深情地看着他。

"难以置信,伊索尔……赵崇阳,哦,你的丈夫既然什么都知道,他怎么能做到视而不见呢?伊索尔,难道你的丈夫是傻瓜吗?还是你想告诉我们,他已经伟大到了可以将自己的妻子送给朋友的地步?"有人问。

伊索尔淡然一笑。这事情当然不能用伟大与不伟大来形容。伊索尔觉得这是自己的情感之事,是她与米仓之间的事。

过了几天,赵崇阳回来了。正好米仓也在。赵崇阳便把米仓留下一起用餐。他大讲自己如何为华工们争取权力的事。尤其是德国宣布投降后,他说战争结束了,大家的生活如太阳一样明亮,我的祖国,中国……也是战胜国。他在米仓面前炫耀自己,说越来越多的中国同胞在他的引导下,开始意识到祖国与自己就像大树与树叶的关系了。他说在巴黎基督教青年会华工服务中心有几位学识渊博的同胞,他想找个机会去拜访。他说他要去普蓝向晏阳初①讨教开办识字班的经验,他决定要给华工服务中心捐钱。赵崇阳变成了演说家,他讲国家大事,华工的未来,却丝毫不提伊索尔和家庭的前途。

又在一个寒冷的傍晚,赵崇阳冒着大雪回到家里。他顾不上拍掉头上的雪花,便激动地冲伊索尔说:"他……他……他……来了,他已经来在巴黎了,伊索尔!"

伊索尔给丈夫冲茶,他却让她停下。伊索尔不知道他说的那个"他"是谁。他便让伊索尔端端正正地坐到自己对面的椅子上。他抑制不住内心的激动,告诉妻子说,那个人叫顾维钧②。顾维钧?伊索尔依然不知道是谁,可从丈夫燃烧的眼睛里,她猜想这是个值得她记住名字的人。整个晚上,赵崇阳都在谈论

---

① 晏阳初,(1890-1990),四川巴中人,中国平民教育家和乡村建设家;第一次世界大战后期曾赴法国为华工服务。

② 顾维钧(1888-1985),江苏省嘉定县(今上海市嘉定区)人,中国近现代卓越的外交家,巴黎和会中国代表团成员。

顾维钧,她为他烧了泡脚水,他坐在床边一边烫脚,一边翻阅《华工杂志》③,"如果……当然只是如果……顾先生需要我帮忙,我一定会尽犬马之劳。"他说,"一个国家,必须有一大批像顾先生这样的有志青年才有希望。和我们的同胞朝夕相处的这两年多里,我一方面影响他们,让他们去认识世界,另一方面他们也教育了我,伊索尔,我发现他们一个个不仅身强力壮,而且头脑聪明,那些被人家说成是愚、笨、贫、自私的东西,其实最根本是因为他们受教育程度不够造成的。所以我希望他们通过自己的努力,将来回国去成为改变中国命运的人。"

伊索尔耐心听着。可她有自己的打算,她再也不想活在惶恐中了,她想把与米仓的事告诉丈夫,哪怕他发怒,把她赶出家门,也在所不惜。于是她试着提起米仓。

"哦,这家伙又有好几天没有来了吧。"赵崇阳说,"这个家伙就是这样,走到哪里,都招人喜欢。伊索尔,我早就跟你说过,米仓虽然出身乡下没什么文化,但他这个人啊,心地善良,忍让有度,是个好兄弟？前一阵子,我想选个日子按照中国的习俗和他结为拜把兄弟,可是这家伙莫名其妙地没有同意。"

"可能是他……"

"哦,伊索尔,我想你对他更了解一些,我可不希望因为一些闲言碎语你就对他产生看法。他这个人啊,就是太好。"

说话时,赵崇阳神情自然,没有丝毫猜忌的迹象。伊索尔总觉得他应该发现点什么才对,至少会觉得不对劲儿,毕竟赵崇阳不是粗枝大叶之人,以前她的脸蛋要么蜡黄,要么石膏般刷白,现在它变红润了;以前她的眼睛总是恍惚不安无所定向,现在它们都变得坚定不再游移了;以前即使参加聚会,她也不注重衣着打扮,可现在即便家里不来客人,她也会把自己收拾得漂漂亮亮,即使是她一人在家的时候,都会情不自禁地哼几段《茉莉花》,这样的变化,赵崇阳怎么会视而不见呢！可是,赵崇阳却始终不给她表白的机会。

---

① 由留法中国勤工俭学会编辑。该杂志创办于1916年秋,每月两期,当时在华工中有很大影响。

但是,伊索尔和米仓就这样继续下去算是什么啊？有几次,伊索尔做好准备要拒绝米仓,她觉得他们之间应该变成一种更为高尚的关系。可当米仓嘭嘭一敲门,那磁性的声音往她的耳郭一钻,她就迫不及待想往他的怀里扑了。有段时间,她曾怀疑自己对米仓的这种依恋是源于生理的需要,因为只有当他紧紧将她搂住完全进入她的体内时,她才会体会到这个世界的美好,才能在一种膨胀与颤抖中找到不顾一切的理由,才能在一种火热的融化中重新找到自己存在的自信。有一次,当男人的生命之水将她完全淹没时,她傻傻地问米仓,是不是因为和她感觉好(指性)他才这般喜欢她。可他摸着她的头,用鼻尖触碰着她的脸,反问她:"你说呢,伊索尔？"她是真不知道啊！为此,伊索尔生气,想挣开米仓。米仓却牢牢地搂住她,连唇都不让她移开。

"上帝啊！伊索尔,真没想到你竟然是这样的一个女人！"有人感慨着。

"可我不后悔。"伊索尔说,"一点儿也不。"

"伊索尔。"米仓深情地看着伊索尔,热泪从他的眼睛夺眶而出。

"既然这样,"镇长对米仓说,"那我们就允许伊索尔和你一起离开。"

"不,镇长大人,即便是这样,我也还是不能……离开。"米仓说。

众目睽睽之下,米仓倔强地坚持着。

人们用奇怪、纳闷、不解的目光看着这个中国人。

31 你为什么不去巴黎

情况变得更为复杂了,有一阵子大家一声不吭,气氛凝重。显然米仓希望大家能接受他,他天真地认为所有人都应该和和睦睦,亲如家人。他几次引用那位智者教他的那些枯燥道理,甚至想把人们引到没有民族和国家定义的上古年代,他讲人类面对灾难、死亡的共同感觉,讲浩瀚宇宙和没有终点的时间里,人类的无奈与渺小。他再三声明,自己不是政治家,不是宗教精英,他讲不清民族主义、世界主义,道不明国家、主权、未来与极乐世界的准确定义。他只想说以任何为理由制造仇恨发动战争都是罪孽。他说,虎狼认识不到罪孽,可人类能认识到,那我们为何还要去制造罪孽?

"你们大家想一想,就以刚刚结束的这场战争为例,那些怀揣正义与高尚走向战场的青年,最终得到了什么,一枚勋章吗?一份补偿?一块墓碑?一段故事?还是那身阿布拉米军装?可这些与大家夫妻相守的平静生活,与我们的天伦之乐比起来,真那么重要吗?!"米仓说。

"中国人,你的天真真是难以置信,请你别假惺惺地讲那些大而空的东西了。要按你的理论,哦,我毫不客气地讲,哪怕你作为一条狗,只要你愿意,法国、英国、俄国、南非,南极的冰川,亚马孙的热带雨林,地球上随便一个地方,你想在哪里呆就在哪里呆喽?多有创意啊,多美好的愿望啊。看来你从这个女人屋里出来,再进另一个女人屋里的时候,就是这么想的吧!"有人说。

"好了,中国人!"米仓再次被打断,人们必须要提醒他,这可不是什么哲学讲坛。

"这些虚无缥缈的东西我可不想听。"有人说,"你们中国人不是视故土为归宿,讲究落叶归根的吗?战争虽然结束了,可是合同还没到期,我听说,长官让你们的同胞去清理战场,他们却抗议造反,嚷嚷着回家。可是你,你为什么不走……一定是有一个不可告人的企图。"

"米仓,"鲁本斯语气温和地说,"你放心地走吧,我保证你的姐姐会在这里很幸福,而且以你在这里学到的东西,回家后一定会有大作为。"

"是啊!我也这么认为,因为你是个聪明的家伙。"西蒙说。

提到米仓的聪明,人们马上联想到一九一八年的春天,鲁本斯为报答圣马耳人对妻子的关照,利用为前线购买物资的便利,给圣马耳送来一台拖拉机。在没有一个合适人选的情况下,镇长把它交给了米仓。米仓以前管理过抽水机,和卢西亚学会了操作脱粒机,米仓围着拖拉机研究了三天,期间他把老镇长请来问了几个问题,第四天头上试着发动,第五天就可以驾驶着拖拉机四处乱跑,第六天的时候,他就在机头上绑上鲜花,开着去见伊索尔了。米仓十分喜欢这个铁家伙,他定期给它加润滑油,给皮带打蜡,清理车轮上的泥巴,他开着它为村民们翻地、拉货,胆大的女人半路还跳上拖拉机坐在他旁边,一边亲他的脸颊,一边为他唱歌。

"那可不一定!"波丽娜却说,"兴许他回去将一无所有,因为中国可没有拖拉机轮得上他开。再说了,他已经失去华工身份,身上没有一分钱。"波丽娜看着卢西亚问,"他现在可是穷光蛋。"

"那就让卢西亚给他发几个月工资。"有人起哄。

"工资?话可不能这样讲。"卢西亚一脸不服,"对他,我可是管吃管住,没说过要付工资的。"

"你在他身上可没少捞好处,卢西亚。"波丽娜说。

"可他的命是我给的,大家别忘了,他可是个杀人犯。"

人群中有人就嘀咕,原来中国人一心想留下只是个策略,原来他是想带一面袋法郎回去,然后买幢大院,娶上二十四个女人。可怜的中国人,真是丑陋!

"卢西亚说得对,他是杀人犯,大家不用再费口舌了,让卢西亚到政府那里走一趟,一切问题就都解决了。"有人说。

"去吧,卢西亚。"接着有人鼓励说,"去吧,为了圣马耳,为了大家,也为了自己。"

卢西亚看了看米仓,却发现米仓像一团雾一样难以琢磨。可有一点她不否认,那就是米仓是好人。所有战时的生活,卢西亚想,假设没有这个中国人,圣马耳的街道会那样干净吗?被炮弹炸出深坑的农田能恢复到往日的平整吗?村民们被毁的墙院是他一砖一砖修好的;教堂的圣母像是他扶正的;春天里,是他把蜀葵分株种到各家门前;夏日中午,是他带着孩子们跳进村庄旁的小湖里游泳,钻到灌木林里捉迷藏,坐在橡树下编织草叶蚂蚱、蝴蝶、青蛙和蛇;他帮村民们干活儿,从来不分亲疏;他总是笑嘻嘻的,似乎从来就不懂得不开心。他常常在她面前讲他那些朴素的道理:人活着,怎么也是活,那就简单点,开开心心地活!如果没有这个中国人……那些女人还不是怀抱孩子,满脸绝望地忍受长夜煎熬?那一盏盏摇摇欲坠的灯……那轮苍白无力的月亮……卢西亚再次去看米仓,就觉得自己蓦然间对他产生了一种难以名状的深情。哦,是米仓带给了圣马耳欢乐啊,是他让圣马耳忘记了战争的悲苦,尽管那是暂时的,甚至是荒诞的,可有什么关系呢?大家应该给他一个公正的评价。卢西亚想。

"不。我不会去的。"卢西亚却突然改了口。

"什么?你说什么,卢西亚?"西蒙耸起肩膀。

"我说,我不会去的,我不会去告发这个中国人。"卢西亚重复一遍。

"大家听到了吧,卢西亚她说她不去告发他。"有人起哄说,"卢西亚喜欢这个中国人,她要从伊索尔那里把这头公牛夺回来。"

"真不明白这是怎么回事!"有人说。

"没人能明白,老弟。"旁边的人接着话儿说。

这可不是好兆头。铁板一块结实的墙,似乎开始松动了。

"米仓,你得给我一个有说服力的理由。"镇长说,"哪怕它听起来并不光彩。"

"还用说吗?他是想报复。"鲁本斯说。

大家不解地看鲁本斯。

鲁本斯为此做了进一步的解释。一是,鲁本斯作为达尼埃尔的助手,在中国传教时,米仓就曾不解地问过他,既然西方人能以基督和文明的名义在中国待下去,那么中国人是不是也可以找个理由到欧洲长住下去;二是,鲁本斯娶了米香,还隐瞒多年,这让米仓心里失衡,他不顾生死来到法国,就是要报复性地和法国女人睡觉,他想为中国男人争气。

"哈哈哈!"米仓突然笑出声来。

"你们这些中国人城府太深,从来就喜欢深藏不露。"波丽娜说。

"可你根本不了解中国人,波丽娜。"米仓说。

"那就回到你的国家去。"镇长说。

"不!"米仓嗓音低哑却很坚决地说,"我并不是赖着不走。"

"那是什么,米仓?"镇长问。

米仓感到一股强烈的令人窒息的悲伤哽咽在喉咙。"是因为赵……崇……阳!"米仓涨红着脸,一个字一个字地说。说出这个名字后,米仓的心反倒平静了。他接着说，"我对崇阳有愧！你们有谁能告诉我崇阳的下落吗？在一个寒冷的上午，是我亲自开着拖拉机把他送到亚眠的，一路上，他坐在我旁边和我聊天。他是从华工营偷跑的呀，为此他会损失一笔收入。可他说，没关系，只要能见到顾先生，损失再大也值。他叫我战争结束后，先别急着回家，一定要等他从巴黎回来，他有个大计划要我们一起做。"

"大计划？"有人问。

"是的，大计划。"米仓的心豁然亮堂了起来。

"什么大计划？"

"关于华工的。我们中国人讲究入土为安，可我们可怜的同胞，有的挖堑壕送弹药死在前线，有的死于疫病，还有的在敌人炮火与飞机的轰炸时失踪了。很多很多的人，"米仓开始激动了，"找不到了，连他们的工号也找不到了。可他们……为了这场战争的付出……有几个人知道啊？有谁会记得他们啊？赵崇阳说过要我和他一起干，我们得找到那些死亡和失踪的同胞。他和我说，一定要督促政府给死去的中国人建公墓。如果所有的中国人都回国去了，这些事谁来做呢？他一直信任我，视我为兄弟。他让我照顾好伊索尔，一定等他回来，可是我……"

"别这样说，米仓，"伊索尔抹着眼泪说，"不是你的错，其实在我心中你才是我的丈夫。"

"伊索尔，很多事你并不知道。你还记得在山西的那一夜吗？我去给你们送参汤，其实人参是赵崇阳从他父亲那里偷的，还有替埃明纳修女报仇杀死大师兄的事，是他和我一起干的。伊索尔，你只知道你和鲁本斯修士平安地到了天津，可你不知道的是，一路上我和我姐都在暗地里陪着你们，路上的盘缠也是崇阳少爷说服赵老太爷出的。等到了这里的华工营，就更不用多说了，他看上去文文弱弱是个书生，可他才是我们真正的硬汉，工友们只要谁受了委屈，每次都是他替他们去找长官评理，也正是因为他，那些英国人才改变了对中国人的看法，伊索尔……这些事情我都知道，只是他从来不和你说。可你刚才说，我和你的事他知道，叫我……"

"你应该为此感到羞耻，中国人，你伤了自己兄弟的心。"有人说，"你侮辱了一个好人。"

"我不知道，"米仓停顿了一下，又颤巍巍地说，"我一定得找到他。"

"那……伊索尔怎么办？"西蒙问米仓，"你是想改邪归正，陈米仓？就因为赵崇阳知道你们的糗事没去戳穿，你的良心得到了发现？胆小鬼！"

"不是这样的。"米仓说。

"那就是你厌烦了，你觉得伊索尔成累赘。你想放弃她了。"波丽娜愤世嫉俗地说，"我算看透了，这天下的男人，就没一个是好东西！"

"不是这样的。"米仓又重复一遍。

"伊索尔，"镇长似乎这才想起曾经受大家喜欢、敬仰的赵崇阳先生，已经有大半年没有人见到了。"你没有尝试去寻找吗？他可是你的丈夫。"

"我给父亲在巴黎的所有朋友写过信。"伊索尔说。

"写过信？仅仅是写信？"镇长问。

"是的……"伊索尔说，"也请过鲁本斯先生帮忙……"

"结果呢？"

"杳无音信。"伊索尔低声说。

"当然是杳无音信。"波丽娜无不嘲讽地说，"这正是你所希望的！大概送他走的时候你就祈祷他杳无音讯了吧。"

"你为什么不去一趟巴黎？"镇长问。

"什么？"伊索尔问。

"你，你为什么不去巴黎？"

"我不知道……"伊索尔突然像想起什么，赶紧说，"他带走了家里所有的钱，他不希望我去，那样会增加开销，而且会影响他工作。"说完，她把目光移向米仓，希望他能懂得这里面有一部分是因为他。

"借口。"有人说。

"是你们逼走了他！把他逼上绝路。"有人出来愤愤不平地替赵崇阳说话。

"不，我们没有……"伊索尔强调说，"他走的时候非常高兴。"

"难道你还想要他亲口对你说，'亲爱的，你放心和你的情人幽会吧，为了你们的幸福，我这就去死'吗？"西蒙说。

"他是去见自己崇拜的偶像。"

"借口。谎言。"西蒙说。

"是事实。"伊索尔说

"这个我相信。"镇长说。

"即使找不到赵崇阳，我也要帮他实现遗愿。"米仓说，"我要把失散在战场上的中国同胞的尸体找回来，我不能让他们成为孤魂野鬼。至于他们的故事，我想……伊索尔小姐，还有卢西亚小姐会乐于……帮忙。因此……我希望大家能让我留下来，能原谅我过去……所有的罪过。如果大家还是无法接受我，那至少请允许我完成了这件事后再离开。"

所有人就此不再吭声了。仿佛战争的炮声依然在他们的耳边炸响，惨烈的场面又在他们的面前显现，和华工们一起度过的日子正历历在目，战争结束了，法兰西不再需要他们了，就将他们清理出去？让他们的这段历史消逝在后人的遗忘中？毕竟政府允许他们留下的呀！看看这个中国人，他已经没有了初来时的粗鲁和无知，他心地善良，吃苦耐劳，心灵手巧，他想留下来，却不是为了自己，而是为了自己的情敌，自己的兄弟，自己的同胞……

天将黄昏，大家之前的努力似乎蓦然间变得牵强、脆弱、不堪一击。他们相互之间用眼神传递心声。他们开始慢慢原谅这个中国人，接受这个中国人。在镇长的提议下，大家举手表决。卢西亚第一个举手，接着是伊索尔，镇长……鲁本斯、波丽娜、西蒙尽管心不甘情不愿，但还是在众目的希望下举起了手。最后才是米仓的姐姐，陈米香，她也举了手，当然，她满脸的热泪中充满了感激。

圣马耳这场连续数日的"全民公审"到此结束。

时间推到一九二一年清明那天。米仓与伊索尔一起来到努瓦耶勒的诺莱特村。伊索尔将怀里的花分束摆到成片的华工墓牌前。陈米仓则在鲜花前摆盅斟酒。他们在一座铭刻有李武德的新墓碑前坐下。

"这个人你也不认识！"伊索尔轻声说。

"不认识。"米仓说，"不过，总算又找到一个啊！"

"可是，"伊索尔暗自伤神，"赵崇阳……还是没有消息。"

"我听说六月二十七日①那天早上，有人在抗议的人群中见过他。"米仓说，"我相信他还活着！"

"我也一直这么觉得。"伊索尔说，"可他为什么……"

两个人一起沉默。

"也许我们……伊索尔，我一直觉得对不起他。"

"你不用那样自责，"伊索尔说，"你应该知道，从一开始我爱的那个人就是你。"

"可我们毕竟给他造成了伤害。"

"兴许事实不是那样。兴许他从来就不知道我们的事。"

"可你说他知道，知道这一切。"

"当时我只是想帮你。"伊索尔莞尔一笑。

"你是说，他根本就不知道？"

"我想是的。"

"可我不想瞒他，一开始就不想，只是……"

"是啊，我也不想。"伊索尔说，"愿主保佑他能早日回来，阿门！"

"愿他能早日回来，阿门！"米仓默然念道。

2014 年 3 月 初稿
2016 年 5 月 定稿

----

① 1919 年 6 月 27 日，部分华工和留学生在巴黎举行声势浩大的活动，抗议巴黎和会上西方列强们对中国的不公。

256